法律的脸谱

张训 ◎ 著

上海三联书店

目　　录

第一辑　行动中的法

法律人的思维……………………………003
意识、常识、知识：法律认知的三个阶梯……006
法律如水………………………………009
法律共同体的脸谱……………………011
法律的任性与弹性……………………013
祛魅与去伪：中国法学的主体意识清理……016
法学者的使命：打开法律之门………024
别让法律成为最后一块遮羞布………027
寻找法律真相…………………………030
法能力…………………………………033

习惯与法律：法治化的一体两面………037
让法成为习惯…………………………041
妥协也是法律的一种品格……………042
现行法律中的"特权法"现象…………045
自己的身体可以随意处置吗？………049
公众人物隐私权应不应当受到限制？………052
沉默的自由……………………………055
权利的放弃与坚守……………………058
拳头与法律……………………………060
每个人都是潜在犯罪人………………062

谈谈规则……………………………………064
规矩的重要性………………………………067
命运也讲规则………………………………070
暴走族的法则………………………………072
"老炮儿"的规矩……………………………074
露天电影院的规则…………………………076
潜规则也是规则……………………………078
尊重规则并构筑规则的理性堤坝…………080
弱势群体不良情绪的释放及法律应对……083

若人口负增长,可否刑罚不愿生育者?………087
第三只眼看人口计划…………………………089
"代孕",谁之过?……………………………091
律师之死………………………………………093
影视作品中的法律问题………………………094
禁烧标语背后的法治理念……………………099
扶不扶,这是个问题…………………………101
英雄救人之后…………………………………103
艾滋病人的罪与罚……………………………106

中国乡村灰色群体的几种历史样态…………108
中国乡村灰色群体之间的历史串联…………113
留守村落犯罪的新图景………………………117
中国乡村的聚落形态及其犯罪学启示………121

第二辑　司法的面相

中国式违法的面相……………………………127
天眼与天平:司法正义的不同隐喻…………130
司法情境中的角色扮演………………………133
一个人的司法…………………………………136

法益的较量 ………………………… 139
审判公开的边界 …………………… 142
庭审直播中需要注意的问题 ……… 145
无罪宣判的风险 …………………… 149
谨防纠正刑事错案矫枉过正 ……… 152
曝光"老赖"需谨慎 ………………… 154
无法遏制的冲动：扩张解释的扩张本性 … 156
"有利被告"或许只是个美丽的谎言 … 160
凭什么有利被告？ ………………… 163

"中心主义"的破除与"流水作业式"的构设 …… 167
案件何以经典？ ……………………………… 170
司法案件是如何被典型的？ ………………… 173
戴上脚镣舞蹈：司法案件被典型后的镜像 … 176
法官的德性 …………………………………… 179
无私无需铁面 ………………………………… 182
司法人员应当少一些匠气 …………………… 184
法官可以对扰乱法庭秩序径行判决吗？ …… 186
关于"差序格局"的些许思考 ………………… 189

法令如何赢得尊严？ ……………… 191
死刑台前 …………………………… 194
死刑执行方式考略 ………………… 197

第三辑　刑法的脸谱

刑法的父性与母爱 ………………… 203
刑法的温度 ………………………… 206
刑法亦能软 ………………………… 209
软干预：软刑法的运行 …………… 213
科学要素在刑法中的流变与传承 … 216

刑法的安全保护 ………………………… 219
"犯罪的人"之提倡 ……………………… 221
罪名修正需理性而为 …………………… 224
死刑的边际效益考量 …………………… 227
当期待可能性遇上道义 ………………… 229
情绪与情结：刑法普及的两个重要心理暗示 … 231
体育领域的犯罪 ………………………… 235
别让娱乐圈成为犯罪的温床 …………… 238
刑法中的"说明"与刑事诉讼中的"证明" … 243

刑法意义上合租房之"户"性认定 ……… 246
《刑法》用词不规范问题 ………………… 249
《刑法》用词错误问题 …………………… 253
要在刑法教学中培养良性刑法情绪 …… 256
刑法学课堂上需要传递正能量 ………… 260

第四辑　生活中的一些小感悟（外一篇）

一种心态，两种精神 …………………… 267
给每个人辟出一份自留地 ……………… 270
称呼真的如此重要吗 …………………… 272

当人们不再看好你 ……………………… 274
谁才是时代的奴隶？ …………………… 277
女儿的选票 ……………………………… 278
成就无法代表人格魅力 ………………… 280
刊物的态度 ……………………………… 282
科比现象 ………………………………… 285
让体育回归纯粹 ………………………… 287
我为何钟爱体育？ ……………………… 290
论让座 …………………………………… 292

师生之殇……………………………………………295

手机打垮的一代……………………………………297

送鸡蛋的老人………………………………………299

小菜园大世界………………………………………301

风吹麦浪——那是诗人眼中的情境………………304

忍忍先生(外一首)…………………………………306

末日(外一首)………………………………………308

后记……………………………………………………309

第一辑　行动中的法

法律人的思维

坊间流传一则趣事。一个文学家写了一首诗,拿给一位法律人看。诗中有一句云"一轮明月照姑苏",法律人读到这句勃然大怒,曰:"此言差矣!"文学家忙问"错在哪里?"法律人咆哮曰:"难道月亮只照姑苏耶?得改!"文学家问"咋改?"法律人凛然答道:"一轮明月照姑苏等地。"

法律人虽然不解风情,但指出的又何尝不是客观事实呢?只不过情绪有些过激,以致失了风度而已。而此恰恰成了这则故事的笑点或者卖点。姑且撇开故事真实性不言,但其确乎显露出法律人思维存在僵化或者教条的一面。法律人或许会争辩,此乃法律讲究逻辑规整也,而且符合科学精神。不过,别忘了,对话的另一方是文学家。众所周知,文学的想象力是超乎寻常的,有时自然无法顾及现实与科学。就算法律理当以事实为依据,但现实生活往往变动不居,因而以应对生活为己任的法律规范注定诞生之际就意味着已经死亡。

不过,逻辑是法律规范的基本元素和构造主线,严密性也是法律人应当秉持的基本特质。舍此,法律人将泯然众人矣。当然,这句话亦有舛误之处。法律人何尝不是普通人?故其当以普通人的思维理性面对法律,只不过,法律人确乎需要塑造有别于普通人的思维逻辑。这种逻辑思维是在其多年研习法律文本和法理精义之后才得以养成的。以此而言,讥笑法律人,毋宁说是在讥笑法律规范本身。不信,你可以随意翻开一部法典,几乎随处可寻"等"这一用字。虽然不可否认,带有"等"字的一些法律条文难免招致"兜底性条款"的诟病,但是,法律的稳定和现实的复杂多变决定立法者必须对法律文本采取一定的技术性处理,才能防止挂一漏万。因此,依循法条或者法律精神是法律人的基本操守。

问题在于，法律逻辑是严密的，法律规则是既定的，法律规范在一定时间内是固化的，但是法律适用者却不能一味地"生搬硬套"，而应该心中充满公允与善良，目光不断往返于生活事实与法律规范之间，将其变成"活法"。生活是法律的源头，"活学活用"才是法治之道。换言之，法律的准确适用必将借助于法律工作者的合理解释与运用，舍此，法律条文永远只是纸面上的法，而不能成为生活中的法。为此，法律人尤其是处理具体事件的司法工作者固然不能置身事外，但也应该学会如何避免不受法律之外的异质性因素干扰，坚守法律思维逻辑的严密作风，注重法理的推断，依循法律程序的正义，实现法律的实体公正。

就此而言，严格遵循法条并非简单遵从，解释与运用法律亦非一味强调冰冷的逻辑起势，否则社会上就会诞生一批机械法律人，或为迂腐教条的理论工作者，或为死板顽固的司法工作者，终至轻者沦为笑柄，重者误国误民。所以，法律人在严密的逻辑观照下，还需要养成发散性的思维。发散的思维有助于法律人查找与法律规范匹配的事实真相。因为，既在的法律文本无法准确预知未来，只是在设法应对过去，或者只是对已发生事件作类型化处理。立法之后，立法者飘然隐去。法律规则交给法律工作者，劳烦其用以寻找并且匹配事实真相。而寻找真相的过程不仅仅是推证过程，同时也是推断过程。无论是推证还是推断，都需要借助于发散性思维。法律工作者需要从细节入手，以证据为显示仪，依附于程序，才能在法律的框架下追寻生活的真谛，并完成事实和法律的比对与衔接，从而尽可能地还原真相。

而寻找事实真相并且与法律规则相匹配，注定是一个艰辛的过程。这个过程一方面展示了法律人的思维演绎，也同时造就了法律人思维的独特性。可以说，法律人的思维就是在对规范与事实的反复比对中锻造而成的。当然，不同的法律人，其思维方式又注定有所差异。懒惰的人或者习惯躲避者总是寻求以往的判例或者既定的法律规则，小心求证，不求有完美的结果，但求过程稳妥。殊不知，天下哪有两片完全相同的树叶，亦不可能有完全相同的判例。严格地说，"同案同判"本身就是一个伪命题。就刑事审判而言，追求精确量刑更是强人所难，也可能吃力不讨好。从这个角度来看，其实想要做个机械法律人也很难。因为，首先，这世上不存在相同的司法事件。其次，无论在法条里还是在判例中也不可能找到标准的模板,最多依葫芦画瓢。最后,即便面对类似的案件,不同的法律人也会有不同的感受,甚至面对同一个案件,同一个司法人员在不同情境中也会做出不同的判断。所以才有人说,一顿早餐都有可能影响案件的审判结果。

当然,"同案异判"也并非表示法律人的思维具有极大的随意性,更不会成为导致司法的不确定性从而最终影响司法权威和司法公信力的主导因素。造成这些负面影响的因素很多,但类似案件的不同结果与此并无直接关联。正如在判例法国家,每一个判例都带有司法者的鲜明特征,也不见其司法权威受到致命威胁,甚至民众因为尊敬这些个性鲜明的法官而信仰法律。

当然,"法律人如何思考"是个很宏大的命题,笔者于此想说的是,法律人应该具有法律人的思维,这是法律人的职业操守,也是构建法律共同体的基本要求。那么,如何才能像个法律人一样思考?在我看来,法律人应当以法律文本为基本依据,但同时又不能局限于法条,坚守良心与良知,对其做出合理解释,并恰当利用思维的发散功能运用法律,从而完成事实与规范之间的匹配。

意识、常识、知识：法律认知的三个阶梯

公民对法律的态度和认知水平的确是判断法治社会是否达成的一个重要标准。但反过来说，民众言必称法律，动辄找法院，就算是符合法治社会的要义了么？

其实不然。在客观上，司法资源的稀缺性决定了司法裁决不会成为定纷止争的唯一甚至是主要方式，法律功能的有限性和启动法律程序所制造的高昂成本将诸多细微的矛盾和纠纷引向另外一些解决通道。正所谓，法律不理会琐屑之事，法律也不是万能的。

另外，法治社会并非要求每一个公民都对这个国家的有效乃至无效法律文本有充分的认知、了解和掌握。反过来，哪怕一个人言必称法，乃至真正掌握了一定的法律知识，也无法在主观方面判断其一定具有法律信仰。或许其正如叶公先生一样，满嘴里都是龙的赞歌，但未必希望真的见到龙。事实上，一个没有法律信仰的人，法律知识掌握得越多，越无益于法治社会的建设。相反，一个没有接受多少法律知识教育的人，只要骨子里具有操守精神，心理上不抵触法治，情感上不厌恶法律，思想上不藐视法律，也容易成为法治社会的合格公民。因而，作为普通民众，其对法治社会建设的最大贡献，就是能够遵从法律，做个守法公民。

不过，具有基本法律意识的公民才能成为真正的守法公民，也就说，要做一个法治社会的守法公民，最起码的要求是其要具有法律意识。这是生活在法治社会中的人们所必备的对法律认知的心理要素。没有法律意识的人，很难恪守法治精神，也会常常忽视法律操守。法律意识也是人们对法律认知的第一层阶梯。

具体而言，法律意识是公民对外在法治氛围和法律体系的一种直

观的心理感受。法律意识是在法治社会的氛围中自然而然形成的一种心理机能。它既是法治社会的产物，又是法治社会建设的基础。这种心理上的感受会引导人们自觉遵守法律，不会轻易为违法之事。当法治社会发展到较高水平时，人们会将遵守法律当成一种生活习惯。

公民法律意识的养成并不需要刻意为之，因而无需进行专门的法律思维训练。法律思维和法律意识虽然都是一种对法律认知的心理活动，但是二者有着显著的差异。简单而言，法律意识止于浅表，法律思维则需要深入骨髓。法律思维的形成需要持久的专业塑造，是人们在集聚一定的法律专业知识之后所形成的分析、判断与推理之心理机能。所以，法律思维是一种职业思维，乃法律专业人士通过多年的潜心研习最终养成。

法律意识的功效也仅仅在于规训与引导每位公民成为一个守法者。在一定程度上，可以说，仅仅具有法律意识的公民只是被动接受法律氛围的熏陶，而没有运用法律的能力，也不具有对某一行为作出是否合法的判断能力。当然，法治社会也无需要求每位公民都能自如运用法律，而法律意识的重要性在于教化公民在需要的时候知道寻找法律。

由此，人们若想将法律作为一种"看得见"并"用着顺手"的工具，就需要刻意地观察法律的身影，有意识地收藏法律的点滴，进一步了解和掌握法律，以增加其对法律的认知度。这就涉及到人们对法律认知的第二个阶梯，即注意积累法律常识。

所谓法律常识，是指为民众普遍认可并加以传播的关于其身处的国家或社会中的有效法律的基本经验。可以说，对法律常识的掌握和运用是人们在法治社会中生存的一项重要技能。相较于法律意识，法律常识是外化的，可以为他人感知、捕捉和掌握的。一个具有法律意识的人可以自觉避免做出严重的逾矩之事，但法律常识的欠缺往往会令人不知道自己的言行是否在法律框架内。例如，父母对孩子的家暴行为，往往被认为是理所当然的事情。再如，人们对于通奸者的痛恨与责骂乃一种朴素情怀，本无可厚非，但鲜有人知晓，对当事人恣意的谩骂或者揭秘隐私则可能构成侵权。若有人责令或者要求司法机关对通奸者判处刑罚乃至处以极刑，则更显示其对现行法律的无知。

人们会因为法律常识的欠缺而陷入生活之僵局。例如，社会中诸多的不法行为乃至犯罪行为，是源于人们对法律所知甚少。刑法理论中的认识错误中有一部分就在探讨人们对刑法规范无知情形下，其行为的刑事违法性问题。现实中的"掏鸟案"表明，人们可能基于不识鸟类的事实和不知此种行为的刑法规制而构成犯罪。由此，仅仅具有法律意识的人做个守法公民或许就够了，但是若要避免因为对法律的无知而陷入被动，则需要掌握一定的法律常识。在诸如日常生活中的合同签订、财产登记、管教子女、驾驶等行为中都需要掌握并运用一定的法律常识。所以，在一定程度上，法律意识需要法律常识这个外壳，才能得到显现。

但常识又是零散的、不成体系的。法律常识的固化需要借助于法律知识体系的构建。法律知识是人们对法律认知的第三个阶梯。相较于法律常识，法律知识更为系统、完整与固定，因而更便于识记、更容易传承。不过，鉴于法律知识的庞杂性和专业化，非经过系统和持久的训练，无法达成。虽然任何社会也无法批量生产法律精英，但是法治社会则至少需要一批生活在同一法律制度之下，拥有一致的法律知识背景，具备相同法律信仰的社会成员组成法律共同体。在这个法律共同体之中，立法者、司法者、律师、法务工作者和法律研究者之间相互协作，相互制约，相互推进，以便推动法治建设，将国家与社会的法治水平提升到更高的层面。

法律共同体中的每一位成员都是特殊的公民，被称之为法律人。基于职业的需要，法律人需要详尽掌握法律知识，不断打磨自身的法律知识体系。更为重要的是，法律人在不断塑造法律信仰的同时，还要提升道德素养，以防止法律沦为其用来谋一己私利的器具。倘若如此，法律知识越多越无益于社会。正如一位学者告诫，法律人要避免自己成为有知识而没有良心的混蛋。

法律如水

地球上的一切生命都起源于水，人也不例外。在人类世界里，从自然意义上看，人的生命和生活都离不开水。这种原初的或者生命本源意义上的东西必然映射在人类社会的方方面面，包括社会制度。作为现代人类社会的一种惯常制度，法律与水有着千丝万缕的关联。法律如水，不仅仅意味着法律的生命源自于水，亦意味着法律具有水的灵动、平整、柔软以及坚韧等特质。

水是灵动的。因为灵动，水才能孕育出灵动的生命。法律如水旨在告诫人们，法律需要借鉴水的灵动，不能僵硬呆板。虽然，基于一体遵守和权威塑造的需要，法律养成稳定特质。但是稳定是原则，灵活是例外。有原则就有例外。在面对瞬息万变的生活，法律需要回应并作出调整。法律的灵动性在一定程度上也是法律弹性的要求。它不仅要体现在法律条文的涵摄性和语义的伸缩性上，更要体现在司法者对法律的准确理解和灵活运用上。呆板的法律和机械的司法者终将会给法律制造负面效应。

水是平整的。人们经常形容水面平静得像镜子一样。在说文解字上，法应当如水之平整，而在更深刻的意蕴上，则预示着法律的本质在于公平。所以，在事务处理中，人们也渴望中间人或者裁判者能够一碗水端平。水的平整在法律中的映射，还体现在法律面前人人平等上。唯有法律面前无贵贱，它才能真正公平，也才能真正赢得人们的心。平整是法律的公心。这颗公心是法律普及和法律信仰养成的前提和基础。如何才能让法律信仰如水银泻地般地浸润到每一个人的情操中去，还需要借助于"一碗水端平"式的实践操作。

水是柔软的。在这世上，能够绕指柔，并且不制造伤害，甚至能够带来抚慰的,恐怕没有比水做得更好的了。水的柔软性流淌入法律之中,滋养着法律的情怀,使得法律拥有一颗柔软的心。现代法律以人性为注脚,并以对人的终极关怀为指归。与道德、礼教或者习俗相比较,法律同样充满人文情怀,甚至因为论证充分而比上述一些规范更具正当性而能给予人们更多的庇护。但是法律的柔软不是毫无原则的退让,更不是和稀泥,而是在坚守原则底线的同时,有所节制。

  水是坚韧的。水虽然看似柔弱,但它是顽强的代名词,往往能够以柔克刚,所谓水滴石穿。有时候,汇集起来的水也有巨大的威力。与此相似,法律也是坚韧的。法律的坚韧体现在法律的硬度上。没有比法律责任更严肃的责任了。没有比法律惩处更为严厉的惩处了。当面对人们的一些越轨行为,道德、礼教或者习俗都难以奏效或者无能为力的时候,法律该出场了。法律的惩戒以及由此形成的威严能够在必要的时候及时遏制行为的异化或者恶化。

法律共同体的脸谱

　　法律共同体的建立是衡量一个社会法治水平的重要标志。但法律共同体究竟是一个什么样的团体，成员都有哪些？至今，并未见到正式甚至是严谨的表述。有人认为，法官、检察官、律师和公证人员是法律共同体中的核心要素，司法部给通过全国司法考试资格的他们颁发统一证书即是佐证。不过，这是个相对狭义的概念，如果共同体中的成员仅限于获得司法资格的人员，那么，这个共同体更应该称为司法共同体。

　　所以，有人认为，知识体系相近的法学教育者和法学研究者也应当被纳入到法律共同体中来。这一点我倒是有同感。如我本人，作为一介法学教师，没有获得司法职业资格，却和法院、检察院、律师界人士一起被聘任，组成市委法律顾问团。从法律顾问团开展工作的实际效果来看，这种吸纳理论界和实务界人员的配置更利于丰富法律共同体的内涵。

　　此外，还有人认为，从刑事诉讼开展来看，公安等侦查人员也应当作为准司法人员成为法律共同体的一员。在更广义上，企事业单位从事法务的人员也可以涵括在法律共同体之内。事实上，很多地方的法学团体由更为驳杂的人员组成。就我个人的体验，也不反对这种看法。我曾经应邀参加某法学会成立大会，且不说参加会议的代表既有来自政法委等党政机关人员，也有来自妇联、法制报社等人民团体、群众团体人员，就是随后产生的理事会成员也分别拥有不同的学科背景。就此来看，至少在这个地方，某种意义上，只要以法律的名义走到一起，就算是构成了法律共同体。

　　所以，我觉得，对法律共同体做扩大化的理解未尝不可。法律共同体应当是一个开放性的团体。只要以相同或者相近的法律知识为共同话语，甚至只要以法律的名义走到一起，我们都可以将其视为法律共同体之一员。当然，如果这样的话，我们无法否认，扩大化的共同体成员之间肯定存在法律知识背景上的差异，在内部结构也存在诸多级差。而且以此观念，肯定会有人说，那整个社会岂不也是法律共同体？但这倒是好了，如果哪一天，大家都以法律的名义看待事情，以法律的宗旨和品格衡量行为，以法律的公平与正义作为忠诚的理念，那整个社会就是法律共同体。

　　否则呢？拥有共同的法律知识背景，掌握相同的知识体系，在一个专业槽吃食，却存在话语表达上的巨大纷争，大家自说自话，并非相互认同，有时还互相敌视，死磕到底，或者为了趋利避害，建立攻守同盟，拿法律知识的专业性说事，忽悠圈外的人，甚至违背法律程序，律师和法官背地里勾搭，蝇营狗苟，干一些法律所不齿的勾当。这才不是法律共同体应有的姿态！

法律的任性与弹性

　　法律的秉性是什么,法律究竟长着一副什么样的面孔?人们从不同的视角给出了不同的答案。这也恰好印证了法律是具有多面性的。在法律本相的映射上,法律有时表现为任性,但,它同样充满弹性。

　　法律的任性主要体现在它的原则性、稳定性和严肃性上。

　　法律是有原则和立场的。人们在谈论法律的时候,更多地会谈及法律和道德之间的关系问题。道德的归道德,法律的归法律,这没有错。问题在于,在法律框架之内,当法律与道德发生冲突时,它究竟该怎么办?它能不能一味退让,直至从道德的疆域抽身而出?其实,越到这个时候,法律就越要坚持原则。譬如,在大义灭亲和亲属相犯的案件中,法律不能因为道德的呐喊而将处置权完全交出。我们自然相信道德和伦理自身的净化功能,但是有时候即便是在同一群体,道德也存在分化或者分层,呈现出多元化趋势,且容易受到裹挟,而法律基于技术可控性和规则透明性,在同一群体中是可以一体遵循的。

　　法律面前,人人平等,没有人可以例外。这是法律的基本立场。而且,法律并非不讲人性。实际上,法律处处充满人性,并以对人的终极关怀为目标。法律文本的人文情怀在司法处置中更容易被激发,只是怕被歪嘴和尚念歪。

　　法律是稳定的。稳定性是法律的基本特征。现代社会,法律文本的制定是耗费时日的系统工程,因而,单从经济因素考虑,法律无法朝令夕改。法律的固化特质决定它也不能朝令夕改,否则它会在频繁变动中失去应有的权威与尊严,人们也会对它失去尊重与信任。

　　法律是严肃的。法令一出,共同体成员必须一体履行。没有什么比承担法律责任更严肃的事情了。责任是法律的应有之义。惩罚是法律责任的注脚。触犯法律就需要为此买单。惩罚的必定性是法律获得尊严的决定性因素。同时，法律是最有硬度的规范，违者将可能获得刻骨铭心的惩罚。但法律就是法律，当人们触犯法律的底线时，法不容情，特别是带有制裁性的法律。

也正因为如此，法律有时看上去是呆板和机械的。曾经有人嘲笑法律人只注重逻辑，却不解风情。其实这与法律规范体系的稳定、严谨不无关联。法律的稳定性要求、原则性立场、技术性特征以及严厉性手段都决定了它在一定程度上是任性的。

不过，法律不是僵化的，更不是死板的，当然也不是一成不变的。法律是灵动的，富有弹性的。法律的弹性主要体现在它的灵活性、实践性和开放性上。

法律固然需要稳定，但又要应对因此带来的滞后性。所以，法律一经制定就会改变初衷，因为，它要面对多姿和多变的社会生活。聪明的立法者在制定法律时，不会仅仅立足当下，还会充分考虑它所要面对的生活走向。有原则就有例外，有惩罚就有救济。这几乎成为法律规范的既定章程。为克服法律制式上的拘束，需要为其设定一些弹性法条。

法律文本的弹性主要通过安插一些诸如"等"、"其他"等具有涵摄性的词汇和条款，以提升法律运用的机动性。另一方面，法律制定之时的弹性还要体现在其所设定内容的伸缩性以及立意的扩展性上。譬如通过条文直接规定裁量幅度，或者赋予司法者一定的自由裁量权，给予司法者足够的解释空间等。实际上，一部好的法律不仅仅依赖于文本的优良，还有待于解释者的卓越。

所以，法律的弹性主要是应法律实践性的要求。生命在于运动，法律也一样。法律是用来实践的，不是用来观赏和把玩的。制定之后束之高阁，注定是一部死的法律。只有实践中的法律才是活的法律。如何才能让实践中的法律活起来？这在很大程度上端赖于司法者的素养。在坚守基本原则的前提下，司法者需要灵活地理解和解释法律，而不是生搬硬套法条或者照搬照抄指导性案例。因为，不可能有两个完全相同的案例，就如天下没有两片完全相同的树叶。机械的司法者往往会让法律留下僵硬的背影，拙劣的司法者往往令充满灵性和生命力的法律变成一潭死水。

法律的实践性不仅仅表现为法律文本走向社会这一个方向，还体现在它将社会中吸纳的生活气息反馈回去，以增加立法者对立法的评估和权衡能力，并帮助其决定是否需要修正或者废止某项法律条款。经过实践试错并经过再次调整的法律会因为更加富有实践品性而具有弹性。

　　在法律文本和社会生活的双向互动中，法律的开放性特征也会显现出来。法律制度是人类文明的一部分。人类文明的优势就在于它的继承性。事实上，法律文明也是叠加而成。故此，现代法律亦不能故步自封，应当善于以学习的姿态借鉴古今中外优秀的法律思想和制度。对法律史的正视，能够让现代法律吸收到几千年演化与洗礼中的法律文明的精髓。对优秀法律精髓的继承体现为一种朝向源流的开放性，而通过实践的试错与修正体现为一种朝向未来的开放性。

　　再者，法律的制定和运行机制中，越来越精致的程序及其张力撑起一种横向的开放。这使得无论立法还是司法，都能够让更多的共同体成员的观点和思想渗透进来。这有助于法律的运行和普及。法治社会需要法律成为一种信仰。而法律要成为一种信仰，不能仅仅借助强制力，更需要共同体成员的认可。共同体成员在参与法律机制构建的过程中认知法律，一方面增加了法律体系的开放度，另一方面，又培植了法律的信仰度。

祛魅与去伪：中国法学的主体意识清理

十多年前，由邓正来先生引发的关于"中国法学向何处去"的呐喊声，振聋发聩。不过也就几年光景，这种声音已褪尽金属质感，缥缈得犹如天际浮云了。当然，时至今日，"敢问路在何方"的叩问对于中国法学研究而言并非没有任何功效，其余音袅袅之处在于，似乎令更多的中国法学研究者在通往罗马的条条大路口更加迷茫和彷徨。

很多人在"西方经验"和"本土资源"之争的迷思前畏首畏足；也有人陷入"现代化范式"和"传统思维"冲突的泥淖；也有人干脆另起炉灶，依仗似是而非的逻辑起势，搭建一套既非"西方法律理想图景"亦非"中国法律理想图景"的"玉宇琼楼"；更有人为吸引眼球，求新图变，走另类风格。

怎一个乱字了得。在中国法学研究一派喧嚣与繁忙的图景中，却清晰地呈现出中国法学主体结构的混乱及主体意识的迷茫。也正是因为缺少必要的主体意识而致使中国法学研究虽然表面繁荣却缺失了根基与灵魂，因而最终失去了其作为一种法律文明所应有的理论和实践品性。可见，构设中国法学的主体意识并整饬中国法学主体结构乃拯救陷入困境中的中国法学的第一要务。

西方的还是本土的：中国法学主体意识的迷思

客观而言，法律文化进化的规律决定了中国法学在一定情势下必然甚至必须接受西方的先进经验，以西方法律资源作为跃进式发展的主流话语。因此，在一段时期，特别是上个世纪 80 年代以后，中国开启了法学界的"西学东渐"。西方法学译著大量引入，学者们著书立作也想方设法引证外文文献。出国访学成为法学界的一种时尚。有些学者直接模仿欧化语言。甚至有些文章"黑格尔句式"夹杂"之乎者也句式"的混搭风格非弄到让别人不忍卒读为止。诚如学者描述的那样,中国法学研究者一度偏好于加入西方法文化潮流,钟情于与西方法学大师们对话。这些至少对研究路数上的"西方法学主义"的形成起到推波助澜的作用。

以上只是形式上的西化。而对中国法学意识的真正伤害在于研究者倾向于对西方法学理论和法律思想生吞活剥式解读或者直接复制。虽然冠以法律移植的"美名",至于这些"洋货"能否在中国的土壤里生根发芽或最终出现"南橘北枳"的结局,则在所不问。或者受西方法律思想熏陶,"将西方发展经验的偶然转换成一种普世的历史必然",并将这种经验置换成为中国的话语表达和理论预设,以此来构建中国的法学理论。通观中国法学理论,甚至在占据通说地位的学说身上也能找到西方的影子。

当然,我没有愚痴到要完全排斥对西方法学理论和法律制度的引介,因为这其中一定不乏凝结着人类智慧结晶的上乘之作,而且事实上也对中国的法治建设起到了一定的推手作用。因而,亦不赞同有人全方位地拒斥西方法律资源的先进性。而是担忧这种具有西化倾向的研究方式会形成学者所担忧的西方法学主义,并进而迷失了中国法学自身的主体意识,致其失去作为一种法律文明应有的主体性品格。

既然如此,那么在中国法学的主体结构中,是否以本土资源为优位呢? 在我看来,曾以关注中国现实著称,被设想为最接中国地气的"法律本土资源论"同样给中国法学研究带来至少两个方面的困惑。

一是,由于割裂了传统与现代之间的关系,而意外地凸显了法律的保守地位。正如其代表人物苏力教授所言,从社会学的角度来理解法律,法律的主要功能也许并不在于变革,而在于建立和保持一种可以大致确定的预期以便利人们的相互交往和行为。正是由于这个原因,法律几乎总是同秩序相联系的,许多法学家也都从这个角度界定法律,而制度经济学家更是从这个角度把法律确定为一种能建立确定预期的正式的制度。而且这割裂的不仅仅是历史,还有同时人为地划分了疆域。立志挖掘现实素材的"本土派"不经意间会忽略了传统法律的精髓,而对于疆域辽阔、民族众多、人情风土状况极为复杂的中国而言,其埋首于个案的抽象的、概念化的研究风格也会略显单薄。

二是，本土学派在试图打通社会学、人类学、法学等科际壁垒并建立国家法与民间法的连接点时也顺便搭建了通向法律多元化道路的桥梁。就目前的境况来看，法律多元主义只能会使得中国法学的主体意识更加涣散。

我认为，文化多元主义语境下的法律多元主义正是法律全球化的病灶，而对于构建中的中国法学主体意识而言，法律全球化或许只是个美丽的陷阱。首先，全球的不一定是属于全人类的。全球的更不可能就一定适合中国。其次，全球化并非一定要和法律扯上关系。文化全球化了，法律也不一定就现代化了。再次，全球的也未必就是正确的。或许它就是一个美丽的谎言。可以抬眼打量，但未必一定跟风。中国法学的建设应当有自己的节奏。正如顾培东教授批判的那样，邓正来主张法学人从"全球时代"的"世界结构"视角去认识"中国问题"，进而建立中国人自己"理想的法律图景"，这样失之虚空的导引也显然难以为中国法学指点迷津。

还有一种立场值得警惕，那就是没有立场的立场。因为没有立场的立场才是最坚定的，最不易被感染和改变的。正如点"随便"这道菜的客人往往最不好应付。在一些人的眼里，舶来也好，本土也罢，都可以成为中国法学的主体结构。这种态度也在一定程度上折射出中国人心底潜藏着的一种心理。毫无疑问，中国几千年封建社会所残留的保守思想仍然蛰伏在许多中国人的血脉里，一旦时机成熟，就会复活。而几千年的皇权思想和关系社会又教会了中国人如何趋炎附势和世故练达，一旦面对权威，或者遇到在他看来高出一等之人，很多中国人犹如在顷刻间被抽掉精神脊梁。因而，可以说，在某些时候，部分中国人是惯于并擅于接受外来教化和仰人鼻息的。这种兼具固守与迎合的奇异的双重精神特质决定了许多中国人无法坚守某种主体意识。表现在法律上，自然会出现法学主体意识的迷乱。

求新的异化与求变的虚化：中国法学主体意识的泥淖

"领异标新二月花"。尤其是社会管理创新目标的提出，似乎赋予了中国法学研究求新图变的新境界。那么，如何理解这个"新"？"一千个读者就有一千个哈姆雷特"的隽语似乎在提醒人们,"新"字的解读本就不该千篇一律。但问题是,为新而新,无异于"新"的异化。

正如在源于西方却红火在中国的后现代解构主义眼中,文明是短暂的、脆弱的,迟早会崩溃和死亡,因而主张去文明化。按此逻辑,道德有时是虚妄的、呆板的、多元且不可证的,而且在某一时刻、某一地点曾经死亡过,那么是否也要在人类社会发起去道德化运动?政治、法律乃至人类自身又何尝不如斯呢?试问如此推演,还有什么可以留存?

实质而言,创新是法学研究的灵魂,没有创新,法学必死。观澜法学研究阵地,大到法律思想、法律体系、法理学说,小到文章的标题和遣词造句,处处透出新意。此间自然不乏对中国法学整体繁荣和中国法制建设富有建设性意义的新思潮和新理论,但也绝少不了"为赋新词强说愁"的矫揉之作。后一种"求新"在某种层面上可以界定为一种功利主义的新,为图虚名、赚职称,并为此催生出一批批学术快餐,在客观上也促成了中国法学研究的虚假化繁荣。

参与到法学研究场域的不乏睿智之人,因而法学界似乎不缺阳春白雪的高雅之作。但也有不少言说往往滞留理论殿堂被束之高阁,或仅为学者引证之用,由于其理论的玄妙而和者盖寡,甚至由于思想的禀异、语言的晦涩以及逻辑的讳莫如深令学界同仁不忍卒读。"越来越带技术性的特别形成"和"虚幻的理论和方法"几乎销蚀了法学研究者作为人文知识分子的立场并混淆了法律之外的人文情怀。同时这种自说自话的新体验有时完全是在学者的书斋里完成。一如顾培东先生所言,法学研究仍然被当作一个不依赖于社会现实而存在的自闭、自洽以及价值自证的文化活动。

即便有心走出书斋,尝试进行艰苦的田野调查,也多半会被"跨学科全景式研究"的虚妄之词耗尽心力。早在多年前,就有学者提出构建学术专业槽的问题。但是这显然无法阻止"求新者"的前进姿态,他们不管槽沿多高,也不管槽内是不是自己的"菜",仰起脖子就吃。不久又抱怨槽内的养分不够,伸出头去吃食别的槽里的东西。而且专业槽理论所倡导的精细化思想还带来了明显的副作用,即提醒部分人的研究策略从大词降格为微义。一味追求"法治化"、"现代化"、"良法之治"等大词固然虚妄,但刻意围绕"但书"、"以上"、"以下"等词语大做文章又何尝不是另外一种虚妄。

刻意求新还会带来法学研究的跃进式发展,即从一个极端到另一个极端。当然,在两极之间不乏法律传统思想与法制现代化、西方的与本土的、改革与保守、解构与建构等对立概念之间的摇摆。这种蕴含着摇摆的极端化在不断地造就着与自己风格迥异的对象性存在。并在不断地自我肯定又自我否定之中陷入逻辑悖论。譬如,他们可以对"中国法学进行主体性构建,需要法制现代化"的号召深以为然,又很快被后现代主义的炫目色彩迷惑,以解构为主流话语构建没有主体的"主体性"。他们曾经无比依赖于法学通说,并认为"普遍性之所在,通说之所在也",但是很快就疑惑"通说就一定普适与普世么?"并开始着手试图打破通说地位。

当然,通说的固有特性既是稳定与坚守,亦难脱保守与教条习性。因而,对通说的审视与批判也算是一种科学精神,而批判是学术进步的必要路径。但是,通说却寓意着对传统的继承与尊重。文化有继承性,不能白手起家,传统文化是抛不掉、打不烂的。批判性的研究不是对旧文化一棍子打死,抛弃不顾,而是仔细分析,采取其中的有用的精华,抛弃其中的过时的糟粕。在法学研究中,学者对通说或者长久占据优势地位的学说的批判有时更像是一种文字游戏,在文字堆砌的迷宫里自娱自乐。于是,每多一种批判可能不会产生一种真理,而是会在制造学术泡沫的同时,膨胀了研究者的主体意识。

不加审视的求新和妄加批判的求变只会营造一种虚妄的学术氛围,在此氛围中难以保证中国法学主体意识的落地生根,即便强调研究根本是中国的现实,也会被膨胀起来的研究者主体意识无限地虚化,终使中国法学主体意识连同它的研究者一同陷入泥淖。

祛魅与去伪:中国法学主体意识的觉醒

为在西方与本土之争与求新图变的过程中占得先机,法学研究者不自觉倚重精神和文化的魅力,而冷落了脚下这片坚实的土地。

正如上文分析,即便注重本土资源的研究,也往往被自己圈界的精神器具锯割成碎片。若说诸如法学通说等显学理论依仗一种学术品格的附魅而搅乱了中国法学主体结构的话,那么,追求小而全的微格论证也同样虚化并且制造了中国法学主体意识的迷津。如此,中国法学主体意识的彻底觉醒必须既要阻断某些人热衷于抽象化和概念化的附魅之举,又要洗脱笼罩周遭的学术泡沫。

而中国法学主体意识的觉醒还要从中国法学研究者的主体意识觉醒开始。法学研究虽然不若科学技术讲究步步证成与证伪,但亦要小心翼翼求证。若要如此,首先需要治愈法学研究者的狂妄症和理想化癔症。虽然有学者批判中国现在是一个没有理想图景的法学时代,而且这个法学时代应该结束了,因为它已经承担不了中国法学应当担当的使命。但是在我看来,研究者最好不要为中国法学做出图景式的安排。以本文上述内容来看,中国刑法学的研究不能说不繁荣。但会否如学者所担忧的属"学术的虚假繁荣与社会资源的极度浪费"呢?是否"只有观点的泛滥而没有理论的积淀"呢?

一个不争的事实是,法律尤其是法学的形象在民众间并未深入人心。人们谈起法律甚至仍局限于"监狱"、"暴力"等冷冰冰的字眼。是什么阻止法律知识和法律文化步入民间?一些看似绚丽多姿的法学理论为何仅仅传唱于少数的学者手中?法学理论的交流对象究竟是谁?

我们是不是该到了转换研究范式的时候了?德国法学家李斯特曾言:"立法应将存在于人民中间的法律观,作为有影响的和有价值的因素加以考虑,不得突然与这种法律观相决裂。"而且,反过来"立法是完全有能力谨慎地引导并逐渐培养人民的法律观的。"这是对法学研究范围的最好提示。

我虽然并不赞同后现代主义眼中的价值无序论,但是我认可现代社会瞬息万变的节奏已然培植出多元的价值取向。法学研究并不能以特定的价值观为优先,而应当保障各种各样的价值观并存。据此可知,把准时代脉搏,圈界民众的价值取向,对于当下的法学研究是甚为重要的。

所以,到了法学理论家们走出书斋,到民众中、到社会底层中间去呼吸自然的气息的时候了。正如学者所描述,真正的法学家,不应是一个只关心法律条文的拜占庭式的经院哲学家,而首先应当是一个具有对社会的终极关怀的思想家。而且,可以补充一点,还是一个关注民生积极投身司法改革的实践家。这就要求,法学家改变以逻辑构建为终极目的或者至少作为思维模式的理论研究方式，转换为"实现社会关心"、"终极人文为底蕴的""简介朴素"研究模式。

作为法学研究者，还应注意拓展自身的学术风格和写作范式，努力让自己的笔灿烂起来，赋予其灵性，让人类悲天悯人的血脉流淌在笔触，极力为弘扬法律中潜藏的人性之美增添色彩。

需要重申的是，应当极力反对那种不切实际为法律和法学大唱赞歌的矫情，而且更要反对一味强调逻辑取胜的冰冷格调。对法律中应有的人性根基的挖掘是法学研究者终身的使命。事实上，但凡关注中国民生尤其是将对人性的呵护诉诸笔端的法学家，无论如何不能脱离其对人性伦理意义上的关切，从而使得哲学意义或者认识论仅仅成为虚妄的托词。实现对矫情文风的突围，彻底放逐学者应有的激情，不再仅仅是文学界改革的呼声，法学界更加需要。

福柯所诠释的知识分子的一般使命多少带给我们些许启示。他认为，知识分子的角色并不是要告诉别人他们应该做什么，也不是要改变他人的政治意愿，而是要通过自己专业领域的分析，一直不停地对设定为不言自明的公理提出疑问，促进公民参与政治意愿的达成，来实现知识分子使命。

生活中多者为下里巴人，法学者不仅应当作为一个公民表达政治意愿，也应该解析或质疑法学通说，为法律意识和法治精神的普及而呐喊，使之最终成为民众的自觉行动。因为法律的最终使命在于普及，而法学家无疑应当成为传播法律知识的使者。

为此，我们应当清醒地认识到，在民众当中，宏大的逻辑体系只是奢侈品或者点缀，唯有富有激情的笔触才能拨动人们的心弦。改变以往追逐高雅格调的跟风之举，放逐笔端、放低视角，释放自然淳朴的情感，会是法治精神惠及民众的必然路径。而中国法学的研究者首先需要弄清的是，文章写给谁看，理论研究的后行为效果如何。但不管怎样，作为法学研究者，其学术使命是为民众打开一扇法律之门，而非圈垒一座森严的城堡。

当然，"中国的主体性"还在于正确领会和运用马克思的历史唯物论思维方法。唯有运用这一方法，才能清楚地认识到当下中国不仅仅是一个"主权的中国"，更应当是一个"主体性的中国"；才能明确，在西方法学知识背景和中国本土资源的话语交织中,法制现代化是构设中国法学主体意识的努力方向和现实路径。也唯有如此,才能明确中国法学主体意识的根本所在和中国法学研究的真实方向。

总之,中国法学研究者的主体意识明确了,那么,中国法学的主体意识就明确了,现实的法律图景也就清晰了。

法学者的使命：打开法律之门

多数情况下，违法者属于知法犯法，比如某地嫖娼法官，岂有不懂法之理；即使不懂法，也懂得伦理；即使不懂伦理，也知道人之常情。

大多犯罪者都属于明知故犯，所以才有了作案时的鬼祟与犯罪后的隐匿。但我们也经常通过法制节目或者身边发生的事件，听到、看到一些违法者甚至犯罪者在真诚地述说自己对法律的无知；他们根本不知道自己的行为违法更不用说涉嫌犯罪了。这或许能够在一定层面上解释：为何临时夫妻、哄抢、闯红灯、遗弃婴孩、虐待老人等现象时有发生。更为甚者，一些诸如为与老婆赌气摔死孩子、为生米煮成熟饭强奸未婚妻、盗窃亲属财物、侵占别人遗忘物等实施者不仅不知法为何物，似乎连道德约束也抛之脑外。

每每及此，我都会有一种错觉：在他们面前法律是不是披上了隐身衣或者躲在门的背后。令人痛心的不仅仅是违法犯罪本身，因为我们知道犯罪现象不是社会机体中难以清除的病灶，而是民众对法律的无知，因为民众的不知法或者知之甚少是对法治化倡言的最大讽刺。

当然，法制越健全，我们越无法苛求普通民众熟知每一部法律甚至每一法律条文。因为，就数量而言，有人统计，我国仅有效法律就有200多部，勿论配套的司法解释了，一些新内容还在源源不断地添加进去，而且随着社会分工的细密化，相关法律亦越来越专业化。如此，即便是专门研习法律的所谓法学者也无法知悉每一部法律和条文的具体规定。当然，术业有专攻，我们无意指责学者只埋首于自己的"专业槽"里。问题在于学者们在挑食自己喜好的"食料"时，到底能够为法律的普及和民众法律信仰的养成带来点什么？

法律体系是专业的、博大精深的，没有人能独自消化掉，的确需要分而食之,但是学者的使命绝不是刻意去建构一方貌似庄严的法学知识堡垒,相反是要学会如何分解法律的知识体系,并使其转化为一种可以为大众吸收的法律养分。

法律不同于大师的杂耍,要搞得玄而又玄,只有民众熟悉并理解了才能接受它。

依照这一要求,我国很多法学者(说明一下,法学者此处指高等学校、科研机构和部分体制外的法律研习者)并未意识到自己的使命感,或者没有找到一条切实的路径。中国法学界似乎不乏阳春白雪的高雅之作,也不缺洋洋数十万言的鸿篇巨制,但往往或堆放在自己书房一隅沦为垃圾,或滞留理论殿堂被束之高阁,或仅为学者引证之用,由于其理论的深奥而和者盖寡,甚至由于语言的艰涩连自己都不忍卒读。语不惊人死不休的上古做派几乎销蚀了法学者作为人文知识分子的立场并混淆了法律之外的人文情怀。

不可否认,不少中国法学研究者埋首书斋、著书立说,为中国法学研究的表面繁荣皓首穷经,可谓没有功劳也有苦劳。但多年来,法律在民众间的形象到底因此有多大改观?一如学者所言,"法及法学给人留下的往往是枯燥无味的印象"。

大量的学术专著和学术论文显示,学者们正在忙于为搭建自说自话的逻辑体系痛并快乐着。"八股式"、"板凳式"等干涩说教模式几乎成为一种流行病。正如学者指出:"英美法系的法律教科书信手拈来,浑然天成,虽然有时不免散漫之感。相比之下,中国的法律教科书之不足是极为明显的,以至于某些学者把教科书的这种文体称为陈腐材料的代名词,这不能不说是一种悲哀。"

由法律教科书推及学术著作,又何尝不需要清新逼真的情感充溢其间。区区几万言的《论犯罪与刑罚》之所以成为千古绝唱,恐怕并非仅仅订立了几条刑法公理那么简单,我们认为,是其行文中流淌着的跃然纸上的生命激情在感染着一代代追索正义的人们。

可以说,法律的情怀就是人的情怀,是立法者和法学者情怀的生动体现;也几乎可以断言,没有流淌在血脉中的悲天悯人的激情,只有自诩为理性的逻辑起势,永远不会诞生真正的法律,也永远没有真正的法学家。

但凡有责任感、使命感和时代感的法学者,都应当把握并诠释此法律精神,向往并设法释放此法律情怀。我们极力反对那种不切实际的矫情,更反对一味强调逻辑取胜的冰冷格调。

作为法学者,应注意拓展自身的表述风格,或灿若春花,或朴实无华,赋予其生命的灵光,让充沛的情感见诸笔触。我们不仅仅倡导"进入法学的门槛,深入法条的殿堂"去"感受法的脉动与心律"、"领悟她的生命、感悟她的情操",还要走出书斋,去民众那里体验生活的真实,寻找法律的真谛。

令人欣喜的是,一些法学者正在为此努力着,他们行走在城市和乡村的坚实土地上,将研究触角伸向社会的最底层,去查看纸面上的法律在社会上的实践样态,去探视民众的具体法律语言形式,从田野村夫、市井小民、贩夫走卒那里获取货真价实的资料,逐步将研究路径移向"发现"而非"认为"上,将研究成果散播于"江湖"而非仅仅在"庙堂",尝试采用形式多样的文风和语体阐释法律精义。

或许,我们不应该过分苛求法学者,因为,绝大多数的法学者游走在体制的罅隙中,为衣食住行奔波着,为世俗生活羁绊着,甚至为发表一篇论文、获得一个项目而求爷爷告奶奶。

而且,在法制化的宏大图景中,法学者只是法律人共同体之一部分。立法者、司法者甚至法治国的每一个人都应当意识到并且领受一份社会担当,为培植中华法律文化和民众法律信仰群策群力。不过,作为法学者,你既然选择了这一使命,就应该为之坚守,为之付出,学会如何完成提炼、分解、传播法律知识和宣扬法律情怀的任务,引领民众找到开启法律之门的钥匙。

别让法律成为最后一块遮羞布

一位政治家曾经说过,法令是为人民谋取幸福的工具。于此而言,法律作为定纷止争、匡扶正义之利器,虽然难掩工具色彩,但立足于人民福祉的法律乃良善之法,也必将为人民所信仰。今天,人们生活在一个旨在营造法律信仰的时代,法律更成为人们捍卫尊严、伸张正义、扶危济困的精神仰仗。人们信奉法律,而非寻求私力救济或者其他,这在一定层面上,有利于促进法治社会的达成。

不过,值得注意的是,"唯法是从"并非判断法治达成的唯一标准,而且法治模式并非是人类社会进程中的唯一治理模式。当人类社会进展到多元化、信息化时代,法治模式无法包治百病,维护人类共同体和生活秩序稳定还需要借助于群体治理等综合模式。

即便在法治社会里,法律也不能太过扎眼,不能频繁出现在老百姓的日常生活里。事实上,最理想的法治状态是,人们无需精通法律条文,亦无需时刻提醒自己守法,而应当浑然不觉之间就行走在法律的疆界里。何况,有些法律不过是经过文明修饰的合法"暴力",它犹如寒气逼人的利剑,动辄伤人,此等法律的频繁出现极可能会干涉到人们的生活,给人们带来压抑感。特别是一些强制性、惩戒性法律规范,更应当秉持谦抑之风,主动退守到社会秩序的最后一道防线,该出手时才出手,否则可能或因滥用而丧失威信,或因司空见惯而失去威严。

而且,就其本身而言,受制于时空及其他异质性因素,任何一部法律都难言尽善尽美。人无完人,岂有完法!法律的局限性、滞后性及法律体系之间的矛盾与冲突总会掣肘法律的功能发挥。况且,即便是一部拥有优良品质的善法,也可能会在其适用过程中被歪嘴和尚念歪了经。倘若如此,难免让人对一部法律或其运作产生警觉乃至疑惑,长此以往，会最终毁损培植法律信仰的根基。

　　当然，上述所言或许都是题外话，笔者无意诘责法律工具主义倾向，那是一个过于宏大和深层的命题。笔者的隐忧在于，在一些特定语境中，法律往往被作为幌子、护身符、挡箭牌甚或是遮羞布。我们无法否认诸如刑事法律等惩戒性较强的法律规范具有事后处置的特性，在这一层面上，法律具有谦抑性和中立性，甚至有时它应该是消极的；但是恪守法律的谦抑性并不意味着消极应对甚至坐以待毙。

　　人们不能无限扩大和倚重法律的事后处置功能，而应当注重发挥法律的防控功能，充分调动法律的主动性和积极性。这里所指的主动性与上述所言的法律手段的最后性并不相悖，而在于强调人们应当完善法律的运行机制以时刻应对不轨之举。实际上，法律在事件发生后的介入往往只体现其个案惩戒、特殊预防及教育之功效，而其对社会整体的规诫、预防、警示等意义无法通过这一模式得到充分体现。

　　所以，一部法律诞生之后，发挥其社会功效、确立其威信的运作模式是层层布局而非毕其功于一役。"法律如水"，不仅仅在语义上昭示法的公平意蕴，还蕴含着法律具有润物细无声的渗透能力。如春雨一般的浸润才能真正苏醒法治的律动；相反，对法律劫掠式的适用无异于饮鸩止渴，并且无端制造出萧杀之气。所以，任何毕其功于一役的企图都是对法律适用的曲解，任何利用法律所做的一锤子买卖都是对法律的亵渎，其结局往往是制造了混乱、平添了尴尬。倘若不能注意到这一点并且善加利用，即使法律在程式上走完最后一公里，还难免在一些特定场景中给人留下"事后诸葛亮"之遗憾。

　　就此，我们可以从人们对一些社会事件的反应中看到一些端倪。越轨事件甫发，不同利益诉求者从各自的角度拿起"法律武器"。在一些刑事司法事件中，被害人群体奔走呼号以寻求法律施以援手；社会各界围观人士亦纷纷置喙，要求依法严惩肇事者，甚至在某些事件里有人发出"某某不死，法律必死"的警世宣言。一时间，法律的工具色调被渲染得无比醒目。

　　在其他社会事件中，法律亦多次被搬上舞台。在围绕这一事件展开的众多以法律之名的表述中，事件的有权处置主体之"定会对肇事者依法查处，绝不姑息，给人民以满意的交代"之表态最为耐人寻味。这些铿锵话语言之凿凿、掷地有声,再配之以肃然之神色,足以显示其对受害人处境的感同身受、对肇事者依法惩处的决心,一时间,确乎能够起到安抚情绪、平息众怒的止血镇痛之效。

不过,转念一想,在事件已然给人们造成灾难并引起强烈社会反响的时候,这句假借法律名义的陈词多少显得苍白和无奈。

人们不禁追问,为何非要等到危害已经生成、灾难已然降临的时候,才想起运用法律武器呢?事实上,在诸多涉及伪劣、假冒食品、药品、化工品等给人类制造灾难的社会事件中,难道那些不良举止就没有显露端倪?但法律的红线一再避让,那结局只能是,任由苦果越长越大,直至尾大不掉。试想,在泱泱莆田系做大做强的漫长过程中,倘若法律的手术刀早一点挥动,及早剔除还没有恶化的毒瘤,或许就不会有诸如魏则西事件的爆发。

令人遗憾的是,在诸多曝光和没有曝光的社会事件中,人们只能无奈地静候法律的姗姗来迟,而到了这个时候,即便法律利器给予肇事者沉痛一击,肇事者最终被绳之以法,总算给人们一个交代,但是这真的能够告慰天下么?事件受害人就真的受到法律的庇护和眷顾么?

试问,那些在事件中逝去的生命还能回来么?不仅如此,他们的灵魂也得不到安息,因为他们失去的不仅仅是生命,还有其悲痛欲绝的亲人以及完整的家庭。即使在事件中有幸存活下来,他们以后不仅要面对肉体伤痛的折磨,还需要独自舔舐精神上的伤口。

故此,我们不希望等到事件已经发生,灾难已经降临,在熙熙攘攘间,法律被匆忙搬上台面,成为最后一块遮羞布,因为这样有损法律的尊严。

寻找法律真相

我国现行刑事诉讼法第五十一条规定："公安机关提请批准逮捕书、人民检察院起诉书、人民法院判决书，必须忠实于事实真相。故意隐瞒事实真相的，应当追究责任。"

姑且不论此处所使用"真相"一词在语言学上有无商榷需要。就事实真相本身的含义而言，却有值得推敲之处。我以为，就现行刑事诉讼法所凸显的程序意义而言，此处的"事实真相"应该不是严格的修辞。倘若立法者的真实意图旨在引导司法人员严格遵从事实真相，则难免有强人所难之嫌。因为，事情一经发生，真相就会湮没在历史长河中，恐再难真实还原。所以，即便是理想主义色彩浓厚的立法者也会考虑到现实情状以及刑事诉讼法的修改理路，此处的"事实真相"确乎是"法律真相"。也就是说，立法者明是要求司法者"忠实于事实真相"，实则要求其在程序的指引下寻找"法律真相"。

两者相较，事实真相是自然发生的刑事案件制造的客观事实，而刑事案件的法律真相则依附于司法程序，是剔除非法证据以及排除合理怀疑之后的证据的衍生物。这也意味着，刑事案件中的法律真相与事实真相是两张皮。前者突出社会属性，后者凸显自然属性。二者之间可能会吻合，却也常常背离。吻合时，人们会赢得实体和形式上的双重司法正义，自然皆大欢喜。背离时，则需要司法者做出抉择。也就是说，此时，司法者只能在形式正义和实质正义之间二选其一。当然，司法者亦可能因为选择的偏差最终什么也没有捞到。

关键是，当法律真相与事实真相背离时，司法者该如何取舍。忠实于事实固然能够在理想状态下保证实现司法的实质正义。问题在于，如何才能忠于事实。要忠于事实其前提自然是还原事实。刑事案件的还原往往借助于推测与推断等侦查手段。当然,这些手段本身会含有诸多的不确定性因素。即便随着现代科技手段的引入,侦查技术得以提高,但这并不能保证司法者一定能够获取事实真相。何况,科技手段的运用也存在致命缺陷并可能制造额外的风险。据美国"无辜者工程"统计,在利用定罪后DNA检测获得平反的一组冤案中,有一半的案件是因为在先前的审判中错误或者不恰当地运用科技证据造成的。

那么,靠被告人的供述和被害人的陈述能够还原事实真相么?虽然他们是事件的亲历者,对事件经过的感知有更深的切己性。但受趋利避害的心理左右,甚至受表述者的表达习惯和表述能力影响,不同个体对事件的陈述结果也会有所差异。刑事案件的亲历者无法或者不愿还原事实真相,事后加入的局外人就更难准确知悉事实真相。当司法者穷尽合法手段无法得知事实真相又面临需要推进案件进程的巨大压力时,隐秘的法外手段常常悄然登场。不过,这种非常规手段并不能保证其所获取的事实真相就一定真实可靠,而且还可能会使案情变得更加扑朔迷离。因为贝卡里亚早已告诫,苦楚往往成为真相的熔炼炉。并且,受制于排除合理怀疑标准和非法证据排除规则,司法者最终可能赔了夫人又折兵。

既然事实真相不易显现,而且,即便浮现也不一定真实可靠,君不见,诸多案件的"真相大白"最终还是一场场闹剧。稳妥与合理的做法应该是寻找法律真相。法律程序好比过滤器,对汇集起来与案件关联的诸种事实材料进行筛选。精致的过滤器会筛选出货真价实的物质。设计精良的司法程序能够为司法流水线上的"产品"提供相对的质量保障。同时,司法程序还应当预留出辨识操作者失误或者出轨的功能,用来确证其获得的用以证明事件真相的路径是否受到了污染。正如刑事诉讼程序中非法证据排除规则的确立。如此,法律真相或许遮蔽了事实真相,似乎使得实体正义无法实现,但至少实现了法治社会所遵从、民众能够接受并认同的底限正义。所以,一台能够寻找法律真相的精密仪器将成为公民权利保障的坚强后盾。

确立科学理性的司法程序以寻找法律真相为唯一目标,就意味着会在一定程度上舍弃事实真相。这是法治的要求,因为尊崇法律是法治的精髓。正如司法实践中,针对刑事被告人的认识错误,司法者并不认同其具体事实认识上的偏差，而倾向于在法定符合视野下考量其罪行。要实现法治的要义，就要遵从程序，坚信程序是实现司法正义的底线。

就此而言，这也是刑事法治的代价。也就是说，尽管我们清楚司法程序本身的局限性和其对案件开展的制约性会使得许多刑事案件无法取得进展，甚至衍生出大量的犯罪黑数，在一定程度上影响了社会治安环境。同时，刑事程序的终结也有可能使得个别受害人所遭受的损害无法获得国家司法的有效救济。另外，严格遵循刑事司法程序还可能导致司法机关对某些个案的处理无法获得民众的广泛认同。比如被人称作中国版"辛普森案"的福建"念斌案"。像当年包括美国总统在内的民众为辛普森无罪获释而哀叹美国法律悲哀一样，在此案中，不仅被害人群体对"念斌无罪"之结果不能释怀，甚至有不少司法人员也相信念斌就是真凶，只是缺少充分、确实的证据，才不能将其绳之以法。

这在一定程度上说明当下一部分民众仍然信奉实体正义，而不具有估量司法程序正义重要性的能力。不过，令人欣慰的是，参与或者关注此案的司法者还是表现出对程序的应有尊重。而就此而言，在信仰法律和尊崇法治的人那里，已经感觉到刑事法治春天的脚步正悄然来临。

法能力

社会管理创新机制的根本导向和最终落脚点都应当是民生,因为民生是一个永恒的主题。而社会管理创新机制则应当在法治化氛围里孕育并且在法治化环境中运行,因为法治不仅是寻求社会管理机制创新的突破口,同时是解决社会管理创新模式中核心命题的基本手段。正如贝卡里亚所言:"一个社会如果没有成文的东西,就绝不会有稳定的社会管理形式。"在贝氏看来,这个"成文的东西"显然指的是法律。当然,法治化的深层推进也离不开社会管理模式的创新,也可以说,法治本身就是社会管理创新的生动体现。

因此在谋求以人民幸福为核心目标的社会管理创新模式的背景下,如何才能保证法律体系的完善、法治轨道的顺畅乃至法治型社会管理模式的创生成为重大课题,其中尤以敦促法的能力转换以应对这一变化为重中之重。

"徒法不足以自行",法的良善不光驻足纸面,还体现为生动的法律实现。事实而言,法治主导下的社会管理创新更应当注重法律的实践品性。当然,构建完善的法律体系是法治型社会管理模式创生的前提,因为它凸显法的可行度;而法的可信度则主要在法律的践行中逐步养成。

可以说,法的可行度主要依赖于法律规范的合理与立法技术的科学,法的可信度则需要在法律运行过程中培养和验证。因而,前者体现法的内在能力,包括其规范能力、宣示能力、调节能力及衔接能力;后者体现法的外在能力,包括法的标识能力、协调能力、贯彻能力和普及能力。当下,在社会管理创新成为时代之音的情势下,法的常态能力必须做出应变,及至衍生出一种契合这一时代主题的创新能力。

可行度：法能力的静态之美

虽说良法的种子深深植根于民主的沃土里，但其美丽的花朵必定绽放于法律条文中。良法之治的内在张力首先需要通过法律文本的可行度呈现出来，主要依赖于以下几种能力：

一是法的规范能力。雅克布斯认为，如果每个人都按照自己是否愉悦的图式生活，社会就会陷入混乱之中，此时群体利益的代表必须确立超越个人喜好的知识系统，来整合社会生活。这一知识系统就是规范。可以说，人类文明始于人们有了规范意识。作为一种专门性的知识系统，法律不仅要在解决利益冲突和配置社会资源的过程中确立一套相对稳定的规则，并且通过其在往返于立法与司法的实践中磨砺出的权力技术将这套规则嵌入民众的观念甚至身体中，并最终将其内化为人们的思维。此之谓法的规范能力。

二是法的宣示能力。法律并非一经公布即获得生命。法律的诞生往往需借助类型化和概念化手段，而此赋予了法律一定的显性特质。但任何一项法律想要深入人心并在践行中养成与社会生活互动的基本素养，尚需依赖于该项法律立论基础的正当性、立法技巧的科学性和操作的可行性。这样，在它诞生之际就会蕴集昭示天下的底气。否则，它要么沦为隐形法，要么被社会彻底放逐，为人们所遗忘。因而，宣示能力是良法必须具有的品性。

三是法的调节能力。没有任何一部法律在诞生之初就是至善至美的。法律所应对的是活生生的社会生活，即便建立在丰富的现实基础和充分的理论论证之上，它也无法穷尽和预测社会生活的复杂多变。因而，法律之路就是一个不断修正和自我调节的过程。

四是法的衔接能力。法的衔接能力包括两个方面：其一，法的承继能力。"以史为鉴，可以知兴替。"经济的飞跃发展使得现代立法技巧可以轻易超越传统，但却抹不去几千年的法文化的积淀。毫不夸张地说，在当下任何一部法律身上都能找到历史的影子。面对博大精深的中华传统法系，如何巧妙利用这面历史之镜，是检测现代法承上启下能力的试金石。其二，法的嫁接能力。"他山之石可以攻玉。"在法律全球化背景之下，任何立法都无法摆脱域外法系的影响，要做的是，如何移植并嫁接其有益的立法经验和技术以利于整合"本土资源"。

可信度：法能力的践行之果

立法仅是良法之治的开端，法律的可信度尚需在法律实施中培养。法的可信度是法治精神养成的衡量标准，也是法的能力在法治化进程中的体现。

一是法的标识能力。"法律必须被信仰，否则它将形同虚设"，而信仰法律首先是从认识法律开始的。法律若要成为民众的行为准则，需要获得身份上的认同。在诸多能力要素的整合过程中，法律的标识意义在于人们能在众多的解决纠纷机制中快速搜寻到与之匹配的法律规则。

二是法的协调能力。立足于现代社会，面对纷繁芜杂的生活，法律需要具有协调其与政治、道德、文化、思想等诸多领域关系的能力。合法性逻辑建立在社会分化为指挥者与服从者这一政治分工基础之上，但政治的稳定亦需依赖法律的维系。道德的洪流虽然时常裹挟法律，但普遍的道德是法律的基础，而且，道德的无形和容易泛化需要法律的昭示与固化。来自思想、文化等意识形态领域的准则并非与法律规则自然对接，相反存在诸多差异。能否弥合它们之间的罅隙，是检验法律协调能力的试金石。

三是法的贯彻能力。政策是法律难以逾越的藩篱。政策对法律的制定与实施具有重要的指导意义。法律则是政策目标的现实化和具体化。因而，如何巧妙地通过条文展现政策思想、固化政策目标是衡量法律贯彻能力的重要指标。

四是法的普及能力。就国家和社会而言，普及法律常识是人民政治生活中的一件大事，是社会主义精神文明建设的一个重要组成部分。就法律自身而言，普及是法律的生命归依，法律的生命只有在实施中才得以怒放。法律的普及能力体现为法律的宣传能力和最终成为人们习惯的能力。

创新：法能力的不竭源泉

没有创新，法治化只会徒具其表；没有创新，社会管理亦会深陷泥淖。可以说,创新是法治化的灵魂,也是社会管理模式的灵魂。而法的创新能力主要体现在法律应当具有创新意识、创新思维和技术革新的能力。

"一个好的创意胜过一间好的工厂。"法律的稳定性决定其不能朝令夕改,但这绝不应成为法律墨守成规的借口,也不能成为阻滞法律谋求开放的藩篱。或许,人们觉察到,"就一个社会的总体而言,法律制度的形成和法治的确立往往是后续性的",但我们亦无法否认法律会成为社会变革的前导和基本手段。

现代社会的开放性为解除人类大脑禁锢提供了良机,同时也使得社会变得更为复杂多变。此种情形下,法律不仅要面对人类社会中生态价值、社会价值、理念碰撞和利益冲突的多元化格局,同时要应对社会中滋生出多种"可能性"的挑战。因而,这就要求法律体系在坚守既定原则的前提下,留存足够的空间以应对这些"可能性"。

而法律应对未来和超越自我的理论预设及其所展现出的智慧即谓之为法的创新能力。毫无疑问,这种能力是法律生存的不竭动力,是推进法治化进程生生不息的力量源泉。当然,法律意识和思维的创新尚需要落位于法律技术的革新上。匹配甚至超越时代的法律技术不仅是深化法治水平的必要手段也是固化法治化成果的技术支撑。正如苏力所言,我们必须强调现代科学技术手段在当代司法中的重要性,并且必须把科学技术力量作为司法改革和司法制度结构的一个基本的制度变量或参数来考虑。

习惯与法律：法治化的一体两面

法治化不能是法律条文自上而下的灌输，而是要在往返于习惯和法律之间孕育法治精神的行程中实现。习惯升华为法律、法律回归习惯是法治化的一体两面。从习惯到法律的过程是人类逐渐走向文明的过程，也是社会逐步迈向法治化的过程；从法律到习惯的过程则是法律普及并深入人心的过程，也是法治化最终达成的过程。因而，汲取习惯的养分或者直接将习惯纳入自身体系是一种立法常态，而法律实践则希求民众认同并养成"习惯法律"的法治精神。

习惯到法律：一种立法途径

习惯的缘起。经典作家描述："在社会发展的某个很早的阶段，产生了这样的一种需要：把每天重复着的生产、分配和交换产品的行为用一个共同规则概括起来，设法使个人服从生产和交换的一般条件。这个规则首先表现为习惯，后来便成了法律。"可见，习惯乃至法律源自于生产和生活。习惯的前身是一项禁忌、一种图腾，因而带有自发性、神秘性、特殊性、应时性和非正式性，而且内容繁杂、形式多样，表达方式亦主要通过口头、行为或心理暗示，因而其调整空间有限、调整方式模糊，缺乏推而广之的统一标准。习惯的维系大多依靠情感、道德以及舆论，若想登堂入室，必力求图变。

习惯的图变。"大浪淘沙"，在历史的长河中，习惯升华为法律是一次艰难的识别真伪、去粗存精的洗礼。一些具有旺盛生命力和时代感的习惯为不致失去张力，必须经历自觉运动，演化成更为广泛和明确的规则，不断汲取养分，扩大调整空间，变得明确、统一与普适，培养法律气质，最终进入"法眼"，披上规范的外衣，得以步入法律的神圣殿堂。

习惯的力量。"法不察民情而立,则不成。"习惯与生俱来的民意根基,成为推动立法进程的一股原动力。虽然一般认为,只有法律承认其有效的习惯,才能作为补充制定法的渊源。

　　但在某种意义上也可以说,"习惯是法律之母",法律皆源于习惯,因为法律是对特殊事物类型化的产物,而类型化则涵摄着习惯的养成,言即任何法律的设立都是以就规范事项的深思熟虑为前提的,而习惯则是积累和检验这一立法动议是否足够理性的基石。同时习惯还是法律之父,对于一个舶来或者本土创生的法律概念,倘若不能为深深植根社会的习惯收养,要么无疾而终,要么营养不良。

　　此外,习惯就是法律,因为,它具有法律的警示、保护、调节、整合和惩罚功能。正如卢梭认为,风俗习惯形成了国家的真正宪法。因而在此意义上,习惯构成法律体系的支柱,成为法治化的源泉。

法律到习惯:法治化的进路

　　习惯上升为法律,即便搭建起宏大的法律体系,对于法治化建设而言,最多只走了一半路程,而另一半路程则需要等待法律到习惯的回归,因为法律权威性、有效性和稳定性是建立在民众对它的广泛认同基础上,意即"国家的法律制度只有在原则上被接受了(也许每个人都有不同的原因),才会稳定"。其中,稳定是法律的本质特征与根本目的,而承认习惯上的合法化事由和超实定法的合法化事由是维持法律稳定性的一条必要路径。为此,法律必须要从神圣的殿堂走出,步入民间,去接受民众的检视,再次感受习惯的氛围,完成实践的洗礼,终至完善。恰如毛泽东同志所言:"通过实践而发现真理,又通过实践而验证真理和发展真理。"而对于擅于表达民意的习惯和蕴涵民主精神的法治化而言,法律的回归意义非凡,主要体现在以下几个方面:

　　第一,法律的回归反映出其对习惯的尊重,因为法律的回归意味着对习惯的回应,即意味着一种积累、维护和肯定,既是对习惯所深含着的民意力量的肯定,也是对其有待上升至规范这一既定层面的维护。

　　第二,体现出法律对习惯的反哺精神。较之于精巧和体系化的法律,习惯略显粗糙和散漫。法律从习惯中第一次走出就意味着对习惯的校正与遴选,当法律再次回归寻求与习惯的契合,弥补自身的不足,与此同时再次完成对习惯的指导与修正,为略显粗糙和散漫的习惯注入技术性支撑和规范意识,并在合宜时机借助于已有的法律载体将信息反馈到立法者那里,由他们剪裁其不合时宜的枝节,最终帮助习惯完成涅槃。

第三,法律到习惯之处寻根在于为达成法治化积攒足够的底气。拉德布鲁赫曾言:"法治国则更像是每日之食、渴饮之水和呼吸之气,最好是建立在民主之上:因为只有民主才适合保证法治国。"而民主氛围的构建则依赖于法律被习惯的遵从,言即只有习惯了的法才能为人们所习惯。能够成为习惯的东西必然拥有民主的根基,而习惯的氛围则是法治精神生成和保持旺盛生命力的食粮。这次寻根之旅还有一个至为重要的任务就是洗练出符合法治化精神和标准的法律体系。

当然,需要厘清的是,养成人们对法律的习惯情结绝不等同于培养人们的法律奴化思想。借用某种策略使法律成为奴役民众的工具并不难,但难的是,如何保持长久,一旦被奴化的民众觉醒,打破枷锁这一刻,就是其遗臭万年的开端。所以,唯有从民间走出并为人们所习惯的法才能持久。

冲突与融合:习惯与法律的互动

习惯与法律对于法治化而言正像车之两轮,鸟之双翼。不过,在法治化进程中,习惯与法律不是两条平行线,它们之间的往返亦并非单向运动,存在诸多交集。这不仅表现在习惯与立法上,还表现在习惯与司法上。而且,这种互动首先表现在习惯与立法之间,并非如一种观点认为的那样:"任何习惯一旦纳入制定法,形成文字,就或多或少地失去了其作为习惯的活力。"言即,习惯一旦成为法律,就为法律吸尽内力,迷失了自身的品性。事实上,习惯与立法之间始终变动不居,谋求更完美的契合,在制定法的身上一定能够窥视到习惯的影子,同时,法律的实践必须依赖于习惯并希求最终成为习惯。

或许,习惯和司法之间的互动并未如习惯与立法之间这么繁密,但一定会通过一些特殊的案件将这种互动生动地展现出来。在这些特定的案件中,往往以习惯为诉讼突破口并将之延展至整个过程,在此意义上,习惯成为解决某些案件所依恋和依赖的诉讼规则。

于此，可以在费孝通先生和苏力先生所举两个关于通奸的案例中找到力证。两个跨越几十年情节相似的案例透视出习惯与法律之间的冲突，但更多地展示了习惯的时空穿透力。可见，冲突并非总是招灾引祸，在特定的境况下，必要的冲突反而成为打开阻滞的良好通道，而且，没有永恒的冲突，习惯与法律的冲突在一定场合总会被巧妙地弥合，当然，完成这一任务往往还是要借助习惯的力量。

让法成为习惯

我在不同场合都强调法律和习惯之间互动的重要性，阐述过法律对习惯因素的吸纳，也描述过法律成为习惯的路径及其意义。在这里，还要再次强调法律成为习惯的重要性。

让法律成为习惯一般可以在两个层面上进行理解。第一个层面是法制层面。就是法律要想具有实践品性，必须从生活中来，从民众的习惯中来，要契合大众的价值观。一旦当习惯经过法律文本的加工与固定，就成为正式的法律规范。这些法律规范因为具有习惯品质，所以就能够从容地回到生活中去。法律制定的初衷是为了能够顺利回到生活中来，而不是为了束之高阁。立法者必须明白，若要法律顺利践行，需要制定"接地气"的法律。

第二个层面是法治层面。法治层面上，让法成为习惯不仅仅要求人们执法、守法要合乎法律规范，更多地是想构建一种人们尊崇法律、敬畏法律和信仰法律的理想状态。当法治建设达到一定高度和深度，法律成为习惯应当成为顺其自然的事情，就像吃饭穿衣一样，人们知道法律就在身边，不仅自己遵守法律，还能够随手拿起法律维护自身权益。

当然，遵守法律是超越法律文本的，因为并不要求每一个普通公民都手捧法律文本，熟知法律条文，而是只要求他们知道法律就在那儿。人们拿起法律并运用法律也是超越功利性的，并没有人把法律当成工具，想利用法律攫取一己私利，而只是希望通过法律实现公平与正义。

所以，法治的精义在于，人们运用法律不仅仅保护自己，还要寻求保护他人。当人们学会运用法律保护他人时，法律就真的融入人们的血液中了。

妥协也是法律的一种品格

最近在读美国两位政治学者撰写的《妥协的精神》。书中将妥协精神界定为有原则的审慎(适应形势调整原则)以及相互尊重。在作者看来,妥协即有商量、有退让,当然也意味着牺牲,而这些牺牲至少部分地取决于其他人的意愿,因而妥协是困难的,不过妥协又是一种政治智慧,是营造民主氛围和治理一个国家的必备要素。作者虽然更多地停留在政治学领域探讨妥协的精神,但这种精神移植在法律体系上同样适用,或许是因为法律原本就是政治的一部分。

为了维护法律的尊严和权威,在法律制定层面,需要考虑其可靠与稳定,因为法律不能朝令夕改;在法律运行层面,需要严格守法与执法,因为法律不是玩弄的对象。或许正因为此,在一些民众眼中,法律是威严的、不容更改的,甚至是缺少温情的。关于法律何尝不拥有一颗温情脉脉的心的话题,我已经在不同文章里表述过,此处还想强调的是,人性是任何社会制度的基本注脚,因此,不管哪一种类型的法律体系,都隐藏或充溢着人性的光辉。当然,在一些时候,人性或许只是法律必须依赖和借助的手段,所以,不能说有人性的法律就一定是科学民主的法律。

虽然法治社会建立的必要前提是拥有一套以人性为根基的法律体系,因为人性毕竟是民主生存的肥沃土壤,很难想象一套充盈着人文情怀的法律体系会是野蛮和愚昧的,但仅此还不够,人们还要不断锻造和提升法律体系的层次和品位,不断注入科学与民主的元素,其中重要的一环就是塑造法律的妥协品格。

理性的法律一定是刚柔相济的。倘若一部法律一味地追求刚性而忽略柔性,最终只能导致法律的僵硬,而在其适用过程中如果一味地迷信其威力,则会造成其"过劳死"。

　　为了避免法律的僵化和过度使用,应当正视法律的限缩和脆弱的一面,允许其在许多场合作出让步。为此,立法者需要学会为每部法律预留一定的协商空间,即设置一些富有弹性的法条,使用一些带有中立性甚至模糊性的法律语言,给予法律运用者一定的解释和适用空间,而且整套法律体系中要拥有不同层次的选择或者过滤功能,让司法者有选择柔性条款还是刚性条款的余地。其实,一部法律的好坏在很大程度上取决于法律解释与适用得是否得当。在司法层面,动辄搬动法律文本,甚至将法律当做大棒不停挥舞,用来威吓民众,此举并不一定能彰显法律的威力,有可能还会因此令其失去威严,因此,在使用道德还是法律手段的取舍上,司法者要学会倾听并充分尊重利害关系人的意愿。

　　前几日,和学生谈论关于法律和道德的话题。对此,我简单回应,理想的状态是道德的归道德,法律的归法律,法律驻扎在道德的外层防线,其触角不可随意伸入道德的地盘。在一些诸如邻里纠纷和家庭事件中,最好交由道德说教,法律要学会让步,要培养一种妥协精神。初入法律学门的学子们疑惑法院对诸如虐待等家庭事件采取"不告不理"和"告而不理"的态度。我告诉他们,这恰恰是一种睿智,姑且不论"不告不理"作为现代诉讼中的一种基本理念,几乎为各类诉讼模式所采纳,"告而不理"可能主要是因为家庭暴力事件中的控诉者很难或者无法举证,而法官的这种态度正是法律妥协精神的写照。

　　当然,法律又不可能完全与道德剥离,如果忽视法律中的道德因素,或者反过来忽略法律对道德的加功作用,则可能会出现公民守法与否完全视利益之大小而定,违法会成为与道德无关的事情。如此只能加速法律的冰冷化。这也是法律边界尤其是法律与道德疆界划分问题的延续。不过,现代法治进程要求,必须将法律体系从道德体系中剥离出来,使其自成一派,而作为体系的法律不仅需要自洽,还要内敛。这就要求法律必须克制,不能随意伸张,更不能漫无边际。在封建专制时代,法不预设、以言代法现象层出不穷,司法者恣意而为,法律几乎没有边界可言,因此即便出现所谓的成文法,也多是统治阶层言行的浓缩。随着法治理念及其精髓逐步深入人心,带有浓厚人治色彩的法制体系必将退出历史舞台,而接纳民众心声,与民意交流,因为接地气而获得民众点赞的中国特色的法律体系正在逐步构筑。

因此,当下已经到了法律必须学会妥协的时代。人们需要知道,一部法律的生命力强大与长短并不取决于其立法技术是否高明、法律概念是否精巧、法律术语是否时尚,而是取决于法律运行是否流畅、是否能够得到公众认同、是否能够赢得口碑,而要达到这一效果,这部法律必然是立法者和民众充分商谈的结晶,而在其运行时才会被民众接纳和信仰。事实上,作为理性的整体和整体的理性,人与人之间离不开理解与沟通,离不开由此所形成的共识,一旦这种共识为多数社会成员维持并自觉遵从,法律就诞生了。正是在此过程中,法律的妥协品格得以塑造。

当然,法律的妥协并不代表一味的让步。如果在原则性问题上作出让步,那么,在立法层面,就不可能诞生一部正义的法律;而在司法实践中,司法者过于灵活地运用法律,是对法律基本品性的抛弃,最终只能会导致法律权威的彻底沦陷。因而,妥协是有限度的。何况,妥协本身也是脆弱的。正如哲学家桑塔亚那所言,明智的人厌恶妥协,因为它好像是混乱的做法。的确,在大多数情形下,妥协是相互矛盾的原则的混合产物。

综上,法律的妥协品格可以概括为,其最大体征是从善如流,其灵魂是对人性的关怀,其骨架是对既定原则和真理的坚持,而其血脉则是善良与正义。

现行法律中的"特权法"现象

本质而言,颁行于天下的法律必须足够公平才会赢得民众遵从。不过,在人类的法制历史长河中,却出现过公然违背公平性的特权法的现象。特权法是不平等社会时代的产物。它是社会阶级等差性强行注入法律公平性之后而制造出的一种怪胎。

在等级分明的社会里,特权阶层利用其制定法律的话语权,为维护其既得的权力、地位以及利益而为自己量身定做的削减义务、增加特权的专门性法律,或者在通行天下的国家大法中设置专门保护或预留特权阶层利益的法律条款。这些专门性的法律条款组成了不平等社会中的特权法。因而,特权法虽然披着法律的外衣,内心却充斥着对法律的蔑视。作为时代的糟粕,特权法是对法律公平精神的悖逆,也成为破坏人类法制建设的毒瘤。

随着时代变迁,人类正迈向法治时代,特权法已经成为历史。不过,即便在法治社会,法律体系中仍然存在一些专门为社会中弱势群体量身打造的法律或者条款,可谓之为现代"特权法"。只是,与历史上的以维护少数人特殊权力为己任的特权法相比,现行"特权法"是以呵护社会中亟需关注的特殊群体及其特殊权益为指归的。或者说,现行法律中的"特权"主要是给予社会中处于弱势境况下群体的一种倾斜保护。

与传统特权法唯权力马首是瞻不同,现代"特权法"是围绕权利或者权益建立起来的,因而这一立法设计并不违背法律的公平性原则。何况,向来就没有绝对的公平,只存在相对的公平。盲目追求形式上的公平,或许恰恰忽略了实质上的公平或者以牺牲个体公平为代价。另外,现行法律生于并长于现实的社会土壤之中。可以说,社会现实是法律的生命之源,同时也是它的生命之本。

基于人们在性别、年龄等自然属性以及学习、工作能力以及财富积累速度等社会属性之间存在诸多差异,社会群体中的每一个体不可能处在同一阶层。所以,法律的制定需要关照现实生活中个体的差异性。区别对待与寻求相对公平则成为促成现代"特权法"产生的法理基础。也可以说,是时代在召唤现行法律中的特权条款,而且它将成为保护每一个处在弱势情境中的个体之利益的坚强后盾。

所以,从这个角度看,现代"特权法"的出现恰恰是法律情感表达的一种方式。因为法律向来都不是冷冰冰的,包括被人们视为最严厉的刑法。法律中设置充满对弱者关怀和体恤的条款是由人们在社会中所处的现实地位所决定的。尊重现实会赋予法律新的生命,能让法律活在当下,活在人们的心中。

那么,现行法律中体现特别权益性质的法律条款究竟以什么样的面目或姿态出现呢?

从形式上来看,现行"特权法"主要表现为以下两种。一是,为保护某一类社会群体之特别权益而制定的专门性法律。如《中华人民共和国妇女儿童权益保护法》、《中华人民共和国劳动者权益保护法》等。二是,为突出某些特别权利或者为保护带有倾斜性权益而设置的专门法律条款。如《中华人民共和国刑法》中关于不满十八周岁的未成年人、怀孕的妇女、已满七十五周岁的老人不适用死刑之条款,关于保护劳动者合法权益的规制拒不支付劳动报酬行为的条款等。

类似的法律条款在现行法律体系中不在少数,而这些法律既有实体法方面的,也有程序法方面的。实体法方面的,如前述的刑法中的相关条款。程序法方面的,如刑事诉讼程序中的法律援助,其旨在帮助遭受刑事追诉却因经济困难或者其他因素而陷入弱势地位可能丧失权利保障能力的人。

在法律效力位阶上,现行"特权法"性质既有国家根本大法,也有基本法律和普通法律,还包括行政法规和地方性法规。例如,在国家根本法层面,我国宪法除规定对老人、妇女、儿童的特别保护之外,还明确规定公民在年老、疾病或者丧失劳动能力的情况下,有从国家和社会获得物质帮助的权利。

另外，如上文所述，在每一特权法律或者条款的背后，都能寻找到其设置的现实根据。换句话说，不同特权法律或者条款的存在是基于不同的现实情形，而据此也能找到现行"特权法"细致划分的依据。具体来说，主要包括以下几种情形。

第一，基于一些人在社会经济关系中往往处于劣势地位的情状，立法者专门制定针对保护劳动者合法权益的法律，针对农民群体设计税收减免的法律条款。例如在我国，仅保护劳动者合法权益的"特权法"就由系列性法律构成，主要包括宪法、劳动法、就业促进法、劳动者权益保护法、劳动合同法、劳动争议仲裁调解法等。

第二，基于老人、妇女、儿童在身体、性别、年龄等自然条件上处于弱势地位，立法者专门制定老年人权益保障法、未成年人保护法、妇女儿童权益保护法、反家庭暴力法等；并且出于其中一部分人群可能在家庭中处于劣势地位考虑，立法者在婚姻法、家庭法、继承法等法律中为其设计专门性的保护条款。

第三，基于社会中弱势群体往往承担更大风险的情形，立法者在诸如道路交通安全法中特别设置针对行人的保护条款，在诸如消费者权益保护法中设计针对格式合同提供者一方的限制条款，在诸如侵权责任法中设计可能的侵权人分摊责任以给予受害人更多的保护条款等。

第四，出于对人们之间存有的亲属关系或者其他特殊关系维护的考虑，立法者在诸如刑事诉讼法中设计亲属可以拒绝作证的规定，在刑事司法实践中不倾向于认定婚内强奸的行为；而另一方面，立法者也会在刑法中设计限制亲属之间遗弃、虐待行为的法律规定。仅就防止或者限制家庭暴力行为，我国在宪法、刑事法、民事法和行政法等方面都做了相关规定。

第五，在更为宏观的层面，如在涉及外交关系上，立法者通过相关国际法律规定，国家可以给予申请避难的个人提供政治庇护；而在处理民族关系上，则会通过制定特别条款给予经济、文化等欠发达民族以带有倾斜性的权益保障，或者对歧视或者侮辱少数民族的行为进行特别干预。例如，我国刑法中就专门设置了出版歧视、侮辱少数民族作品罪，侵犯少数民族风俗习惯罪等罪名。

当然，众多关于弱势群体特别保障的规定分布在现行法律之中，无法——罗列，但总体而言，制定这些特别法律条款的宗旨是为了社会共同体中的每一个成员，特别是弱者，能够享受到法律的福利。由此看来，现代"特权法"其实也是弱者权益保护法。

自己的身体可以随意处置吗？

近日听闻有人向各大武术门派发出江湖挑战令。令称，比武不戴任何护具，无规则限制，可以采用踢裆插眼等各种手法，生死由命。此令一出，立即在武林中引起一阵旋风。各大武林门派纷纷应战，并且承诺无限制、无差别、生死由天。这阵仗一派"老炮儿"作风，说白了，就是"约架"。究其性质，它既不同于现代流行的拳击和搏击术竞技，也不同于历史上曾经风靡一时的"打擂台"与决斗。

现代社会，为了增强竞技体育的魅力，在经过法定程序审批之后由一些合法体育组织或者社会团体设置一些具有激烈身体对抗的武术、搏击、格斗赛事，在国外如职业拳击赛、职业摔跤赛等，在国内如昆仑决自由搏击赛、CKF中国功夫争霸赛等。这类现代竞技具有强烈的身体对抗性，因此体育伤害几乎不可避免。为了防止不必要伤害或者过度伤害的发生，这些赛事往往会制定较为科学缜密的体育规则。

虽然说，运动员走上竞技台的确在一定程度上意味着放弃了某种身体权利，或者反过来说，他能够走上竞技场就表示他能够自由行使身体处置权利，对自己的身体说了算，并以此承诺别人可以合法侵害。但这一切的前提是，这种赛事必须是合法的，同时这种竞技的规则也一定是科学、周密和细致的，而且运动员的承诺也是有一定范围的。否则，你愿意送命，也没人给你搭建断头台。而且，你的逞强斗狠或者鲁莽不仅仅是个人的事情，有时还会给他人制造麻烦。君不见，有多少喜欢极限挑战且鲁莽的"驴友"不仅在挑战自己的身体极限，也在挑战整个社会的救助底线和民众的心理底线。

古代社会发源于劳动或者军事的"打擂台"虽然一般攻守双方会签下"生死文书"，并约定生死由命，概不追究相互责任。不过，即便在其早期阶段，主办方或者中间人也会做出不准打面部、不准挖眼、不准使用暗器等规定，以限制选手采用无节制乃至无节操的手段，从而有失公允与文明。由此看来，"打擂台"或者"决斗"又何尝不是优雅之举，文明的产物呢？而且古代的打擂台并非都是为了解决个人恩怨，而大多是出于公心与善意。例如为了选拔人才、比武招亲、切磋武艺、增进友谊等。

与之相比，"约架"者大体是出于逞能、斗狠、解决个人恩怨等一己私心。约架者双方的表现形式既可以是一对一，也可以是一群对一群。一般"约架"会选择在月黑风高时、无人旷野地，以免引起人们尤其是警方的注意。如这般利用互联网大造声势的还不多见。当然，此次发出江湖挑战令者自称约战江湖各大门派是为了武术打假，而应战者也声称迎战是为了教训狂徒给传统武术正名。姑且不论中华传统武术精神到底是什么，且就双方大张旗鼓的"约架"所引起的江湖风波和网络声势而言，这极可能会扰乱网络和社会秩序，从而让这一行为沾染上寻衅滋事的性质。与现代职业搏击以及古代打擂台比较，公然或者大规模"约架"更类似于刑法中规定的聚众斗殴行为。所以，"约架"行为不仅违法甚至构成犯罪。即便单人对单人之间的私密"约架"也可能因为涉及故意伤害乃至故意杀人而构成犯罪。至于"约架"者之间制定的"生死状"这一对身体权利放弃的承诺对于刑事责任而言毫无阻却效果，甚至对民事赔偿事宜也没有多少法律意义。

在另一层面，或许约架者会执拗于自己的身体与生命自己说了算，关他人何事？真的如此吗？在身体发肤受之父母的中国传统理念中，任意摧毁自己身体或者自己生命的行为在一定程度上是对亲情和伦理的悖逆。即便在现代社会，它也不仅仅是道德问题，有时它还会成为法律问题。也就是说，即使你自行处置自己的身体，也可能会因此扰乱社会秩序或者损害国家、他人利益，从而引起法律关注与介入。

比如，作为一国公民，在必要的时候身体会被国家征用。正如我国宪法规定，中国公民有服兵役的义务，而一旦成为一国军人，就有随时为国家和民族牺牲的义务。在战时等特殊情形下，军人等特定主体如果自伤身体以逃避作战义务需要负刑事责任。即便一般民众在行使身体处置权时，也要顾及公序良俗和社会秩序。以我国现行法律规定而言，一般情形的自残乃至自杀不会触及法律，但如果你利用互联网直播自残或者自杀的血腥场面，就不再是自己的事情，而成为公众事件，因而可能会危及他人利益并需要为此承担相应的法律责任。再比如，在自己的家里或者其他私密场所，"玉体横陈"也无人过问，倘若在大众场合裸奔则不仅有碍观瞻有违道德，还可能会触及法律。事实上，公然性交等行为也被作为有伤风化犯罪为许多国家的刑事法律所规制。因此，人们绝不能以行使性自由之权利为理由阻却法律的责难。

至于公民有无身体处置自由呢？在现有的法律框架内，身体支配权不仅是一项民事权利，还是一项宪法权利。但公民在行使身体权时需要把握度，不能随意处置，应当是合理支配，更不能因为行使身体权利而有损国家、社会和他人的利益。因此，在较为私密场合，私自行使处置自己身体或者限制自身自由的行为，一般为法律所容忍。对他人行使有损身体健康的行为，在被害人有效承诺的前提下，也会在一定范围内为法律所容许。如果触及法律规则的上限，即便有被害人的承诺，行为人也需要承担法律责任。故此，"约架"乃至正规的比武，亦会受到竞技规则和法律的限制。本质而言，故意的和不必要的伤害之所以会受到法律规制，是因为此类行为不在身体处置权限范围内。

公众人物隐私权应不应当受到限制？

近年来，一些娱乐明星、体育明星等公众人物的私生活不断受到侵扰并甚至为此对簿公堂，从而不仅使公众人物的隐私权成为一个社会热议话题，也使得公众人物隐私应不应当受到保护成为一个需要探讨的法律命题。当然，这个法律命题的另外一个层面还隐含着公众人物的隐私权应不应受到限制的问题。

在解答这一问题之前，首先需要解答隐私到底是什么？说白了，隐私就是身体的禁忌，就是人们在身体以及紧密围绕身体的领域内，有获得安宁、不受打扰的自由。在自然意义上，谁都是自己的国王。在社会生活中，只要不危及他人与社会，任何人都有权获得自由并同时得到保护。在本真意义上，自由的原点或者说最核心的部分就是身体的解放。正如尼采所言，一切要以身体为准绳。在社会意义上，身体解放则意味着获得社会共同体其他成员的尊重和有权机构的保护。经由宪法、民法等法律规范予以固定，身体禁忌自由就成为隐私权。可见，隐私不仅是身体的一部分，也是权利的一部分，是法律赋予每一个社会成员都享有的人格权利。所以，在这个层面上，任何人的隐私权都不应当受到限制。不过，值得探讨的是，既然隐私权作为一项权利，就意味着它可以放弃。那么，放弃的隐私权会不会受到限制呢？

这只是问题的一个方面。当涉及公众人物时，因为主体的特定性，隐私权在内容设定和权限使用等方面都会发生变化，随着主体的不同而有所差异。为何会如此呢？就如同人们在权利面前是平等的，但是在权利行使上却因人而异。隐私权作为一项权利，可以放弃或者自愿削减，同时，隐私权的行使或者获得保护的程度还要和义务的履行情况相匹配。在资源有限和利益分担的基础上，任何人的权利又都不是无限的。在这个层面上,不仅仅是公众人物,任何人的隐私权都应当受到限制。所以,这也是权利的应有之义,即任何权利都不是绝对的,必须与义务相一致,必须受权利内容和范围的限制。当涉及到公众人物,尤其是对广泛占有或享受社会资源的娱乐明星、体育明星、政治明星而言,他们需要比普通主体付出更多,换句话说,他们可能会因为对社会资源的更多占有或利用而在某些隐私权利上受到更大程度的限制。

以此而言,娱乐明星等基于职业选择成为公众人物,在享受社会其他民众给予的惠利的同时,需要牺牲一部分隐私以满足其他民众的知情愿望。对于娱乐型公众人物而言,你的言谈举止、你的衣食住行、你的道德情操等都需要格外修炼,甚至在一定程度上需要作出牺牲。例如抽烟并不违法,但是作为青春偶像,你在公众场合公然吞云吐雾不仅有损自身形象,更会带来负面影响。所以作为明星人物,你被曝光的隐私需要充满正能量,否则就会背离人们(特别是"粉丝")的期待感,从而会有损喜爱你并为你提供优越生活资源的那些人的朴素感情。对于政治型公众人物,你除了要遵守职业操守之外,还应当恪守当初向你的选民作出的承诺,同时基于你占用和支配公共资源的职业特性,你还需要划清并亮明公共资源与私人生活资源的界限,注意节制自己乃至亲属的消费活动。所以一般国家都会建立诸如公务人员财产公示制度,以限制公职人员的隐私权。

另外,视主体出于自愿还是被迫之情形,有必要对公众人物作出自愿型和非自愿型的划分,防止在主张限制公众人物隐私权时,以偏概全,波及无辜。因为,在互联网和自媒体发达时代,任何人都有可能成为公众人物。

无法否认,一些人基于职业需要,乐于成为公众人物并且为了防止在公众视野消失而选择通过各种途径频频曝光,诸如一些靠曝光率吃饭的娱乐人士和一些靠博取选民支持赢得政治生命的政界人士等。甚至,有些人为了获得财富,不惜用曝光隐私的方式来迎合部分人的猎奇欲望而成为公众人物,并最终获得点击率和馈赠。这些人可以概括为自愿型公众人物。

与之对应,另外一些人则可能属于被迫或者因为"躺枪"而一不小心成为公众人物。这些人可以称为非自愿型的公众人物。对他们而言,成为公众人物并非意味着风光无限,而意味着身陷泥淖,不可自拔。例如在一些典型的司法案件中,涉身其中的当事人因为案件成为社会的焦点从而成为公众人物。但是这些人有几个希望被广泛并持续关注?他们中的一些人本来就是普通人,原本就想过不被关注和打扰的普通生活。可一旦当他们成为公众人物,生活就变得不再安宁。诸如"彭宇案"中的当事人,彭宇被迫离开熟悉的地方,对方当事人也不堪好事之徒的袭扰而不得不几次搬家,就连案件的审判法官也陷入无奈。

　　总之,人们讨论公众人物隐私权是否应当受到限制这一话题,既需要对隐私权本质进行解析,又需要对公众人物作出划分。当公众人物的隐私权与公众的知情权发生冲突时,自愿型的公众人物应当本着权利与义务对等的原则,做出必要牺牲,放弃或者削减自己的隐私权。这就意味着,与非自愿型公众人物相比较,自愿型公众人物的隐私权应当受到更大程度的限制。

沉默的自由

中国留学生章莹颖失踪案牵动着不少国人的心。随着案件的进展，犯罪嫌疑人克里斯滕森也浮出水面。嫌犯在接受美国联邦法院聆讯时，全程一言不发，保持沉默。据报道称，在侦查等其他的刑事程序中也大致持有沉默态度。犯罪嫌疑人的这种态度在一些国人看来，不可接受。因为，在他们看来，嫌犯的开口才能为找到被害人提供线索，才能拯救被害人生命，而生命是最宝贵的，在生命面前任何人都不该无动于衷。

不过，抛开对章莹颖的关切不谈，只就涉嫌犯罪的克里斯滕森保持沉默一事来看，他能不能这样做，有没有权利这样做？美国根据宪法确立米兰达规则，从而确定了嫌疑人在面对讯问时有权选择保持沉默。也就是说，在美国，公民拥有沉默权。尤其是，在没有证据证明一个人有罪并最终被法院判定为犯罪之前，任何人都应该被假设是无罪的。所以，仅在法律层面，不管犯罪是不是他所为，章莹颖一案的嫌犯拒不认罪和闭口不谈犯罪事件的行为并没有违法律。他有权利这么做。

或许，在某些具体案件上，人们会为犯罪嫌疑人的缄默而感到焦虑和愤怒，尤其当沉默会阻碍侦查顺利进行甚至危及被害人生命的时候，嫌疑人的缄默会被视为一种傲慢和对生命的藐视。

但是当每个人都可能成为犯罪嫌疑人的时候，人们又该如何看待这一权利呢？从犯罪学的角度而言，每个人都是潜在的犯罪人。每个人也都可能成为犯罪嫌疑人。一旦如此，对于身陷危险境地的犯罪嫌疑人来说，是不是拥有这种沉默的权利就等于拥有了一根救命稻草。如果不被假定为无罪，并且没有沉默权的庇护，审讯人员总想从犯罪嫌疑人嘴里得到点什么。这为刑讯逼供打开了缺口。

历史上，刑讯合法化的时代，为获取口供而设置的形态各异的刑讯工具虽然在一定程度上可以为快捷结案提供帮助，但反过来，几乎没有人（在夹棍之下没有好人与坏人之分，只有肉体和灵魂之别）能够承受皮肉之苦，于是虚妄的供词不断演绎，甚至将案情引向离奇的幻境，加之侦查技术的落后，冤案层出不穷。即便是在侦查技术已经日新月异的今天，刑讯也不失为提高办案效率和节省司法资源的一条捷径，如果允许或者合法化的话，刑讯仍将泛滥。试问，在每个人都是潜在犯罪人和都可能成为犯罪嫌疑人的情形下，谁愿意不开口说话就要为此承担身体上的苦楚呢？所以，现代各国大都通过法律形式禁止刑讯逼供，并将刑讯逼供得来的口供作为非法证据予以排除，不得使用。

而且，沉默本来就是人类生活的一种方式。人类是群居动物，靠交流维持社会关系并希求获得更多的生存途径。自从人类有了语言之后，语言表达成为一种重要的流方式。言论自由可谓为人类的天性。所以，法律除了禁止不当言论之外，会通过赋权的方式保护人们的表达权。不过，一个可能的误区是，人们将表达权仅仅理解为法律对人们交流和表达欲望的赋权，即预留和保护人们的发言权。其实，表达权理所应当包含人们禁声的意愿和自由，也就是保持沉默的权利。正如，在某些时候，人们渴望独处，自行与外界失联，保持静默。这时候，知趣的人就应自觉走开，不去干扰甚至要想方设法维护当事人的这份安宁。

所以，在法律层面，言论自由不仅包含必要且正当的畅所欲言的权利，也当然包含保持沉默的权利。换言之，沉默权就是表达权的一部分。在某些场合禁止发声，是对人的不尊重，而某些场合逼迫你说话，让你没有沉默的自由，也同样会令人失去做人的尊严。从维护人格尊严这个角度上看，法律应当赋予人们沉默的自由。

尤其在强大的刑事追诉过程中，保障犯罪嫌疑人拥有沉默的自由代表着人类社会的一种莫大进步。因为，不经过审判，任何人都是无罪的，不能称之为罪犯，也无需为已然发生的犯罪事件买单。在刑事诉讼的前期阶段，犯罪嫌疑人也只是被怀疑的对象，没有为自己无罪提供证明的义务。证明其有罪，那是追诉机关的事情。谁主张，谁举证。只是基于程序推进的需要，也为了案件顺利开展，在法律框架下，拥有公权的追诉机关可以运用羁押等方式对最令人怀疑的那个人进行人身限制。接受这种限制也仅仅是每个公民出于维护人类社会整体秩序需要而作出的必要牺牲。除此之外，犯罪嫌疑人可以辩解，也可以保持沉默，以免言语不当而招致无端麻烦。

赋予人们沉默的自由，尤其在刑事诉讼程序中给予犯罪嫌疑人沉默的权利，无疑会在一定程度上造成刑事程序的阻滞，就如章莹颖案短时间内无法彻底侦破。尤其当侦查无法有效推进案件前行，收集到的证据不足或者存在一定瑕疵，可能会因此放过真正的罪犯，从而牺牲了个案的实质正义。但是，能够通过法律的形式，明确人们在刑事程序中拥有沉默权，却可以最大限度保护犯罪嫌疑人的权利，特别对于那些无端牵连进刑事程序的人而言，会起到实质有效的保护作用，也因此维护了法律的程序正义。

最好的法律效果是能够在个案中实现法律的程序和实质之双重正义。具体案件中，在遵循法律程序正义的同时，能够实现个案的实质正义，也就是说，令真正的犯罪者为犯罪事件买单，并认罪服法，这是再好不过的了。要达到这一效果，还要端赖于侦查技术的高超和司法人员的技艺等综合因素。当司法案件无法兑现法律的双重正义时，理性的社会里，人们更倾向于维护法律的程序正义。程序正义是法律的底限正义，因为，它不是为单个案件或者单个人而是为人类的整体设计的。

权利的放弃与坚守

家对面一楼老太太院子里的樱桃熟了，红彤彤的。她不紧不慢，不仅纵容鸟儿，更热情邀请邻居来品尝。过了一阵子，老太太院子里的枇杷又熟了，黄灿灿的。老太太依然不紧不慢，邀请邻居们品尝。过往路人伸手到篱笆内摘几个，老太太也不阻止，还笑嘻嘻地看着，用眼神或者语言鼓励着。这让我想起小时候记得的一句民谣，青瓜烂枣，逮到就咬。那时，在乡村的瓜田李下，过路人或者村里的孩子顺手三瓜两枣的，那都不算事，也不能叫偷。主人们即便看见也都睁一只眼闭一只眼，没几个人较真。

从法律角度上衡量，请人品尝自家的果子，这也是权利的让渡。权利本身意味着拥有。在这个角度上，它是封闭的甚至是私密的。引申而言，当别人无端侵害你的权利，你可以用各种合理手段包括拿起法律武器来捍卫它。坚守权利，自然有法律上的依据，在道义上也无可厚非。不过，不管在熟人社会，还是在陌生人社会，你总会和别人产生千丝万缕的联系。你既是独立的个体，又是社会整体的一部分，因而无法完全独立。所以，你得学会分享，哪怕是要你拿出你的自由、财产。在这个角度上，权利又是开放的。而且，权利并非是个绝对的字眼，无形的有形的，大的小的，不可千篇一律。权利人不能固执己见，更不能抱残守缺。你要知道，在权利的分享与让渡上，你让人家一尺，人家会敬你一丈。换句话说，权利的放弃意味着更多的获得，正所谓有失必有得。

从权利可以让渡的自由性上看，权利又是可以用来交换的。这种交换，不仅仅体现在权利和权利之间的交换，还体现在权利和义务之间的交换。实质上，没有义务也就没有权利。虽然，交换的权利和义务在数量上并非要求完全对等,但它们之间要具有基本的匹配。由义务又引出权利行使的界限问题。也就是说,权利并非没有限制。一方面,它会来自义务的限制。就如同人们出让自由,是为了获得更多的自由,而出让自由就意味着对自由本身进行必要的限制。另外一方面,权利的行使还要受到时间的限制。因为,法律不保护懒人。躺在权利上睡觉,不珍惜或者不正视权利,就会让权利从指间一点点流逝,从而失去中立机关(如法院)保护它的意义。就如法律设置诉讼时效制度来警示权利人及时行使权利。以此而言,权利也是另一种义务。

  不过,权利与义务之间有着显著的区别,其中最本质的区别就在于,权利可以放弃,义务必须履行。放弃权利可能意味着放弃一些东西,但权利主体不必为此承担法律或者道义上责任。但是,我们不能消极对待权利,更不能忽视权利,在必要的时候还要选择坚守权利。所以才会出现,有人为了争一口气,而选择打一元钱的官司,以捍卫权利的尊严。

拳头与法律

近来，不断听闻司机掌掴交警事件。肇事者中不乏女司机，其中，有银行行长，有开"大奔"者，亦有撒泼耍赖、借酒发疯者。这一风气甚至传染到国外，印度就有一"官二代"多次掌掴交警。本想感慨，交警总是受伤盖因其没有用以防卫的适宜装备或者对其"动手动脚"的主儿非富即贵，再不济也是"官二代、富二代"。不过，一些"平民车"司机遇见交警盘查并非都是两股战战几欲先走，也有不少人敢和交警叫板甚至开战，这着实令人吃惊。当然，交警亦非弱者，亦听闻有女交警掌掴违停的哥之事发生，甚至有交警打人之后摆出"V"字手型。

不限于交警与司机，以城管与小贩为典型代表的执法者与被执法者之间的故事亦在不断演绎，其间免不了冲突场面，而且不仅限于"动手动脚"，甚至"动刀动枪"，不时有流血场景出现。

或许是和平年代，在街头争斗中，谁是强者，就看和警察的交锋强度和力度了。于是形态各异的与警察干仗的事件时常见诸报端。有的是官员打警察，有时剧情也反转，变成警察打官太太。有时是城管和警察之间对垒，更有甚者，也会上演警察和警察血拼的狗血剧情。

有些冲突事件的真实性固然尚需考证，但笔者更为关注的是"拳头"在这些冲突场景中的隐喻和象征。

在野蛮愚昧时代，血亲复仇是人类的一种生存方式，个体乃至群体复仇靠的就是身体征服。即使人类进入文明时代，政治冲突亦多借助于武力解决，尤其在冷兵器见长的古战场上，孔武之人多会成为英雄。饶是国人受孔孟之道浸染已久，亦受"君子动口不动手"古训规诫，但是崇尚武力仍是华夏人血脉里自然流淌的一种属性。

尚武、勇猛固然值得称道，特别是遇外敌来侵时，更需要推崇。问题是,崇尚武力的风习需要靠主流道德体系加以节制与引领,否则就容易剑走偏锋。当下社会的多元化发展路径给道德体系带来一定冲击,致使部分人失却拨开道德迷思、厘定真假道德谱系的判断能力。于是,狂妄、粗鄙、势利等丑陋的道德观成为社会生活中的一脉,并很快在"拳头"的挟持下演绎为一股暴戾之气。在其支配下,这部分人尽情发泄不良情绪,无视道德与法律,动辄对他人泼洒污言秽语或者挥拳相向,有的甚至动刀动枪,滥杀无辜,草菅人命。近些年发生的一起起灭门惨案就是注脚。

毫无疑问,在特定的语境下,"拳头"是宣泄情感、震慑对手、降服敌人的有效工具。比如鲁智深对镇关西,三拳两脚,直抒胸臆,岂不快哉。若依了法律,尚不知要走多少程序,费多少时日,还不一定能达目的。在法治不倡时代里,统治者亦深刻领悟到"痛楚是真相的熔炼炉"的真谛,从而处心积虑地构建刑讯机制,以应付不愿意开口或不轻易服软的社会秩序破坏者,并借此以最小的资源损耗,获取维护统治秩序的奇效。

在今天,"刑讯逼供"这一暴力手段已经成为法治体系的蛀虫,为各国法律所不许。尽管不排除有急功近利之人希图眼前利益,秘密使用暴力,却也要担负有朝一日接受法律惩治的风险。可以说,任何僭越法律界限的施暴者终会被法律的利剑削去棱角,结局往往是不得不夹起尾巴,因为与法律的绵长之气相比较,拳头撑起来的气场终究显得局促与短暂。

每个人都是潜在犯罪人

现代社会的诸多进步是以风险滋生为代价的。生活在风险社会之中，每个人不仅要面临被害的风险，甚至还都要面临犯罪的风险。这绝不是危言耸听，事实上，每个人都是潜在犯罪人。我这样说，也打破了实证法学派关于犯罪者天赋异禀、骨骼清奇的描述。在我看来，没有所谓的"天生犯罪人"，没有天生就携带犯罪基因的人。

你想想看，为了维护社会秩序，现代社会的刑法体系中会增设诸多带有行政犯罪性质的罪名，而人们极有可能会在不经意间触犯这些罪名甚至从而构成犯罪。譬如，人们曾经因为一秒之差就犯下交通肇事罪，而下一秒还有未知风险在等着。

甚至，基于人类属于情感动物，而有时情感爆发难以自制，由此可能构成带有自然属性的犯罪。例如，你会不会因为走投无路而动过盗窃甚至抢劫的念头，你有没有面对衣着裸露又搔首弄姿的漂亮女子而想入非非甚至动手动脚，你有没有因为交友不慎而陷入非法持有毒品的危机，你有没有包庇过犯下罪行的亲人或者朋友，当你招人挑唆而异常愤怒时，你有没有动过杀了对面这小子的念头，或者失手打死了这小子，如此等等。即便你现在没有，面对存有诸多诱惑和不稳定因素的环境，你能保证以后没有吗？

当然，人类虽然是感情动物，但人和其他动物的区别就在于人是有理性的。可是，你应当知道，惩罚犯罪人就是建立在假定他是理性人的基础之上的，否则，一个疯子或者心智未开的人，能对其动用刑罚吗？所以，理性的人才有刑罚处罚的价值和意义。如此一来，也恰恰说明，在刑法意义上，理性的人才是真正的潜在犯罪人。

但我要说的是，正因为人是有理性的，基于对刑罚的畏惧和考量，正常的理性人才能够管控好自己的情绪,从而抵制形形色色的诱惑,尽可能地避免让自己从潜在犯罪人成为真正的犯罪人。但有时,这真的是一个概率问题,侥幸的人可以一辈子走运,得以平稳度过一生,而不幸的人就会触发犯罪的扳机,沦为犯罪的人,在监狱里甚至在刽子手那里度过余生。正因为犯罪有时是一个概率问题,取决于天时、地利、人和等诸多不确定因素,所以,出于对自己好一点考虑,每个人都应当祈求法治社会的降临,以防止自己一旦成为犯罪嫌疑人乃至罪犯时还能够维持一点做人的尊严。

所以,如果我们还算理性,就不应当做一个吃瓜群众围观甚至嘲弄每一个犯了事的人。尤其要学会尊重每一个进入刑事司法程序中的人。因为,一方面,无论犯罪嫌疑人、被告人还是最终的罪犯,他们都是人类一分子,我们没有理由嘲笑人类自身。另一方面,保不齐你在嘲笑别人的时候,哪一天,你也会成为被嘲弄的对象。如果有这么一天,每个人都能以平和而非漠然的心态、强制而非过度的手段去对待破坏社会秩序的人,更不会如脖子被捏住的鸭之形状,去菜市场围观被处决的死囚,就说明,人类真的成熟起来,法治社会也降临了。

谈谈规则

无规矩不成方圆。无论你身居庙堂，还是人在江湖，都要讲规矩。否则不管你多牛气、后台多硬，也免不了挨"老炮儿"一顿收拾。

中国社会历来是一个规矩多多的社会，既有耳濡目染、口口相授的，也有白纸黑字写得明明白白的。规矩在伦理秩序中多指礼仪，这种东西有时看不见摸不着，却处处留痕，最能彰显一个社会的传统文化；而在政治秩序中，规矩就是法律，条条框框写得清清楚楚，最能显现一个社会的法治文明。

制定规则的动因则是因为有了群体现象。狮子老虎素来独来独往，弱肉强食即可，自然无需讲规则。制定规则的旨趣也在于整饬群体中的乱象，矛头直指群体，没有哪一项规则是针对某一个体制定。如果谁要给你穿小鞋，专门为你量身定做一套规则，它至多是过期失效，没有长久立足的根基。作为个体，亦大可以在私密空间打嗝放屁，只要不扰邻，没人管得了你，也不见得有人愿意管。

普适性和普世性是规则的根本特性。但凡多人参与的游戏、娱乐或者体育活动，不能没有规则，否则一定会乱套，但规则又不能过于繁琐和细密，否则也会导致活动难以为继，或者即便开展下去，也会使得活动索然无味，人们失去了参与或者观瞻的兴致。比如在篮球等体育比赛中，为了活动的有序开展和保护运动员的身体，需要制定比赛规则，限制参与者犯规次数不能太多，犯规力度不能太大。如有无视规则者，就可能被裁判警告直至驱逐出场。不过，倘若比赛规则制定得过于细密、严苛，就会限制运动员的临场发挥，使其束手束脚，竞技就失去本性和观赏性。所以，体育规则不是以限制人的身体发挥为目的，甚至在有些竞技运动中，比如职业拳击、"铁笼格斗"鼓励运动员故意伤害对方,以增加这项运动的魅力。

所以,规矩多了,也会抑制或者破坏人们的正常生活。就如法治社会是现代人类的理想社会形态,但其最高境界并非是让人们处处感知法律的存在,相反繁密的法制体系应当做个隐身的"侠客",只是当人们需要法律来扶危济困时,它能像蜘蛛侠一样从天而降就行了。由此,在一定程度上,规则是用来适用的,而适用的前提并非一定要求被适用者明确知悉规则的所有内容。例如,构成犯罪并被刑事追诉并非需要犯罪者认识到其行为的违法性。

其实,人类的天性是追求自由的,没有人不奢望无拘无束的生活。想想我们的祖辈在原始丛林中,哪有这么多的规矩。只是当人类穿上衣服变得彬彬有礼之后,才发现规则也是一种文明。不过,理性或许只是人类的一种附属品,其实人类还有一种天性就是贪婪、无节制,或曰动物性。就人类社会的整体发展而言,规则所具有的对个体自由乃至贪婪的收揽、节制功能是人类社会最伟大的发明。可以想象,如果没有规矩、规制和规范,整个人类社会将会成为一盘散沙,最终结局只能是将自己遣送回丛林。当然,话说回来,丛林里又何尝没有丛林法则呢?

不过,事物总有相反的一面,规则的建立在一定程度上扼杀了人类的天性与自由。特别是一些充满罅隙或者带有功利倾向的规则,可能会让不谙世故的人们饱受煎熬,而能够让圆滑世故的人如沐春风。如果被人钻了空子或者被别有用心者所利用,规则还可能成为欺压良善的工具,或者成为一些人挂着嘴边的遮盖布。因而规则的生命力在于其合理与正当。判断规则善恶的根本标准是其本身所蕴含的正当与否。不过基于存在就是合理的生活哲学,合理性往往也能够成为支撑一些规则的续命膏。

比如,之于潜规则。当然,一提到潜规则,有些人首先就往歪处想,仿佛潜规则就是导演占演员便宜、"干爹"占干女儿便宜、老师占学生便宜、领导占下属便宜的代名词,以至于在娱乐界,甚至有演员专门站出来辟谣,称自己从未遭遇潜规则。

其实从规范层面而言,潜规则也是规则,在一定程度上,它已经具有了法律及道德规范的普遍约束性的特质,至少是被一部分人认可并且一体遵循。因而可以说,一些潜规则也有其存在的合理性,甚至在特定时期、特定地点，潜规则还能击败显规则，成为正宗。正如灰社会和黑社会何尝不是社会，在其中，社会所赖以生存的法则体系也往往得以构建。只不过，绝大多数的潜规则屏蔽了正常的社会规范，只惠及部分社会群体，而为其他民众所嫌恶。

不过，总体而言，潜规则终归因其与生俱来的猥琐而不能入大雅之堂。坦荡之人不求谙熟潜规则之道，只需明白明规则之理，即能独善其身，或者兼济天下。

至于，如何在规则丛林中释放人性的自由呢？这个倒不必过分隐忧，因为，一来理性的规则并非以压抑自由为目的，乃以保障自由为己任；二来善良的规则不会驾临无辜之人。丰富多元的生活场景已经徐徐打开，只要你的行为不干扰别人，尽可以自由释放你与生俱来的激情。

规矩的重要性

少年时，家里养了不少牲畜、家禽。养牛是为了耕地，养狗是为了看家，养猪是为了卖钱补贴家用。再加上鸡鸭鹅，好家伙，满满当当一院子。大人忙起来的时候，家禽家畜就交由我们这些孩子来打理，主要是管它们的伙食。

和这些动物打交道久了，就会摸出它们各自的秉性。老黄牛最忠厚老实，喂多少吃多少，从不抱怨，而且吃的是草，挤出的是奶。狗最听话，只捡主人吃剩下的，一般不会因为吃不饱向主人汪汪，它的汪汪声都是留给陌生人的。偶尔听说有偷嘴的狗，打几顿也就改了。可是如果你认为猪憨态可掬，是个十足的呆子，那你就大错特错了。所以看了国内外都有影视剧将主人公的宠物设定为一只憨态可掬的小猪仔，我就觉得不可思议。看看《西游记》里的猪八戒也该知道一二！

只有养过猪的人才知道猪是个什么玩意啊。每每喂猪总会惹得一身气。譬如，你举着勺子准备往槽里倒猪食，它一准会双脚甚至整个身体踏进食槽，仰起脖子瞄准你勺子的方向，不管你转向哪里，它的猪头都跟到哪里，根本没有你出手的空间。在猪的眼里，只有吃的。如果你不愿意僵持下去，抽空往下倒，一准弄得它一身淋漓，或者洒了一地。几个回合下来，当你的耐心被消磨殆尽，换回来的是找根树枝抽打它的猪拱嘴，或者干脆不再喂食，任其饿得哼哼唧唧去。当然，这些行为在动物保护主义看来，绝对属于虐待行为，要饱受苛责。说不定在主张刑法增加虐待动物罪的人眼里，已经算是犯罪了。好在那时，大家都在忙于解决温饱，也没有今天这么多的爱猪人士。

和黄牛、狗儿相比，猪挨饿和挨揍的次数最多，这就是不守规矩的后果。其实，猪也不是没有记性，它一次两次因为吃不上食，或者挨了多次树枝抽打之后，就会长记性，变得消停一些，喂食工作也就相对顺利了。所以，对不守规矩者，惩罚还是必要的。

人的世界也一样。当然，人的聪明劲岂能是猪这些低等动物所比？在获取小惠小利上，人的机巧之处在于不仅仅单兵作战，还善于组团。这个就有点麻烦，法不责众嘛。所以，组团破坏规矩，往往使得违法收益和成本之间被辟出鸿沟，使得在收益面前，成本太小，甚至有时还会是零成本。譬如中国斑马线上的集体闯红灯，高速路上的集体哄抢。不少人因此获利，却鲜有人为此受罚。时间久了，规矩就不好立了，更没人守了。

俗话说，没有规矩不成方圆。这话在法治社会的建设中一样适用。不过，立规矩，不能仅仅停留在规则制定上，有规则也会有人不遵守，一个人不遵守就会带动越来越多的人不遵守，长此以往，规则形同虚设。所以，立规矩，还要体现在规矩的兑现上，尤其是对违规行为的处罚以及处罚力度上。

就此，正如沈家本先生所言：国不可无法，有法而不循法，法虽善与无法等。

譬如行人闯红灯。一大群等着过马路的人中，有人闯了红灯，先人一步过到马路对面，并回眸一瞥，何等傲骄！大家看看没事，既没有人对这种行为开罚单，闯红灯者也没有立即被车子撞到，于是纷纷效仿，最后导致闯红灯者如过江之鲫，红灯也形同虚设。闯红灯多了，斑马线就会成为危险地带，总归要出事，更何况扰乱了交通秩序，甚至败坏了一地的社会风气。于是，有地方开始采用电子抓拍并显示在路口电子屏的做法以警戒行人，但收效甚微。何况这种面部图像采集和比对需要信息技术的支撑，同时信息的发布还可能侵犯人的隐私权等诸多权利，或者招致其他不必要的麻烦。

为何交通规则非常明确，并且有时还伴有警戒，行人还是不遵守交通规则呢？在我看来，就是闯红灯需要付出的代价太小。对于有些不顾颜面的人来说，大屏幕显示就相当于是为他做了免费广告。所以单纯的警示权当是他下酒的佐料了。

如果换一种做法？想想看，若不是根据现行道路交通安全法，根据情节最多只罚款五十元了事，而是凡闯红灯者一律罚款，从而降低罚款的随意性，即罚款不是随交警的心情而定，而是根据客观事实，增强罚款的必定性。罚款采用浮动制而不是限额制，即罚款根据其收入比例设定，并随着闯红灯次数逐级递增。交不起罚款的可以去社区做义工。

倘若如此，还会出现某地一大妈闯红灯之后放出"不差钱、明天继续闯，教育子孙去偷、闯红灯，见警察就骂"之类的豪言壮语。如果是老人故意闯红灯而不悔改（这里特别提出老人这一特殊人群，并没有歧视之意，而是现实中的确见到不少老年人以不懂交通规则为由，无视红灯的存在），可以通过民政部门扣除其一定的生活补助。

这样还解决不了问题，可以仿效违章车辆，扣分。当然这里的扣分是交警部门与其他工商、银行、民政等部门建立联动机制，折扣其信用度，令其闯红灯的污点掣肘他的生活能力。

命运也讲规则

最近社会上流行一种观点,就是,人运气的好与坏都能和命扯上关系,谓之为命运。甚至有一句民谚说,人的命如钉定,胡思乱想不中用。这是典型的宿命主义,当然也是唯心主义。一个人的人生活动轨迹,当然不排除偶然因素。比如当年硕士毕业之际,我一位同学在回家火车上正好和某科研机构人事处长坐在一起,因而二十几个小时的路程成了他的特别面试之旅,这位同学毕业后就顺利进入这家很多人垂涎的单位。于是,就有人感叹命运的造化之功。但是你何曾想过,这位同学为何能够得到人事处长的青睐?而且,故事还在继续,十多年后,我这位同学已经做到这家单位的人事处长了,这又该如何解释?我倒是对上面那句民谚的后半句话比较认可,只是临渊羡鱼,胡思乱想倒是真的没有什么用。

前段时间,不少人被一篇《我叫范雨素》的文章拨动了心弦,特别是其开篇的一句话极为博取眼球,即"我的生命是一本不忍卒读的书,命运把我装订得极为拙劣。"文中还多次提到命和老天爷。或许正因为作者让自己切身感受真实地流淌令不少人感同身受。也有不少人借题发挥,不停声讨命运的不公。其实声讨的声音往往都具有切己性,都是在翻动自己生命里曾经的不堪。

谁的生活之路又都会是一片坦途呢?朱之文、王宝强等曾经的社会底层人物之所以能够一夜之间走红,自然有其走红的原因。马云当年不也是处处碰壁么?反过来,即便你有万贯家财,也有坐吃山空的时候。你出身卑微,生活困顿,这不可怕。可怕的是,你不能将苦难当成财富,浑浑噩噩,自甘堕落。

最近几天我都在为一个已经通过清华"自强计划"的贫困考生庞众

望感动着,尤其是他写在日记的那句话,"既然苦难选择了你,你可以把背影留给苦难,把笑容交给阳光。"

所以,你可以信奉命运,这无可厚非,但你要知道,命运也是有规则的。正如,我们每个人出生在谁家,出生在哪里,那是命中注定的,但是生活的轨迹却由自己去修正。

或许,一句歌词最能够诠释命运的规则,那就是"三分天注定七分靠打拼,爱拼才会赢"。

暴走族的法则

锻炼身体，增强体质，是现代人追求的一部分，没什么不好。锻炼远比沉溺于网络游戏或者在麻将桌上垒"长城"好，当然值得提倡。我本人就非常注意身体锻炼，几乎一天不舒活筋骨就浑身难受。

问题在于，锻炼也要掌握分寸，更要遵守社会生活准则。对于个人而言，身体运动不能超负荷。即便你是职业运动员，拥有超人一等的身体素质，也会因为大负荷运动而损伤身体乃至猝死。作为一般人，就更应该知道运动的轻重，根据年龄和身体状态等量力而为。对于他人和社会而言，运动不仅要遵循运动规则还要遵守社会规则。任何人都不得以锻炼的名义，公然违背社会道德与法律秩序。

但如今，我们经常能听到因为锻炼而引发的争议。譬如，大妈们（也夹杂着大爷，甚至不排除有居心叵测、图谋不轨的大爷）因为广场舞和篮球小子，和城管，和物业管理员，和交警，和公园管理人员，演绎着不同版本的口水战乃至拳脚之争。

和广场舞大妈相比较，暴走一族更加吸睛，常敢为天下之先，时有超常规之举。仅仅一个"暴"字，就有大书特书之处。从身体的角度看，暴走乃一种超负荷锻炼方式，对于其中绝大多数人，是在挑战身体的极限。在精神层面，暴走却似乎又能给人带来无端自信，并且极容易培植唯我独尊甚至霸气侧漏的感觉。仿佛参加暴走团就是去闹革命，打着旗子，喊着口号，步调一致，播放着高亢的旋律，如洪流一般，足以打破一切敢于阻挡的力量。

在场地选择上，暴走族多会以公园、大型操场等休闲场所为首选目标，一旦攻占，就会以碾压的战术驱散散兵游勇们。如果这些场所实在不堪其扰而选择向他们关闭时，暴走族抗争无果之后会另辟蹊径，有时甚至把战火烧到交通要道上，吓得司机两股战战，交警也如临大敌。这不，近日听闻某地"暴走团"占用机动车道，被出租车追尾，酿成一死两伤的悲剧。几天后，又惊闻这次"暴走团"上路，动用了叉车压阵，试问，吾有此等武装，还有出租车等小车敢以卵击石吗？

相信，没有相关医学会证明暴走有利于身体之健康，反而会损伤膝盖等身体器官，但是暴走族我行我素，顽强地生存下去。而他们的生存法则是，走他人的道，让自己终有一天也无路可走。暴走族得以构建和维系的法则是，抱团就有力量，抱团就可以碾压个体，抱团就可以无视社会安宁，抱团甚至可以无视法律，因为人多力量大，而且法不责众嘛。

当然，加入暴走团体多为中老年人，出于锻炼身体的愿望，并无不妥，也不应稍有违规之举就过于苛责，更不能随意贴标签，但是从身体和安全的角度考虑，还是建议，选择暴走需谨慎为之。

"老炮儿"的规矩

电影《老炮儿》不仅止于描绘"烟"、"酒"和"性"等场景,还向人们展示一种别样江湖,而"烟"、"酒"和"约架"等元素旨在营造一种江湖氛围。当然,"江湖"并非总和"黑社会"或者"灰社会"联系在一起。我在几篇关于乡村和城市灰色群体的文章中也多次将这些群体与"江湖"勾连在一起。但事实上,正如有人所言,"江湖"只是一种概念,有人的地方就有江湖。你我又何尝不正身处江湖呢?

《老炮儿》以最后一个"江湖大佬"——"六爷"教育小偷如何做"事"才算是"讲究"开篇,点出"别样江湖"也离不开"规矩"二字,否则江湖必将分崩离析。正如电影镜头交代,这种别样江湖也经历着世事变迁,彼时的江湖气质已经难以和现代江湖合拍。许多曾经的江湖规矩已经跟不上"时代的节奏"。

我们虽然并非艳羡"老炮儿"眼中的"江湖",也不会赞同"六爷"身上的"混不吝劲儿",但以其为代表的那一代"江湖人"身上确乎暗藏着一种令人心灵悸动的品性,那就是对道义的尊崇。在他们眼中,道义就是规矩。人不可没有规矩,更不可失却道义。在江湖中,背后下黑手、出阴招,朋友有难不帮忙、做缩头乌龟,那都是不讲道义的行径。因此,在"六爷"看来,动了别人的女人就要负责,毁了别人的东西就要赔偿,即使约架也要光明磊落,能独自承担的事情就自己扛着。这一系列事件都在为电影里的"六爷"着色,直至其毅然举报贪官污吏,然后决然赴死,一下子使得这个角色无比丰满起来。

"六爷"已死,但其尊崇的道义和规矩已经融入到代际之间,并得以传承。电影《老炮儿》开篇和结尾中都出现的"问路人",关于他的"一答一问"勾勒"江湖"的主线,也恰恰隐喻了人类社会得以构建和维系的根本。任何一个社会,任何一个群体,若要健康有序发展,必然离不开规范的制定和遵守,这也是人类生活的基调和主线。

露天电影院的规则

生于我们那个年代的农村人,对于露天电影院没有不熟悉并怀有特殊情愫的。大约在二十几年前,刚上大学,我曾经写过一篇同名小文,发表在某某青年杂志上。不过,早已模糊彼文的内容,亦找不到彼文的原稿,发文的那本杂志也不见踪迹,所以不得文章原貌。只是约略记得文章开头以听郁冬(当时一位民谣歌手)的《露天电影院》勾起我童年的无尽遐思起头,其后以少年特有的才情和口吻描述了孩提时代在露天电影院的种种行径。现在回想起来,印象得以沉淀的是人们在露天电影院的活动规则。

不过这种规则并非以明文示之,也不同于现在的乡规村约,在当时它就是一种乡村生态。彼时的乡村社会物质生活贫乏,但精神富足。常见到孩童们一丝不挂愉快地满村子疯跑,常听到大人们爽朗的笑声。大家比邻而居,相互信任。在我的印象里,各家的鸡鸭鹅狗大都散养,没见得谁家东西丢过,有时自家母鸡将鸡蛋生在邻家炕头,也会捧在手心给送回来,即便不送,也会在见面时打声招呼,"鸡蛋我吃了啊。"出门走亲戚或者下地干活,没有几家锁门的,最多找一截小树枝或者秫秸杆将门鼻轻轻一穿,回来时一定还是走时模样,除非大风吹了去。

当时土地贫瘠,为了增加收成,人们努力收集人畜粪便等有机肥料(我们当地土语叫钩屎,书面语称拾粪)。不过拾粪有拾粪规矩,还依稀记得有这么一条,即先见到粪便的人若忘记带工具,只要挨着它轻轻放一块土坷垃,就说明这东西已经名"花"有主,其他人就会自觉走开。

露天电影院的规则约略如此,不过多属于孩子们的,大人们并非不来赶场,只是不稀得为了一场电影而参与到捍卫领土纷争中来。虽然农村土地广阔,但适合放电影的场地毕竟有限(因为大块的打麦场多位于村外),于是地盘之争成为孩子们的头等大事。

有消息灵通的孩子前一天就在电影场的中央地带用粉笔划定或者用土块垒出圈子,冬天的时候则用干草铺子铺开。晚来的孩子就以此为中心,渐次封疆列土。十里八村临时赶来的人们只有远远观望,有时还不得不转到银幕背后去观看字幕反过来的影像。总胜过跑了十几里的土路,电影却没有如约放映。这种情形经常出现。不知哪里来的消息,说某一村庄有电影可看,那时又没有电话可通,只能实地考察。几个身强力壮的小伙伴结伴而行,结果却败兴而归。等在村里正在懊恼的另外一拨人会迎上前来,询问影片的名称。去的人只要一说,今晚放映的是"土坷垃磨鞋底"或者"小孩白跑路",没去的人立马就明白了,倒觉得像占了便宜一般,嘿嘿地傻笑一通。

露天电影院是孩子们的世界,虽然开映不久,就有不少孩子倒地呼呼大睡,但人们自觉恪守,没有人擅自闯入他们的地盘。这场景倒真的应验了那句法谚,风可入、雨可入、国王不可入。

不过,这种建规立则之举绝不同于占山为王的绿林行径。现代的农民,有的搬几块石头在国道上一码,圈出一块地皮来,留作自己晒粮食之用。圈起来也没用,这不是你家的地,轻者会招来司机的谩骂,重者涉嫌违法乃至犯罪。

直至上个世纪80年代,中国乡村的第一代混混崛起,露天电影院被他们纳入了江湖地盘,由乡村混混引发的打架、调戏妇女事件时有发生,原有的规则被渐渐打破。电影场也不再是一个涤荡和愉悦心灵的场地。人们甚至唯恐避之不及。及至电视飞入寻常百姓家,那些规则也最终随着露天电影一起稀释成历史的一抹云烟。

潜规则也是规则

一提到潜规则，有些人就往歪处想，仿佛潜规则就是导演占演员便宜、"干爹"占干女儿便宜、老师占学生便宜、领导占下属便宜的代名词。以至于在娱乐界，甚至有演员专门站出来辟谣，称自己从未遭遇潜规则。

其实从规范层面而言，潜规则也是规则，在一定程度上，它已经具有了法律及道德规范的普遍约束性的特质，至少是被一部人认可并且一体遵循。正如灰社会和黑社会何尝不是社会，在其中，社会所赖以生存的法则体系也往往得以构建。只不过，绝大多数的潜规则屏蔽了正常的社会规范，只惠及部分社会群体，而为其他民众所嫌恶。

如果对潜规则进行分化，会发现，有些潜规则就是一些无需道明、不能写进纸面的生活、工作方式，还真须用心揣摩，如果能谙熟此道，说不定能受用终身。比如有些体育运动队伍，刚刚入队的"小弟"就要给队内"老大"拎拎包、提提鞋子，才会赢得"老大"的"芳心"，才会悉心传授技艺，有利于"小弟"快速成长。再比如，下属不知晓领导的喜好，不会揣摩领导的心思，不会在领导面前见风使舵，甚至连好话都不说一句，岂能被赏识、认可并提拔，但凡是能进入领导"法眼"的一定有过人之处或者一技之长？想想也是，谁会喜欢榆木脑袋，一棍打不出个闷屁来的"肉头"呢！所以从这个角度看，此等潜规则也算是显规则，甚至无可厚非。

当然，既然是潜伏下来或者隐藏下来的规则，潜规则中肯定有不少是上不了台面的。其中绝大多数属于"见光死"、"鬼见愁"。正如有人指出，潜规则是一种潜伏于显规则之下，实际上支配行为主体行为方式的规则，以谋求不正当利益为目的，具有非法性、不正当性。比如领导的任人唯亲、比如导演的揩油、比如资源被异化使用、比如私下里的权色交易等等。针对这样的潜规则，就应当用法律和政策等显规则打破或消解它，让热衷于并且奉行潜规则的人付出代价，而且这个代价必须是惨痛的，不能是不痛不痒的，一定要高于其因运用潜规则而收获的利益。长此以往，恶性的潜规则就会逐步地缩小空间甚至渐渐隐退"江湖"。对于其他自发性的、对社会风气并无本质影响的中性甚至良性潜规则可以遵循社会法则，让其接受历史长河的洗礼，相信，经过大浪淘沙之后，糟粕肯定会被洗刷，精华自然会被保留。

尊重规则并构筑规则的理性堤坝

近几年频频发生老虎伤人事件,并且引起社会热议。先是北京八达岭野生动物园里发生老虎伤人,接着是浙江宁波雅戈尔动物园老虎伤人。园虎伤人的确会令人扼腕叹息。不过,如果受害人不听园内工作人员劝阻,不守园中规矩,非要随意走动或者故意挑逗老虎,甚至不走正途,翻墙越户进入虎园,结果被饿虎扑食,可能不会被同情,甚至会被斥之为"作死",也当然成为动物园减轻乃至免除责任的事由。

的确,受害人对动物园写有各项注意义务规则的忽视或违背是导致老虎伤人事件发生的根源。虽然事实上,现代社会的进步是建立在允许或者默认风险同行的前提之上的,但是许多惨剧的酿成却直接源于一些人对规则的漠视。他们如果能给予规则足够尊重,许多风险乃至危险就会降至最低。

早些时候,听闻一起惨烈车祸盖因一跛足老人横穿马路酿成。据说,事发后,该老人趁乱溜走,不知所踪。此老人闯祸之后溜之大吉、不愿承担责任的行径固然令人唏嘘不已,但更让人痛心的是其对交通规则的无知或者漠视。他显然把熙熙攘攘的街道当成自家的一亩三分地,竟然不知自己身处闹市,更忘记他生活在群体之中。为了摒除人类自私的一面,维护群体的正常有序运转,群体中的每个人都需要学会克制,自觉出让自己的一份自由,并必须为此制定出大家一体遵循的规则,如果没有这个规则或者很少有人愿意遵守这个规则,那么,这个共同体将难以为继,最终只能解体与消亡。

上述两类事件固然都属于人为制造的灾难事件,但其剧情不同之处在于,前者是当事人将自己送入虎口,而后面这一个则是肇事者将他人推入火坑。对于正常人而言,没有人会拿自己的生命当儿戏,也很少有人拿别人的生命开玩笑,因为生命需要尊重,但悲剧还是发生了。这恰恰是需要思索的地方。倘若知道不守规则顷刻就会送命,一般人会选择安分守己。所以,一些人不遵守规则或者没有给予规则足够的重视,是因为危险似乎离得有些远,于是才心怀侥幸。从表象上看,在老虎伤人的那一刻,并未显示规则的可读性,在斑马线上发生惨剧的时候,规则也没有多少显示度。不过,老虎伤人等事件的警示意义在于,事后,人们的目光仍会聚焦在规则上,并追问规则如何才能收到功效。

  规则真的能够收到功效吗？毫无疑问,答案是肯定的。制定规则是人类从动物界脱颖而出的一项技能。人类明确规则,以规诫人们追求自由的限度,防止人类身上动物性的泛滥,并指引这个群体向着文明前行。当然,在规则成为群体的标识和指引之前,不仅要明确规则如何才能够被遵守,还要明确规则为何要被遵守。这其实是一个问题的两个方面,即规则能够被遵守需要借助于科学、理性的制定程序,但仅此还不够,因为恶意的、丑陋的、失当的、缺失正义的规则如果以科学的名义包裹,往往欺骗性更大,伤害性也更大,所以,规则能够被认同和尊重,最终还在于其拥有理性的、正当的、善意的内核。

  人类制定规则就是摒弃动物性和阻止感性泛滥的一种表现,因为通行的规则不可能是一两个人拍脑袋得来,能够被共同体的广泛认同的规则势必经过众人协商完成。因而一般而言,规则是经过多数人的感知、经验、反复试错,最终提炼而成。由此看来,规则是理性的,最少是相对理性的。不过,我们难以否定规则之中残留乃至刻意保留着感性的成分。任何一种规则,哪怕是规格最高、理性色彩最浓的法律规范,也难掩其中的感性色彩。例如以严厉著称的刑法文本也含有感性色彩的文字表述和条款规定,在刑事司法运行过程中,更会穿插进去大量的感性因素。可以说,规则中保留感性色彩是人性的直观反映,从这一层面看,人们无法亦不能排除规则的感性气质。不过,让过多的感性驻足规则之中则不可取,它会掩盖规则中理性的光辉,最终可能会造成规则的失衡和崩塌。由此,本文提倡构筑规则的理性堤坝,以防止人们滥用规则的感性,阻止冲动或者盲动的因子在人类思维中聚沙成塔,最终累积成为一种不良习惯。

  当然,本人并非提倡构建纯粹的理性,人们亦不能够在规则中确立纯粹的理性。事实上，正如学者指出，纯粹的理性或者理性的滥用是对科学的反动。就像生活中，一个过于理智的人往往不受待见。但，规则又必然是理性的，也必须是理性的。人们需要确立理性的规则，并且坚守规则的理性。

  如何才能坚守规则中的理性，笔者认为，在共同体全体成员无法参与规则制定的情形下，第一要务是将规则昭告天下，以便取得最大程度的认知与认同，在无数次修订、完善规则的基础上，再通过各种途径加强群体成员规则意识的训练。简而言之，就是要让人们知道规则的重要性和不守规则所要付出的代价。

  不过，规则制定出来并且得以践行并非意味着它就算是完成了使命，换言之，即便群体的全部成员都知道有这么一个规则，也不能保障他就能遵守规则，即便他能够遵守规则，也不代表他就能尊重规则。如何判断规则走完最后一程，真正收到功效呢？那就看看群体成员规则意识和规则习惯有没有最终养成。正如上述事件显示，当事人不会以牺牲生命为代价来故意亵渎规则，只是他没有形成规则意识，更没有把遵守规则当成习惯。由此，仅仅保障规则具有纸面上的理性是不够的，还必须让规则步入生活，利用理性的规则将群体中的成员塑造成理性的个体。唯有当规则的理性之光深入每一个体的骨髓，烙印在每一个体的思维中，让每一个成员形成规则意识，把遵守规则当成一种习惯，就如饿了知道吃饭、冷了知道穿衣一样，如此，才能在危急时刻，遵规蹈矩才会成一种本能的反应，从而最大程度地规避风险，享受规则带来的福利。

  至于如何才能让循规蹈矩成为一种习惯，则是一件复杂且耗费时日的事情，兹不赘述。不过，需要强调的是，循规蹈矩并非逆来顺受，敢于质疑和批判恰恰也是法治的精神，是规则最终成为习惯的必要途径。

弱势群体不良情绪的释放及法律应对

从法学角度而言，社会中的弱势群体可分作先天的弱势群体（亦称自然意义上的弱势群体）和后天的弱势群体（亦称法律意义上的弱势群体）。前者是大自然遴选的结果，如婴幼儿、天生的精神智障或者身体残疾。后者则基于社会转型和法律机制自身缺陷等原因而致使一部分人无法或者不能充分参与某些利益分配的商谈。当下，这部分人主要包括农民工、城市下岗工人、城乡结合部的失地农民、留守村落群体、拆迁户、少数民族聚居地与边远地区成员等。相对而言，后一种弱势群体更容易感受到政策与法律缺陷所带来的资源配置不公与利益倾斜，意识到自身的处境不利和被边缘化，因此出现心理失衡，进而凝结成愤怒、厌恶、轻蔑与排斥等不良情绪（心理学上称之为负情绪或者敌意情绪）。而携带此种情绪的个体往往会成为社会中潜伏着的不稳定因素。

在心理学层面，情绪停留在浅表，容易外化。所以，尽管随着现代文明的驾临，情绪发泄方式已有所改变，即不必然和攻击行为联系起来。但是，负情绪堆积到一定程度，难以保证不出现"简单粗暴攻击"的返祖现象。

攻击的极端方式无非是对垒或者自戕（也有人视之为对现实生活中的困苦或不满寻找解决途径的底层表达方式）。近年来，飞行员集体返航、出租车集体停运、农民工集体罢工、失地农民集体上访等较大规模对垒乃至演变为群体性事件屡见不鲜；拆迁户为抗拆或农民工为讨薪而"上房"、"上树"、"上高架桥"、"上电线杆"的单兵作战亦层出不穷。更有偏激者突破"底线抗争"走上了不归路。

显然，弱势群体无论选择群体抗争还是个体攻击来释放敌意情绪都会造成不良的社会影响。就实践中弱势群体自戕事件进行考察，会发现,多数弱势个体选择"跳楼"、"自焚"等行为,盖因他们自认为已经身处无法摆脱的逆境,而此时,其心中所郁结的不良情绪完全拒斥了理性,抗争自然亦突破了底线。

无疑,如何应对弱势群体的不良情绪释放成为体察民情、安抚民心从而稳定社会局面、构建和谐社会所必须纾解的命题。

那么,社会弱势群体的不良情绪是如何郁结而成,偏激者又为何选择极端方式来释放敌意情绪呢?治病要寻根。因而,第一要务是要找到弱势群体产生不良情绪乃至最终释放敌意情绪的原因所在。笔者认为,话语权的受制是弱势群体不良情绪郁结的直接原因,而法律救济的缺位(可衍生理解为政策制定的不周延或者贯彻的不到位)则是弱势群体选择释放不良情绪的深层次原因。

交流的顺畅和有效是人类获得尊严的一种重要方式,也是人之为人的根本所在。而关于利益的表达则是人类社会中最为本质、同时也是最为敏感的诉求。几乎所有的社会矛盾和冲突都能在利益诉求和话语权的分配中找到根源。随着国民素质的整体提升,弱势群体利益诉求的意愿有所提高。但现实利益表达机制的缺陷致使弱势群体不能获得足够的话语权,即便获得利益表达机会,也往往会因为受到诸般阻滞而无法完整表达或者表达无效。弱势群体利益表达能力的缺失和表达机制的缺陷,自然使其利益受损,而此,也成为是致使其不良情绪郁结的直接原因。

法治社会,民众的诉求一般通过法律机制固定下来。法律意义上弱势群体概念的提出,则恰恰表明这一部分人或者他们的部分诉求并未得到法律的应有关照。以致在法律视野里,他们成了相对弱势的群体。以诉讼权利为例。面对复议优位的某些行政行为,弱势群体自然没有诉讼的优位选择权,而这些行政行为恰恰是使一部分人陷入弱势境地的始作俑者。即便针对某些事件,他们拥有诉讼选择权,也往往因为经济上的乏力或者智识上的欠缺(又无法获得足够的社会救助)而无法拥有完整的诉讼权利。以此,造成弱势群体利益诉求表达不畅的根本原因是法律机制的缺陷和政策的不周延。

法律机制上的缺陷体现在立法和司法两个层面。以城乡结合部失地农民为例。我国目前尚无一部完整的法律来规范征地行为,为农民法益保护提供法律支持。现行的相关法律亦局限明显。比如,《土地管理法》规定:"征地补偿安置方案确定后,有关地方人民政府应当公告,并听取被征土地农村集体经济组织和农民的意见。"可见,征地公告是在征地之后,对于是否愿意被征地,农民无权决定,对于征地补偿的标准,农民亦无法决定。此法律规定对于农民而言属于事后监督,真正的决定权和主动权则掌控在政府手中,农民终因无法全程参与和充分发表意见而失去主动。而且,根据相关法律规定,征用土地属于行政行为,农民只有通过行政复议的方式来救济,法院是不能直接受理此类案件的。显然,此类权利的救济也是不完整的。

在其他弱势群体身上也存在类似的问题。不仅如此,弱势群体在未来资源分配的话语权上同样失去了主动性。教育是促成人类文明的重大因素。对于人类个体而言,受教育程度往往决定其在社会中的发展态势和最终地位。对于众多弱势群体的下一代而言,因为对教育资源的占有不足而输在了起跑线上,在未来社会中极可能还是弱势群体。而此所形成的社会阶层固定化和职业世袭化的隐忧不仅为国家治理预设了远景目标,同时对政策和法律如何应对提出了持续挑战。

针对弱势群体不良情绪的释放,国家与社会理应作出回应。而法律如何回应则成为衡量和透视法治国家之人民权利保障能力的检测仪。人人平等是法治社会的基本理念。但针对弱势群体和强势群体之间既存的利益等份,如果没有法律的特别干预,很难改变这种势力维持的惯性,弱势群体也会因为自然平等的缺位而失去获得社会平等的机会。

当然,对弱势群体敌意情绪的直接纾解方式是建立一套完整且顺畅的利益表达机制,法律则成为法治国家规范和固化这一机制的优位选择。具体而言,要从立法、司法和法治理念宣扬等几个方面突出对弱势群体的关照。

立法上可以借鉴国外经验,制定《机会平等法案》、《禁止歧视法》等;还要根据社会发展修订不合时宜的法律规范。而且,不仅以此弥合人类社会因群体之分所制造的罅隙,还要从源头上遏制人类社会的群体分化,即将其扼杀在摇篮里。比如在开展教育公平在弱势群体中落实方面,美国的弱势群体教育模式富有启迪意义。美国《双语教育法案》强调对少数民族的帮助；美国《不让一个孩子掉队教育法案》（NCLB）体现了对弱势群体的关注；《残疾人教育法案》（IDEA）为残疾人提供个性化的教育计划（IEP）及免费的适合的公立教育并保护残疾的儿童和他们的家庭的权利。

没有救济就没有权利。或许就终极意义而言，改变弱势群体的劣势，根本在于完善社会福利和保障制度以便提高弱势群体的经济和社会地位，但最直接有效的抓手仍然是顺畅的司法救济机制。比如针对弱势群体因为经济困顿难以开展诉讼的现状，国家应当设置专项福利，完善法律援助机制，动员和激励律师开展针对性的法律援助专项活动，例如农民工法律援助、房屋拆迁问题法律援助等。

徒法不足以自行。一般而言，普通民众尤其是弱势群体法律意识和法律知识的欠缺是导致其权利萎缩的一个重要原因。因而，普及法律是打开他们心中那扇法律之门的钥匙。宣扬法治理念则是弱势群体权利意识觉醒的助推器。法律的任务还在于如何提升弱势群体理解法律和运用法律保护自身权益的能力，而不是放纵或者容忍他们选择沉默的方式继续郁结不良情绪，或者选择爆发的失范方式释放敌意情绪。

若人口负增长，可否刑罚不愿生育者？

这是我多年前就别人的文章所作的一篇短小评论，发表在《南方都市报》上。现在看来，仍然有些值得品读的地方，所以原文摘取如下：

近日广东省委党校教授郑志国在《莫让庞大人口拖延广东现代化》一文提出，一些高收入者特别是私营企业主的超生问题比较严重，经济处罚对他们没有约束力，行政处罚也不适用，对这类行为要追究刑事责任。

拜读此言论后，我们一方面对郑教授的社会良知肃然起敬，另一方面又担心会因此向民众灌输一种错误的刑法或刑罚理念。果然，很快就有人在网上附和："对所有的人应该一视同仁，不管是有钱人还是穷人，只要超生都应该追究刑事责任。"

当然在此我们应该强调的是刑法和刑罚的用度问题，即针对什么制定刑法和怎样运用刑罚的问题。

从伦理道德角度出发，自然犯（也称刑事犯）的入刑定罪顺应民情世事，争议一般不大，但是我们认为法定犯（也称行政犯）往往反映一个国家的法制环境，进一步体现这个国家的民主程度，所以国家为此制定刑法时会越加慎重。

最典型的莫过于对违规鉴定胎儿性别行为的处理。毋庸置疑，这种行为确实加剧了我国目前出生人口性别比例失调的严峻形势，带来了严重的社会问题。因此刑法修正案修订案（六）在二次审议稿中还将其规定为犯罪。但是由于争议较大，最终公布时去掉了该项条款，充分彰显了在运用刑法作为维护社会秩序"最底防线"时的慎重。无疑一些法律意识淡漠，个人利益至上的人不顾国情法律超生的行为是会带来一定的负面影响，但是这种行为是否会像杀人、放火等传统刑事犯一样遭到世人的一致唾弃呢，或者说是否达到了冲破社会伦理道德底线的"度"呢？

可想而知，国家如果因为现在人口膨胀能够用刑罚处置超生的人，有一天人口出现负增长，会不会对不愿意生育的人同样动用刑法呢？至少，在一些出现人口负增长的国家里没有出现这样的情况。

小文发表多年后的今天，该教授主张的对超生者动用刑罚的主张并未获得支持，而我国人口政策也有了重大调整，在总体实施计划生育政策前提下，允许普遍二孩。不过，据身边反应来看，并未出现大家急匆匆赶生现象。民不愿生，奈何以政策导向之？反过头来，再看看企图用刑罚压制生育的想法，真是值得反思。

第三只眼看人口计划

当人们谈论人口危机时，总是过多地关注人口增长太快，而忽略了一个更为本质的层面，即人类素质下降趋势和人口性别比例失衡的危险。一个有趣的现象是，作为西方人马尔萨斯的人口理论经常被西方人自己所漠视，处在东方的中国却将其视为珍宝并雷厉风行地实行之！姑且按住人口计划是否违背自然规律不表，单说中国在人口方面所做出的超常努力招致的真正的两大根本性人口危机：一是人口整体素质的下降趋势；二是人口性别比例失衡之必然。

一定程度上，人们的生育欲望似乎是与他们的知识层次和经济水平成反比的。君不见，文化程度越高、生活越富裕，人们生育的欲望越低。他们在生育、培养子女的选择上往往更为谨慎。一些发达城市的"丁克"现象已不是什么新鲜事物，选择生育的夫妇大多无论男女只生一个。相反生活越窘困的阶层，人们追求香火的愿望愈强烈。有的农村地区生孩子成为攀比现象，谁家生的孩子多说明谁家人气旺，当然一定是男孩。据了解有一家连着生了9个女孩，愣是没生出男孩，最后生得家徒四壁，连计生专干都不敢登门了。

这种状况无疑会使原本的农村与城市之间的人口数量差距进一步拉大，尽管随着农村经济的改观，人们的温饱问题基本解决，但是农村孩子成长的社会环境尤其教育状况还无法与城市相提并论。适龄儿童的失学已经成为痼疾，尤其是受打工浪潮的冲击，农民传统品质——小农意识得以蔓延。很少有农民丢弃眼前利益让孩子坚持完学业。因此这种农村与城市人口数量差相对值的增加势必损害整个一代甚至多代中国人口的素质。另一方面，城市的父母对人口素质下降也起着推波助澜的作用，不知何时，对独生子女的溺爱已悄然成为中国社会的常态。就此造就的下一代必将是骄横且无能的废品、次品。有媒体披露的大学生生活不能自理,要老妈陪读事件就是端倪初露。

不过,随着计划生育工作卓有成效的开展,加之人们多子多福传统思想在年轻育龄夫妇当中的淡化,即便在农村,生育数量较之过去也有大幅度下降。但这却使得另一个人口问题就此突出,即人口性别比例的失衡。人们观念已经从关注孩子的数量转变到现在注重孩子的"质量"上来。不过"十条花娇女不抵一个瘸儿脚后跟"的念白道出了在他们眼中,男孩才是续接香火的质量保证。方式也很简单,B超+贪医+手术=男孩,这个公式在现今的农村是最简单不过的算式,连文盲也能深刻领会。步入乡间,你会发现光屁股的男孩随处可见。而不少农村父母已经开始为儿子找不到媳妇犯愁了。男女比例严重失调预示着新一代的光棍汉甚至光棍村即将诞生!

总之,经济发展的根本性制约因素不是人口数量的多少,而是人口素质的高低。可以设想,有智慧、具创造力、富朝气的人类才能拥有一个充满活力的地球,才会使更多的人们享受生命的快乐。

这篇文章写作时,我国人口计划还没有做调整。待要集结出版时,基于多方考虑、论证,我国"普遍二孩政策"落地。当然并未见到人们纷纷响应号召,繁忙生产的景象。这又是一个问题!

"代孕",谁之过?

报道称,"某地查获'代孕妈妈'最小20岁报酬10万"的醒目标题再次将近些年来暗自流行于坊间的行当——"代孕"——摆在公众的眼前。就此事件,计生工作人员和医护人员多次接到恐吓电话,"代孕"幕后指挥者的气焰十分嚣张。为了保护计生人员和医院工作人员的安全,有关方面已向当地公安部门报警。卫生部颁布的《人类辅助生殖技术管理办法》明文规定,医疗机构和医务人员不得实施任何形式的代孕技术,否则将被处以3万元以下罚款,并给予有关责任人行政处分;构成犯罪的,依法追究刑事责任。

从以上报道及分析来看,的确有人涉嫌违法乃至犯罪。问题在于,需要让公众明白这类事件中,到底谁违法、谁犯罪,为何违法、犯罪。在我看来,涉嫌违法犯罪的主体可以归纳为以下几种。

一是幕后指挥者。的确,幕后指挥者的"恐吓电话"给相关人员带来了人身主要是精神上的伤害,如果情况进一步恶化即造成了严重后果,那么幕后指挥者的行为不仅违法还可能犯罪。但罪名应根据其具体实施的行为来定,其依据是《中华人民共和国刑法》,而不是记者搬出的卫生部的行政规章。原因在于,一方面,卫生部没有规定刑罚的权力;另一方面,卫生部所指的违法、犯罪主体是医疗机构和医务人员而非其他人员。

二是医疗机构及其医护人员。很显然,本事件中一定有医疗机构或医护人员的与虎谋皮,而且甚至可以进一步判断,他们参与其中多半是拿了好处。就此判断,根据上述的卫生部的规章,违法是肯定的了。如果在此类事件中,触犯了刑法关于非法行医、医疗事故等相关罪名规定的话,犯罪也成为必然。

三是中介公司。就此事件分析,代孕中介公司多半就是报道中所陈的那个幕后指挥者。如果二者是同一人(或单位),就按上述所说处理;如果不是,则另当别论。单从"代孕中介"这个行当来看,违法是肯定的,至于是不是犯罪,则要看有没有达到刑法所规定的具体罪名的犯罪构成。其实违法和犯罪往往是事物的一体两面,区别就在于,违法行为或称越轨行为是否发生质变。如报道中所称的这个代孕中介显然已经达到刑法所规定的严重情节,所以可以按照非法经营罪、非法拘禁罪等罪名处置。

　　四是"代孕妈妈"。"代孕妈妈"多数是社会底层阶级,给人代孕也可能是为生活所迫。如果是这样的话,"代孕妈妈"反而是受害者,成了别人利用的工具。当然,有人可能会说,代孕是她们自愿的,还签了"合同"。但我们也知道,这样的"合同"能具有法律效力吗?

　　五是找人代孕者。对此,要根据具体情况分析:如果是夫妇双方的确无法生育,一时糊涂,做了傻事,于情与法尚可宽恕;倘若是为了改良品种或者是为了多生几个后代来继承自己丰厚的财产,违背计划生育法则在所难逃,如果出现其他严重后果触犯刑律也有可能。

　　此处基于此事件的法律分析并不一定面面俱到。不过,抛开法律层面,值得进一步追问的是,"代孕"是否符合人类生存的自然法则,是否背离现代社会的婚姻观、道德观和价值观?

律师之死

前不久,有个还算熟悉的律师被人打死,躺在冰冷的电梯里,成了一具冰冷的尸体。听闻之后,唏嘘不已。静下心来想一想,律师的死,事实上可以分为两个层面。一是指肉体上的,是指有律师被人戕害,以致殒命;另一是指精神上的,就是律师丧失了法律信仰乃至良知,成为黑心律师。

在第一个层面上,律师的血泪史就是见证。律师看上去很光鲜,其实翻开各国的律师执业史,几乎随处充斥着暴力。律师不仅被对方当事人辱骂、恐吓、殴打和伤害,还要承受己方当事人的辱骂、恐吓、殴打和伤害,甚至还要被执法人员包括警察、检察官、法官的奚落、刁难、辱骂、恐吓和围攻。在历史上,还出现过官民共同围剿律师的盛况。

而在第二个层面上,没人怀疑,的确存有一部分经受不住利益的诱惑、丧失职业操守甚至丧尽天良的黑心律师。特别在息讼之风盛行的时代,多数人眼中,讼师属于不务正业的人,其中不少人还因为唯利是图、颠倒黑白而沦为讼棍。正如汪辉祖所云:"唆讼者最讼师,害民者最地棍"。

但是,也要相信,在当代,经受多年正规法律职业教育和法治精神熏染后,多数律师的心中都会给法律留有一处容身之所。

而且,毫无疑问,律师是法律职业共同体中的重要一分子,律师职业是构建和稳固法治大厦的一极重要支柱,是一国社会和谐、稳定、有序发展的一股重要推进力量。律师在法律普及工程中起着上传下达的桥梁作用,在沟通民众与司法机关法意表达中发挥"润滑"功效,在调和当事人之间意向传达中起着"媒介"作用。

在有些人看来,一个律师的个体之死或许只是一个人和一个家庭的悲剧;但在我看来,律师以如此方式死亡会是一个倡导法治理念的时代的悲哀。

影视作品中的法律问题

我国的影视创作仿佛一夜之间繁荣起来,各种题材、不同风格纷至沓来。并且制作水平似乎也上到一个台阶,其明证就是不断有"中国造"在世界各大电影节上折桂问鼎。

然而喧嚣和浮华之余,也出现一些令人担忧的迹象:逐流跟风、瞎编乱造甚至违背史实,高成本大投入追求奢华并谓之大制作或曰大片。这些现象好像跟影视制作技法的风格还算匹配,但不容忽视的是少数影视作品竟然视法律为儿戏,不仅与现行法治精神背道而驰,而且在技术操作上也不按法律规定的套路出牌,甚至经常在影视作品中出现一些低级的、常识性的法律错误。更令人不可思议的是,连反映或宣传国家法治状况、法律操作规则的影视作品也会出现类似问题。

为了行文的方便,姑且将影视作品分为两类。一类是法律题材的影视作品即专门反映法律规定或者法律实施和操作情况的作品。比如反映法庭情境的《大法官》、反映刑侦情境的《重案六组》《缉毒英雄》《警坛风云》、反映抓捕情境的《女子特警队》、反映管教罪犯的《少年犯》《女子监狱》、反映法律工作者生活情境的《我非英雄》《苍天在上》等。

另一类是非法律题材的影视作品。一般认为,非法律题材的作品中出现一些法律常识性错误尚可原谅。比如某部电影描述某角色以"过失杀人罪"判处有期徒刑 30 年。显然,此处犯了一个常识性的错误:数罪并罚最高也不过 25 年(这还是在刑法作出修正之后,电影拍摄时数罪并罚最高不超过 20 年),又何况只是一个过失杀人罪?

但是关涉法律题材的影视作品就要谨慎为之了,这主要是因为法律题材影视剧作为一种容易被观众接受的形式,对象广泛,而且在娱乐之余调动了受众的理性思维,增强人们对法律规范和法治状况的感知。

这也是法律题材影视节目的一种特有属性,同时也是其目的,换言之,法律题材的影视作品就应该承担起宣传法治的责任。事实亦如此,从普法的功能上说,法律题材影视节目所发挥的作用是不言自明的。影视作品具有激烈的矛盾冲突,曲折动人的故事,并且往往比较接近于人们的日常生活状态。在法、理、情的碰撞当中,法律问题出现了,受众的角色认同感往往会使其认真思考自己在同样状况下应该如何去做,如何守法,如何协调情与法的冲突。

可以说,对法律题材影视剧的法治功能正面的积极回应得益于它能够坚持正确的舆论导向,用高尚的情操感染人,树立社会正气,体现法律的权威。相反,错误的法律操作和歪曲的法律理念会将观众引导至另外的一条路上去。当然这也与影视作品的固有特质即娱乐功能不无干系。

不过,倘若法律题材影视剧过多强调其娱乐性、世俗性和感官刺激,往往会导致该类题材的影视剧偏离法治轨道。20世纪后期以来,涉警影视剧呈现出把罪犯描绘为高智商,把警察刻画为弱智的倾向。《黑洞》中的黑帮头目气质高雅、思想深邃。《背叛》中的罪犯志向高远,充满领袖气质。《黑冰》中的毒枭满腹才华,令女警察深为倾慕。《黑金》中走向腐败的副市长则被情感修饰得让人非常同情,相对于他的委屈,正义显得格外"软弱"甚至"无情"。就连《人民的名义》中的公交厅长最后似乎也赢得了观众的同情。这样的情境设置和剧情安排或多或少弱化了法律的正义力量。

总体而言,我们可以将法律题材的影视作品存在的法律问题归结为两类。

一类是违背法治精神的,其中又可以分作两种情况。

一是对法治进程把脉不准、对法治内涵理解不透。例如某些影视作品着力塑造一两个"清官"典型。殊不知,公众的福祉应该是自己按照法律赋予的权利去谋取,按照体制的运行规则去获得,而不是把希望寄托在几个贤明的官员身上。事实亦如此,在一个体系健全且运行通畅的法治社会里是没有贪官生存余地的,所以也就没有所谓的"清官"。影视作品打造"清官"品牌的做法恰恰是对法治内涵的误解从而也误导了民众。

二是反映法律的影视作品本身内容的低俗。同其他类型的影视剧不同，法律题材影视剧的素材基本上都是围绕着正义与邪恶之间的较量展开的。从杀人、放火、抢劫、强奸之类的严重刑事犯罪案件，行贿受贿、贪污腐化之类的职务犯罪案件，酗酒闹事、卖淫嫖娼之类的治安案件，到普通的民事纠纷案件，基本上都是对社会阴暗面的血淋淋展示。事实上，只有暴露这些阴暗面，通过表现同这些社会丑恶现象的斗争，社会正义和法治精神才能表现出来。然而如果处理不当，就很容易走向另外一个极端即滑向内容低俗的漩涡。如电视连续剧《红问号》的一些剧情不禁令人担忧：该剧描述公安人员如何同女性犯罪分子周旋，但其内容却充斥着色情与暴力，格调低下，最终被广电总局叫停。此种低俗化甚至庸俗化的作品不仅是对法治精神的背离同时也是对法治内涵的亵渎。

另一类是具体的法律情境的设置上出现了纰漏，大致也可以分为两种情况。

一是体现在程序上的错误。比如，某电影为了彰显剧情，设计一个桥段，让原本是少年相依为命的同胞兄弟因人生道路的选择不同最后对簿公堂，只不过一个是犯罪嫌疑人，一个是法官。可是，这种"情境"因为涉及到诉讼回避问题在我国的法庭上不会出现。还有在描述庭审场面时模仿港台影视剧设计剧情，让辩护律师在法庭上，纵横捭阖，指点江山，随意走动。（某部电影里有个场景是辩护律师在法庭上踱来踱去，边走边神采飞扬，激情四溢地演说，路过他助理身后，手还拍在该助理肩上，该助理也若有所思地点着头。）还有的在剧中让律师戴上了象征正义的假发，这和我国庭审的实际状况完全不同，甚至可以说是风马牛不相及。再比如，《浮华背后》一片中，已经被判处死刑的罪犯竟然和卖淫女关押在一起。当然，这种设计是因为剧情的发展。然而，根据我国法律关于羁押的相关规定，这两个人是不可能关押在一起的。再如，《生死抉择》片尾李市长向省委书记辞去市长一职；电视连续剧《荣誉》里，副市长宣布"市人大"决定，免去你公安局局长职务，就地任命新公安局局长等等均不符合有关法律规定和任免程序。

二是对实体法内容的一知半解，在《悲情母子》中，主人公掌握了母亲毒死父亲的证据后逼母亲自首，经过审理，法庭判其"预谋杀人罪"成立，但我国没有"预谋杀人罪"的罪名。上面提到的一些影视剧也存在类似的问题。

对于影视作品中存在的法律问题，可从以下两个方面寻求解决办法。

一方面是要建立有效的内部规范机制。首先，影视（尤其是涉及法律题材的）编创人员，要树立现代法治精神的理念，并以弘扬现代的法律文化为己任。法津文化的进步和发展是通过制度更新和观念变革来实现的，中国法律文化的现代化，其实就是在不断吸收和糅合古今中外优秀的法律文化的基础上进行的。在全球化的背景下，世界各国、各民族的文化冲突、妥协与交织越来越多，中国传统的法律文化和西方法律文化之间的差异亦在影视作品中得到体现。例如电影《刮痧》中的主人公和美国司法的冲突就是来自两种不同法律文化的冲突。"刮痧"源于爱意，却不能用爱的幌子遮挡传统糟粕。《刮痧》所寓言的是中国传统法律文化中"父权意识"，这一点是与现代法律文化中"平等意识"相冲突的。

因此，法律题材影视剧作品切忌过度宣扬传统法律中的糟粕，应当主动宣扬先进的法律文化，并极力剔除作品中所残存的落后法律文化的余毒。主要的做法应是多树立正面形象，倡导反腐倡廉，歌颂真善美，鞭挞假恶丑，歌颂正义战胜邪恶、选取守法战胜违法题材。像《生死抉择》《苍天在上》《大雪无痕》《至高利益》《小镇大法官》《红色康乃馨》等一系列弘扬正义的法律题材影视剧作品近年来就引起了观众的广泛关注，得到了观众的普遍认同。

其次，法律题材影视编创人员包括演职人员要增强法律意识、提高法律水平，牢固树立依法创作的观念，自觉学习相关法律法规，杜绝想当然。这不仅是法律题材影视创作人员作为影视人职业素养的内在要求，同时也体现了他们肩负普及法律知识、宣扬法治精神的社会使命。

再次，编创班子要聘请法律顾问。现实中，不少剧组聘请法律顾问往往是为了给自己解决法律纠纷。其实，增设法律监督，使其全程参与影视创作，大到主题，小到每句台词、每件道具的制作与摆放都要认真推敲、依法量定，将不符合法律的现象消化在创作过程中，堵住违法的源头。

另一方面是要建立一套张弛有度的外部管理机制,完善影视作品的审查制度。正是得益于较为严格的影视剧审查制度,我国影视作品极少出现危害民族团结、国家统一和传播淫秽内容的情况。

　　然而无法忽略的是,影视审查制度过多关注作品的思想政治性和内容纯洁性,却忽视了影视作品尤其是法律题材的影视作品主题和内部环节是否合法的问题。比如《重案六组》《犯罪现场》这些题材的作品往往以其内容特有的神秘性满足了观众对警察这一带有浓厚秘密性职业的猎奇心理,获得了极高的收视率。但是同时这种对观众猎奇心理的过分迎合是否会在影视剧中泄露涉警秘密?特别是反映刑侦题材的影视剧,其中一些侦察手段、破案思路甚至犯罪步骤、犯罪方法等等都具有保密特性。一旦刑侦手段泄漏,将会给刑侦工作制造现实的难题。更有甚者,一些缺乏社会责任、丧失法律意识的影视剧一味追求猎奇效应,将犯罪过程和一些犯罪技巧淋漓尽致地展现出来,这是否会在无意之间教会了潜在犯罪人犯罪技能,并增强了他们的犯罪信心?

　　由此看来,影视作品审查制度不是要放而是要及时调整,实施影视作品审查制度的主管部门一定要严格依循法律规范,从剧本审定到市场准放都要依法审查,堵住违法影视剧作的市场入口。影视创作要严把法律关,这是一个不容忽视的严肃问题,法律题材的影视作品尤为如此。

禁烧标语背后的法治理念

十几年前,当人们意识到秸秆焚烧所带来的巨大危害性时,开始对农民下达禁烧令;几年前,随着相关法律对焚烧秸秆行为及其处罚进行明文规定,焚烧秸秆成为违法乃至犯罪行为。当然,基于补偿等相关问题并未妥善处理,禁烧成为社会综合治理的难题。禁烧标语的制定及展示乃其中的一项重要活动。一些地方,麦子将熟未熟之际,禁烧标语早早飘扬在田间地头,成为一道道靓丽风景,也为一年一度的禁烧工作打响前战。标语内容大多温馨可人,张弛有度,于法有据,以理服人。如"禁止焚烧秸秆,还我蓝天碧水";"做守法公民,当禁烧模范";"烧荒烧草烧秸秆,害人害己害子孙"等。

不过,在众多绿色禁烧标语中,也夹杂着一些粗俗、蛮横乃至违法的雷人标语。如,"谁点麦地火,死他一家人"(这哪是标语,分明是咒语);"空气污染真难受,谁烧秸秆是小狗"(这个还有点小俏皮,常人可以接受);"哪家地里冒烟,公安把你收监"(违法和犯罪傻傻分不清,兼带吓唬人);"别人烧了你的田,也要罚款2000元"(凭什么?于法于理都讲不通);"地里冒烟,拘留十天"(跑了和尚跑不了庙,点火人抓不到,只要是你家的地就拘留你。这不是讲不讲法的问题,还讲理不?)。

类似的奇葩标语层出不穷。这里只想摘录一二分析一下其背后的法治理念。如"谁烧罚谁,烧谁罚谁"。"谁烧罚谁"自然没有问题,也符合法理和法治精神,因为你违反禁烧令,是责任主体,自然要负责任,要为此买单。问题出在后半句,"烧谁罚谁"。这跟上面有几条标语类似,都属于蛮横不讲理型。为何会有人制定这个标语,可能初衷在于动员或者迫使麦田所有人也要打起精神,群策群力,防止有人烧了你的麦茬,制造了连锁反应(类似于犯罪学里的破窗理论)。当然也反映出基层工作不好干，负责禁烧工作的基层官员迫于无奈，甚或情急之下，想出这么个点子。

问题在于，再好的出发点也被这个不仅不讲道理，更违背法治精神，甚至有点流氓习气的标语给毁了。此等标语一出，固然实用，却缺少法律涵养，留人以笑柄和把柄。这就好比，有人烧了你的房子或者偷窃了你的财物，报官之后，公差大人不仅不去想办法抓捕嫌犯和追赃，反过头来要处罚举报人和苦主。这种情形，在历史上不是没有。远的不说，就说国人留辫子的时代，如果辫子不小心被人家剪了（不是理发，乃有人出于政治或者妖术等意图偷剪人发辫），那可要了命了，不仅要惩罚剪辫人，被剪的人也要受到惩罚。再如，良家妇女如果不小心被歹人奸污了，轻者遭人唾弃，重者还可能被家法伺候或者过公堂。此等"污女"最好是一死了之，才能万事大吉。

但无论如何，现代社会，还有如此标语堂而皇之地在风中飘扬，只能说明一个问题，即法治精神还未深入人心。不仅普通百姓，就连一些党员干部也缺少必要的法律意识，甚至有的人还是货真价实的法盲。

扶不扶，这是个问题

不知从何时起，扶不扶已然成为一个令人左右为难的社会问题，还被多次作为素材搬上小品或影视舞台。不扶，对不起良心。再则，倘若不扶之举被曝光，可能会遭万人唾骂，甚至被斥为天良丧尽，沦为猪狗不如的东西。这显然是个道德问题。当然，秉持良心值几个钱，还是多一事不如少一事之理念，袖手旁观或者拍屁股走人顶多就是个道德问题。如果扶了，消解了良心上的一时不安，可能会因此产生更大的麻烦，引火烧身，甚至遭受法律责难，这时它又成为一个法律问题。

有人为了消解这一困境，采取审慎的做法，即在遇到有人跌倒或者需要救助时，先找来见证人，并且用手机拍录存证，之后才上前帮扶救助。或者干脆自己不出手，而是拨打急救电话寻求公力救济。这些做法虽然不失机敏，一来可以对得起良心，免去道德谴责之忧，二来人证物证俱在，排除承担法律责任之虞。

不过，审慎对待扶危救困事件本身就是一个问题，面对倒在地上痛苦挣扎或者急需救援的伤者，不敢轻易伸出援手，而是等待人证物证齐备才行动，总是让人感到有些别扭。甚至可能因此贻误宝贵的抢救时间。前几日就有报道称，老人骑电动车扑倒于街头水流之中，围观者太过谨慎，最终导致老人窒息死亡的悲剧发生。

扶危救困，扶弱济贫本来就是吾中华民族之优良传统。儒家思想亦告诫世人"老吾老以及人之老，幼吾幼以及人之幼"。有老弱病残扑倒于前，岂有视而不见或左顾右盼、踯躅不前之理？讹诈图赖者毕竟是极少数，对于热心救助，很多人还是心存感念。试问，溺水被救，而救人者溺亡，被救之人趁乱溜走者有几个？当街跌倒，被好心人送至医院，却反过来图赖讹诈者又有几人？

当然，不可否认，好心人遇到白眼狼也为现实案例所佐证，虽说清者自清，讹诈图赖者总归要经受良心拷问，再精湛的演技也包裹不住拙劣的品质，其行径终有一朝会大白于天下。不过，好心没好报总归会让人心凉。

对此，建议为见义勇为之举构建一套从鼓励到防讹诈再到补偿、奖励等完整的社会机制。对于好人义举自然要通过各种渠道宣扬与褒奖。对于在救助中遭受物质损失或者身体损伤者除了敦促受救助者积极补偿之外，还应当成立专门的见义勇为机构和基金，负责见义勇为之后的协调和补偿。对于故意讹诈者，轻者应当给予道义谴责，令其公开赔礼道歉，严重者需要追究其法律责任。如此才能弘扬社会正义，鼓励见义勇为行为，传递社会正能量。针对这一现象，各地亦纷纷发声，表示愿意为"被讹诈者"埋单。

不过，各地政府为此作出的承诺是否会制造这样的难题，即"被讹诈者"显然处在无法证明自己并非肇事者的情形下，政府才会埋单，倘若能够证明"被讹诈者"乃见义勇为者，则损失自然由受助者自己负担，政府要做的可能只是基于道义的救助和补偿。

但问题是，无法证明行为人属于肇事者的证据开示意义在于其也无法排除人们对行为人可能是肇事者的合理怀疑。在这样的前提下，政府就慷他人之慨（纳税人的钱），帮助"嫌疑人"埋单，此举显然也是失当的。我想，为了破解诸如证据收集困境等难题，建议增加专项投入，例如通过增设探头等网络监控设备来还原事实真相。当然，这又可能涉及侵犯人的隐私等问题。

英雄救人之后

某日读到一则狗主人"给狗洗澡不慎落水,还被狗按进水里"的新闻。在忍俊不禁的同时,也不免哀叹,人类纵然对狗千般温情,万般呵护,却挡不住这狗心犬肺,更立即联想到当时狗主人的心理阴影面积该有多大。

好在,正当围观者惧怕"黑白双狗"不敢下水救人,任其女主人哀求也无计可施之时,某特警支队政委奋不顾身跳入水中,挥拳将两条对着主人前扑后压的恶犬击走,救出已经被狗爪刨得伤痕累累的落水者。

落水者对于救命恩人如何答谢以及答谢的深度和持续性如何,报道语焉不详,也未见到后续报道。但是,从现场的报道中得知,救人者已经不止一次有此义举。据经常和救人者一起游泳的同事告诉记者,他二十多年来已救过三四十人,仅今年就从江中救起四人。救人者则说,此前救人他从不向人讲述,也没觉得有什么大不了。获救者一般跟他不再来往,基本都不认识,大不了就是救上岸后会说两声谢谢。唯一还会联系的,是一名农村少年,当时该少年已经放弃了,救人者在水中跟他拉扯四十多分钟后,把他硬拖上岸。此后每年获救者家杀年猪,都会被请去吃"刨汤"。

姑且不管报道真假虚实,且就出现在这里的几个关键字眼说道说道。救人者大可以说"没什么大不了的",这样反而更能显示他的一种英雄情怀和胸襟。问题是,获救者轻飘飘、干瘪瘪的"大不了"的"两声谢谢"倒是真的索然无味、乏善可陈。更令人遗憾的是获救者离开之后很少再会与恩人联系。想想也是,重获新生之际,都只是简单的一句谢谢,甚至连声道谢都没有,遑论以后还能要他怎样。在这些人眼里,救他或许是应该的,不救也无所谓,权当自作自受。在上述报道中,值得称道的倒是那名"唯一还会联系的"农村少年,还记得逢年过节请自己的救命恩人喝碗"刨汤",聊聊感恩之情。

其实,很多行善举者并非一定要寻求报答。不求报答,但求付出,这才是真英雄。这世间做好事不留名的多了去了。正如报道中的这位。但是,人们总是希望看到的是一颗颗感恩的心。所以,这位救人者也会念念不忘唯一和他联系的农村少年的一汤之谊。而且,可以推测,这些获救之后只说声谢谢或者连声谢谢都没有就消失到"老死不相往来"的人,很难会将这种善举传承下去。这是最令人痛心的。

早前还听说过有一个心地善良的孤寡老人,一辈子没有婚娶,却将全部精力用在收养几十个孤儿身上。只是,在自己垂暮之年,这些已经有了新生活的"儿女"们能够回来看看这位伟大"父亲"的寥寥无几。有的甚至从这里走出后再无音讯。如此,可以想象这位老人是何等悲伤。

所以,在另外一个层面,如何看待和处置英雄之后的事情,这也是一个问题。救人及其事后行为究竟是属于纯粹的道德领域,还是同时关涉到法律。有一种颇受非议的职业,即捞尸者,他们每捞起一具溺亡尸体会根据难易及开销程度索要一定费用。不过,想想看,从劳务角度看,捞尸收费似也无可厚非。那么,单纯的救人者呢?冒着生命危险,和专业打捞队相比较,往往赤手空拳,单兵作战。而且,单纯的救人者只凭一腔侠义精神,哪里讲求回报?即便偶有接受一些答资,也合情合理。在此可能需要深入讨论的是,如何对待英雄救人之后。

于危险之境救人需要极大的勇气和博大的胸怀,游走在生死线上的救人者诠释了什么叫舍生取义。人们经常听闻救人者牺牲的事件。或许,在某种程度上,救人者牺牲了才容易获得更多的关注。但是,更多的活下来的冒死救人者却并未得到应有的重视。

于是,在弘扬救人者救人不求回报的高风亮节同时,也要通过制定相关规范约束或者鞭策被救者懂得感恩与回报。这种回报除了精神层面上的,还应当包括物质上的。为此,需要建立一种通畅的路径和制约机制。当救人者不愿意接受物质或者人力帮助时,可以将其转嫁到需要帮助的人或者机构中去,也就是说,为获救者开辟出便于向个人或者社会表示感恩的处所和途径。因为,通过这种传递,能够将爱心和正能量传递下去,以利于社会正义之气和文明内核的养成。反过来,如果获救者没有感恩之精神,更没有具体行为,那么,就会有专门的机构来约束乃至强制他履行一定的社会救助或者帮扶工作,以示告诫。如果因为不履行这种义务造成严重后果,还可以追究其法律责任。

对于见义勇为者,则可以通过专门机制对没有感恩精神的受益者制约而获得情感慰藉。同时,国家和社会应当在成立见义勇为基金等之外,寻求建立更多的应对常发、多发见义勇为行为的常设机构或者组织。在当见义勇为者因为义举而致身体损伤或者物质损失时,能够保障他们得到及时和持续的救助。切不可因为怠慢而伤了一颗英雄的心。

艾滋病人的罪与罚

2015年3月，被人们称作艾滋男童的坤坤终以进入某地红丝带学校而开始新生活，但是2014年年末坤坤遭村民联名驱逐的事件至今让人心有余悸、唏嘘不已。虽然男童坤坤还有很长的人生路要走，其间还要应对诸多的挑战，但是其回归学校、回归人类群体总算令人心有稍安。只是，这一事件涵涉的诸多社会话题，特别是关于艾滋病人罪与罚的法律问题值得人们深思。

遗弃、驱逐重症传染病患者不是当代人的发明。翻开人类历史，麻风病人被歧视、被遗弃甚至被击杀之事例俯仰皆是。秦朝的法律就明确规定对麻风病人给予不同常人的刑事处罚，他们不仅要被流放到荒芜之地，还会被就地处死。欧洲中世纪，麻风病人则被视为恶魔附身，是对神灵的亵渎，常遭受莫大歧视。延至今日，人们仍然视艾滋病等传染性病患为洪水猛兽，唯恐避之不及，动辄将其驱逐出群体。

面对世人异样的眼光，艾滋病人多选择离群索居，独自承受身心的煎熬，但也不乏自暴自弃者，轻者耍泼放赖，重者则把艾滋病症当成违法犯罪的工具，甚至有些艾滋病患者充当起某些不法分子讨债或者寻衅滋事的雇佣军。按照我国刑法等相关法律规定，艾滋病人故意传播传染性疾病或者实施其他违法犯罪行为，自然要承担相应的法律责任。这些成为人们苛责艾滋病人的罪证。

但人们追问艾滋病人的原罪，就会面临一些窘境。在今天，科学和医学的进步令人们不再相信一些传染病人是因为其自身带有原罪而招致的神灵惩罚，不过，现实生活中，多数人仍然选择回避、拒绝、唾弃、驱逐这些病患。这种态度足以说明，人们仍然将艾滋病人当作罪恶之源来看待。

其实,许多艾滋病人又何尝不是无辜者。以坤坤为例,其正处在无忧无虑的快乐童年时期,却因为身染恶疾招人嫌恶,甚至因遭受驱逐,而经受人生最大磨难。令人恐惧的是,驱逐他离开生于斯长于斯的还是同村人,而且驱逐者的态度是决绝并且蛮横的。没有人征求坤坤本人的意见,当然在诸多成年同族的面前,幼弱的男童即便知晓辩解,也会被剥夺反驳的权利。至于村民似乎征得坤坤爷爷的同意,则同样站不住脚。姑且不论其爷爷是否被胁迫,即便其自愿而为,但作为监护人,爷爷需要明确,维护孩子的利益是自己的法定义务。

当然,对于村落的维护,村民向来果敢决绝。我曾经见过某地村民规约写明,若是有外来人员胆敢在本地区作案,扰乱社会治安,一旦发现或者抓住,可就地处理,或者押送公安机关法办。言之凿凿,令人不寒而栗。不过,这里指向的多为外来流窜作恶之徒。而在艾滋男童这里,不同的是,剥夺其村集体生活权利、放之于荒野的是其同村之人。

想起如我辈在乡野里长大的人,孩童时代都曾有过被父母骂出家门、游荡田野的经历。除非孩子迷失不归或者因风吹雨淋重病一场,乡邻们几乎无人责怪父母的粗暴。以此,家长一气之下驱逐孩子在情理上未必站不住脚。至于,为了家国和平,家主驱逐不速之客,一国驱逐不受欢迎的外国人,则更于法有据。以出让部分自由而构建的社会共同体内部,为秩序安宁,驱逐甚至消灭不守规矩者,亦合乎以公权为核心的制度构建准则。

问题在于,单个社会群体的惩处权源自哪里,是法律规定,还是契约。可以肯定的是,驱逐或者遗弃族群成员之私力行为不仅不符合法律规定,甚至还可能触犯法律(比如可能构成遗弃等罪)。君不见,在艾滋男童遭驱逐的次日,联合国就发表了声明,认为此举违反基本人权。至于村民的合意,则既不符合契约的形式,也不符合契约的精神。

尽管如上所言,人类为社会长治久安,剔除莠杂、排除异己成为一种必要手段,但当驱逐令成为多数派用来对付少数人的利器,则多少令人不寒而栗。正如麦迪逊的告诫,即使所有的雅典公民都是苏格拉底,每次雅典会议的成员依然会是一群暴徒。

中国乡村灰色群体的几种历史样态

中国乡村历史绵延数千年，山川河流都已经变色，唯有黄色人种仍然生生不息，显示着强大的生命力。在乡村社会的历史演化中，中国农人总会想尽办法，剔除阻挠进步的异质性因素，维持这一人种繁衍和社会发展的命脉。当然，即便在今天，人类群体中仍然沉渣泛起，并型构成各类灰色群体。它们成为乡村社会秩序建设的搅局者，也是警醒者。

一曰刁民

贺雪峰归纳，"刁民"可以是认死理的人，可以是"刁滑"之人，可以是好惹事的人，可以是善于捕捉获利机会的人，可以是喜欢投机钻营的人。总之，他们是社会秩序的挑战者，甚至破坏者。

其实，很难对刁民做出准确的界定。在顺民眼中凡是刁奸油滑顽劣者皆算得上刁民。如此，刁民的组织结构是开放性的。历史上的讼师、驾尸图赖者、棍徒、地痞无赖、土匪组织，现代社会中的无理上访者、缠讼者、钉子户、碰瓷者、城市流氓和乡村混混都涵括其中。

譬如讼棍。"贵和"是中国传统道德的精髓。受这一儒家思想的熏染和调教，人们习惯并尊崇"息讼"的社会风气。而讼师的出现显然打破了这种"宁静"。即便在"健讼"之风兴起的明清时期，多数人眼中，讼师仍然属于不务正业的人，其中不少人还因为唯利是图、颠倒黑白而沦为讼棍。正如汪辉祖所云："唆讼者最讼师，害民者最地棍"。

在官本位占主导地位的社会里，对于平常百姓而言，讼师并非绝对意义上的恶棍，相反，因为一些带有侠义精神的讼师常常作为民众和官府谈判的代言人，以致其在民间被演绎为羽扇纶巾，机智勇敢，与贪官污吏、奸商恶霸斗智斗勇的传奇人物。而在以正统思想自居的士大夫眼中,讼师变成了简直不可理喻的另类。在官方眼中,讼师则多为刁民,特别是一些唯利是图、颠倒是非的讼棍更是其眼中钉、肉中刺。

宋代的讼师,尤为乖张,特别是哗鬼讼师几乎集中了所有讼师棍徒的伎俩和恶习,并有过之而无不及,专事"命盗开花"的唆人诬告。官方对他们防不胜防,惟恐有失而令其翻告缠讼,故不惜一切努力进行打压。元代的讼师棍徒,比之宋代更恶劣。甚至出现许多妇女包揽词讼,以女色作诱饵,俘虏衙门中人作靠山,颇有力罩一方之势。

以此而言,讼棍俨然构建起以自己为中心的地方恶势力,不仅挑唆并恶化邻里关系,更严重影响乡村社会的秩序稳定。官方对讼师的打击从这个行业诞生之际就开始了,例如作为讼师的鼻祖邓析就死于当时执政子产之手。其后几乎历代各朝皆以法律形式明文规定"教唆词讼"的处理规则,而对讼师的缉拿与惩处几乎成为封建国家司法机关的必修课。

又如地痞无赖。《现代汉语词典》云:地痞乃"地方上的恶棍无赖";无赖则为"放刁撒泼,蛮不讲理,游手好闲,品行不端之人"。在学者眼中,无赖被视作不从事正常职业,组织大小集团,在社会内部以非法的行动(主要是暴力)为谋生手段的一类人。类似于经典作家所言的"流氓无产者"。

地痞无赖现象出现已久,最早可以追溯到夏商周时期。不过,早期的"地痞无赖还仅仅作为零星的个体存在",随着资本主义萌芽在中国乡村土地上生发,"商品经济的发展和市镇经济的繁荣,使一大批游民阶层进入城镇,并逐渐形成了专以打砸抢掠和坑蒙拐骗为生的地痞无赖集团",摆脱了散兵游勇的状态,"成为一个独立的社会阶层,并向群体化和集团化发展"。以此,地痞无赖似乎脱离了乡村场域。而事实上,他们中的绝大部分来自乡村,同时,鉴于当时市镇与乡村之间紧密的地缘关系,地痞无赖集团的触角势必蔓延至广大乡村。恰如学者所言,"他们不仅拉帮结伙,成立组织,而且还和地方官府相勾结,狼狈为奸,横行城镇和乡村。"受经济因素刺激,社会结构必然呈现扩张状态,这为善于投机专营的地痞无赖创造了更多的生存空间,所以在商品经济相对发达的明末江南地区,竟然出现了"棍风大炽"的局面。伴随着豪赌之风的盛行,歙县"亡赖、恶棍串党置立骰筹、马局,诱人子弟,倾家荡产,甚有沦为奸盗,而犯者比比"。

历史上的地痞无赖以集团形式或者其行动带有组织性的主要有:打行、白拉(白赖)、窝访、牙棍、白捕、脚夫中的无赖之徒和赌徒等。

再如钉子户。《现代汉语词典》对钉子户的解释是,"难以处理的单位或个人,多指由于某种原因在征用的土地上不肯迁走的住户或单位。"

钉子户现象古已有之。在传统社会,国家力量相对薄弱,无法触及乡村最底层,所谓"皇权不下县",在乡村社会参与国家赋税分摊过程中,为了守护既得利益或者谋求预期利益,自然会出现钉子户现象。秩序维护者一般采取软硬兼施的办法对付钉子户,其中,硬办法是用族规家法进行打压,软办法则利用血缘认同或笼络或排斥。

而在今天,或许改革的红利无法惠及中国乡村的"最后一公里",但是市场经济的冲击波早已贯通整个乡村,在利益翻滚与资源流转的背景下,半生不熟的农民权利觉醒和传统的小农意识结成怪胎,加重了农民的自我中心主义观念,最终促成特殊事件中的钉子户现象层出不穷。在这其中,为谋求过剩利益而以自虐甚至自杀相威胁的钉子户和传统社会中的"驾尸图赖"者何其相似。遵循"会哭的孩子有奶吃"的自然法则,钉子户的出现显然表达了一种欲望。如何甄别、协调、应对钉子户,成为摆在当下中国乡村秩序维护者面前的一道难题。

二曰光棍

光棍,贫无所依者,沦为地痞流氓,亦曰光蛋、赤棍。《现代汉语词典》将光棍解释为,"地痞、流氓",与英文词"ruffian"相近。

用"棍"来形容和称呼顽劣之徒源自唐代李绅,其文《拜三川守诗序》描写了一群举着棍子打闹于拥挤人群中,寻衅滋事、为祸乡里的恶少。遂凡欲以棒为棍,凶恶击人者谓之为"棍"。兹后,人们多假"棍"字来形容坏人,如地棍、土棍、痞棍、棍徒等。元代,人们始称流氓为光棍,并至明清时流行起来。明朝英宗时期,专门制定严惩光棍的条例。

《大清律》中亦设有"光棍例",即刑律"恐吓取财"条所附康熙年间条例:"凡凶恶光棍好斗之徒,生事行凶无故扰害良人者,发往宁古塔、乌喇地方分别当差为奴。"制定此条例旨在惩治尚勇斗狠之辈以防良民被侵扰,司法实践中依例适用者比比皆是。如道光三年河抚咨"国服期内职员演戏拒伤官役"案,嘉庆十七年南抚咨"知人获奸放走吓诈本夫自尽"案,嘉庆二十五年南城院移送的"欺凌懦弱夤夜讹诈攫取衣物"案,道光六年陕西司查例"生员健讼屡次滋扰情类棍徒"案等,其案犯皆以"棍徒扰害"例定罪量刑。

当然,《大清律例》之"光棍例"亦为防止光棍之徒物以类聚对封建统治秩序造成更大冲击,所以其效力几乎延及各类聚众滋事者。如《大清律例》规定:"直省刁民假地方公事强行出头,逼勒平民约会,抗粮聚众,联谋敛钱构讼及借事罢考罢市,或果有冤抑,不于上司控告,擅自聚众至四五十人,尚无哄堂塞署,并未殴官者,照光棍例为首斩立决,为从拟绞监候。"司法实践中,亦不乏对待类似事件的适用。如嘉庆二十二年河抚咨"纠众讹诈致伙犯殴毙人命"一案。该案主犯石四系属本案首祸之人,应依棍徒扰害例拟军。

棍徒也是土匪的主要来源。仅以称呼可知其渊薮。流氓称"光棍",土匪称"棒党","棒客"。小说《林海雪原》中的匪首即自称"许大马棒。可见,棍匪本是一家。

三曰乡村混混

始于1980年代,混混迎合着中国改革的脉动在乡村率先"觉醒",打乱了舒缓平稳的乡村生活节奏。随着经济的潮水漫过每一寸土地,中国乡村经历了巨大的变化,城镇吞噬着乡村,农民改变了往昔泥腿子的形象,乡村混混亦经历了由英雄主义向利益至上的转变,其活动场域也渐渐从乡村波及城乡结合部和城镇。

如果说,1980、1990年代两代混混还遵循着涂尔干所言的"集体情感"的乡情原则的话,那么随着自然意义上的村庄逐步解体,农民对村庄的依赖感逐渐被隆隆的机器碾碎,他们的生活目光开始向外,村庄地缘机制逐渐疏松,市场经济的理性规则逐步建立,于此基础上,唯利是图的第三代谋利型混混开始上位。

可以说,中国乡村混混的转型如风云际会,倏忽二十年,其活动场域、侵犯对象、支撑信念都发生了巨大变化。例如1980年代,流行于中国农村的露天电影院和戏台既是农民的精神家园也成为混混的"乐土",而到了1990年代,电视飞入寻常百姓家,露天电影院和戏台纷纷退出历史舞台,混混们亦失去了这一方"沃土"。

开启于1990年代的农民打工潮,不仅卷走了混混中的一些生力军,年轻农民工的崛起还使得混混们失去显摆的对象,甚至在与见过世面的返乡农民工的个体对峙中有时小混混还落于下风。对第一代混混的打击还不止于此,法治观念的普及,使得逞凶斗狠的英雄主义开始没落,"打多少架赔多少钱"往往成为落魄混混们的笑柄。

不过,一种精神支柱被抽取并未肢解乡村江湖,相反,另一种精神支柱很快建立。在中国乡村经济飞跃发展的过程中,上层混混迅速完成华丽转身,他们利用手中暴力所蓄积的既存资源占得先机。不少混混因此成了有钱的体面人,并且大都已经顺利洗白了自己的第一桶黑金,拥有了自己合法的生意。农村中学的不良少年、村落里的留守少年成为补充下层混混的童子军。他们和上层混混共同支撑起新的乡村江湖格局。

作为一股灰色势力,乡村混混不仅在中国乡村的经济、政治和司法秩序构建中发挥着重要影响,也成为传统中国乡村社会性质由熟人社会转向灰色化的染色体。

中国乡村灰色群体之间的历史串联

刁民、棍徒再至乡村混混，中国乡村灰色群体有过断裂或突变，但从未肢解，其根源不在于这个群体是如何刁钻狡诈、左右逢源，而在于其生于斯长于斯的这片土地。中国乡村社会不同时代的独特性和历史连贯性以及附着其上的特定的复杂社会关系衍生并且赋予不同灰色群体以生存的机会。

就生成背景而言，中国乡村灰色群体之所以能够生生不息，与正统社会对他们的宽容或者纵容是分不开的。遏制灰色势力的力量主要有两个方面：一是顺民的力量；另一是政府的力量。

中国农民的坚韧和勤劳自然毋庸讳言，但是"只管自家门前雪"和"能忍则忍"的处世哲学造就其在灰色势力面前一再退让的颓势。虽然刁民在很大程度上是相对于官方而言，但是同样是相对于顺民而言，而且在一定程度上，正是顺民的存在才凸显了刁民的社会形象。

而作为另外一极防控力量，政府在多数情况下对乡村灰色群体"睁只眼闭只眼"，甚至是一味地退让。个中原因自然复杂，各个历史阶段又有所差异，但总体而言，政府的退让源自于自身力量的不足。正如吉登斯所言，传统国家本质上是裂变性的，其可以维持的行政权威及体系整合水平非常有限。而在行政权力的末梢——广大乡村，尤为如是。费孝通甚至认为国家行政在乡下是"悬空了的权力"，是"无为"的。

以当下为例，各地派出所的警力十分有限，除要开展常规的警务之外，公安人员在应对辖区内错综复杂的江湖格局时难免会力不从心。另外一个重要原因是灰色群体与官方的勾结几乎成为每个时代都无法涤清的污垢。他们之间的勾结是双向性的。官方在维护乡村秩序时为了利用或者借助乡村灰色群体的势力会主动与其"结盟"。在此过程中,伴随着有的官方人员会被灰色势力收买成为其内线,另一方面,不少乡村混混则因为官方扶持成为村干部而获得身份上的漂白。

不同历史时期的乡村灰色群体之类型划分亦有相似之处。历史上的棍徒中有嬉戏取闹、寻衅滋事的恶少,有一贯为祸乡里的地痞无赖;还有纠众讹诈致伙犯殴毙人命者,甚至还有结党为匪者。前者虽然行径龌龊,但多为违背伦理纲常之举,而后者则因聚众滋事甚至杀人越货而触犯刑律。

现代乡村混混亦有下层混混与上层混混之分。下层混混多为留守少年和学校不良少年,其行为亦多止于聚众嬉闹、向低年级学生索要少量钱财、为上层混混跑腿等,但一旦逐级上升,则可能涉入聚众赌博、聚众斗殴、非法经营等犯罪行为。

可以说,一个乡村混混的成长史就是一部从违法者到犯罪者的锻造史。当然,不否认灰色群体组织中亦存有一定的"好人",而且也不排除他们中的部分人会最终改邪归正。历史上的土匪组织中不乏义薄云天、劫富济贫者,当代乡村江湖中也有一些"好混混"。陈柏峰博士对于村庄公共品供给中的好混混现象做了深入、细致的分析。

另者,作为社会组织中的一员,灰色群体享受着强者的愉悦,然而,他们也明白强势地位不能用尽的法则,俗称"兔子不急不咬人",把弱者逼急了也可能会对其反戈一击。以此而言,几乎任何时期的灰色群体都会给予他的地盘以适当的"恩泽"。

在行动特征上,不同时期的灰色群体亦有相通、相似之处。地痞无赖、匪帮与乡村混混的行动特征相似之处在于其集团性和组织性上。在和平年代,自然不会存有啸聚山林的匪帮,地痞无赖也经过时空的洗练在不断演化与分解,乡村混混身上的匪气、痞气依然非常显著,这恰是对上述两种传统乡村灰色群体特质的历史继承。即便在多以单兵作战的刁民身上,其行动特征亦古今相通。以"驾尸图赖"者为例,勃兴于清朝时期的这一社会现象至今仍未绝迹,以自虐、自绝相逼的钉子户,不惧生命危险的碰瓷者,医院门前携尸索财的医闹,总能在恍惚间穿越时空完成他们与"前辈"之间的历史勾连。

既然冠之以乡村灰色群体,说明其或以乡民为主体,或其活动场域大体以乡村为限。不同历史时期,乡村的内涵与外延有所不同,尤其在城镇化进程异常迅猛的今天，乡村的传统定义几乎要被打破，但不管怎样，仍需将乡村灰色群体限定在乡村这一特定的场域中才有探讨的特殊意义，各类乡村灰色群体活动场域也才会有更多的历史串联之处。

以历史上的地痞无赖和第一代乡村混混活动场域的比较为例，可以看出二者活动舞台的相似性。搭台唱戏是中国许多地方的传统民俗，地痞无赖借演戏、观戏之机，大耍淫威。明末歙县知县傅岩列举了地痞无赖借夜戏之机大行敲诈勒索、坑蒙拐骗之举的种种劣行。"徽俗最喜搭台观戏，此皆轻薄游闲子弟，假神会为名，科敛自肥，及窥看妇女、骗索酒食。因而打行、赌贼乘机生事，甚可怜者，或奸或盗。"

这种农闲或逢庙会请戏班的传统一直延续到农民娱乐开始转向的1990年代，在此期间，风靡一时的"露天电影院"亦散布于中国广大的乡村。此二者成了第一代乡村混混创建和巩固乡村江湖的"根据地"。

在对乡村社会秩序的控制上，各时期灰色群体各显其能。不过底层民众及政府在对待这些乡村社会异己力量的态度上，则迥然有异。以匪患和乡村混混比较为例。对待土匪，村民多持敌意，甚至自发筑圩挖沟与之抗衡，官方则动辄干戈相向，而对待乡村混混的态度则多少有些暧昧。

人类进入21世纪以后，现代乡村建设的急速发展没有给人们预留足够的思索空间，思想以及理念结构的开放程度远未跟上经济结构的开放程度，这就很难避免许多人在资源重组和利益分配的迷局面前乱了方寸。乡村混混不仅趁乱占得先机赢得经济霸权，还在破解乡村社会格局重构的迷乱中攫取了话语霸权。凭此，他们几乎成为主导乡村格局的结构性力量，而获取和维护这种力量的主要手段显然携带着威胁、暴力等病菌。

觉察到形势不对，为了尽可能地争取利益，底层村民有时也会舍弃已经无用的"弱者武器"转而采用以暴制暴的方式力求自保。由此，混乱再次升级。为了寻求农村秩序的相对稳定，基层政府有时不得不委身于灰色群体，加之基层组织多受乡村混混把持，所以，以违法养执法的局面不可避免地出现。正如有人说"在实行村民自治制度的农村，权力不仅与金钱勾兑,更呈现出与暴力苟合的倾向,村官们借助暴力巩固权力、维持秩序、攫取利益"。姑且不论这种局面会维持多久以及其对基层社会治理究竟带来多大的负面效应,仅以乡村混混在其中的角色扮演而言,与历史上的灰色群体前辈相较,他们似乎取得了"革命性成果"。

留守村落犯罪的新图景

因为人口与经济原因，皖北、豫东、苏北等一些地方的乡村成为农民工输出重地。这些地区出现了大量的"留守村落"。"王圩"、"李楼"等曾以历史上防御姿态伫立民间的村落成了治安"空心村"，不可避免地减弱了自然防护能力，也由此滋养了某些农村犯罪。

前几年引起社会轰动的皖北某县所辖村镇发生的连环强奸案成为鲜活的例证。犯罪分子可以轻易攻陷村落，如入无人之境般地实施犯罪行为，皆因留守村落成为不设防的空心村落。

最近几年，这些地区的村落里经常发生老人被盗抢的事情。抢劫的手段花样翻新。有用迷药的，有飞车抢劫的，有入户抢劫的。豫东某村两位老人骑电动车赶集回来，快到家门口时被人连人带车推倒，抢走了脖子上的金项链。另一老太太则在灶门口烧锅时，被人按在灰窝里，从耳朵上硬生生地扯走了两个金耳环。据说被抢的时候这位老太还苦苦哀求对方给留一只耳环，但丝毫没起作用。还有一家老人刚刚卖得一万多块的粮食钱被两个劫匪夜里洗劫一空。邻村的一位老人去赶集，刚出门，被劫匪朝面门上撒了一把迷药粉，就乖乖地回屋把所有私房钱和大小存折拿给人家，事后居然一无所知。有盗贼采用毒飞针盗狗，甚至因此伤了人。还有嫌疑人趁着夜色用挖墙术偷盗村民的粮食和牲畜。这一地区乡村发生不少类似的事件。一时间人心惶惶。

许多外地打工的男子汉们坐不住了，纷纷打电话回来叮嘱，还有人专门请假回来找村干部商量应对之策。村干部把村民的意见反映给镇里，镇里和当地派出所也通了气。派出所不是不知道这些事情，只是苦于抢劫和盗窃犯的流窜性太大，一时间也没法抓获这些蟊贼。最后派出所建议在各自然村安装摄像头，并给各行政村安排一个驻村民警。

驻村民警来了一阵子，动员老人和妇女组织一个自防队，在夜里巡逻。但是热乎劲一过，驻村民警就没了踪影，加上村民们也忙乎各自的事情，治安巡防的事就又松了下来。类似的犯罪事件反而有增无减。

　　留守村落犯罪的严峻形势已经摆在桌面上。这跟全国的治安形势大体一致。除留守村落衍生出一批犯罪类型以外，其他传统犯罪类型亦在留守村落的滋养下大有繁荣之势。皖北B市政协一份农村劳动力输出后社会治安状况的调研报告显示：近年来，全市80%以上的盗窃、伤害、投毒、绑架案件均发生在农村。尤其是随着农村劳动力大量外出，盗割通讯电缆、盗窃变压器和电力设施等涉案金额在万元以上的盗窃大案增多。

　　因为留守儿童的增多，这一地区乡村所发生的拐卖人口犯罪也在形式上有所变化。犯罪对象由以前的妇女为主转移到儿童和婴幼儿身上。犯罪的主体也从以前的单个零星作案发展为犯罪团伙有组织的持续性作案。拐卖儿童不再单纯作为收养对象，还作为行乞、诈骗工具使用，在此过程中，还可能将拐来的儿童故意致残以骗取路人同情，从而伴随着故意伤害犯罪。

　　拐卖妇女也由卖做人妇为主，发展为胁迫卖淫等多样形式。在苏北某村还发生过婴儿被偷盗的事情。村子里的妇女在农闲时喜欢打麻将，有一个妇女把孩子放在家里睡觉，在邻居家的院子里搓牌，牌局结束回来的时候，孩子已经被偷走了。为了牟利，在偷盗和拐骗儿童及婴幼儿的有组织犯罪中，也有当地人参与进来。豫东L县李楼村，就有个妇女被拉下水，充当人口贩卖团伙的眼线和介绍人，最后被判处有期徒刑六年。

　　由于大量农村年轻人的外出，小"混混"（青皮混子）的"事业"倒是遇到一些挫折，因为没有太多的农村"泥腿子"成为显摆和欺负对象，何况农村"乡巴佬"大都升格为见过世面的农民工，在与小"混混"的对峙中，心理上已经不再是绝对弱势的一方。而大"混混"们又都忙于钻营，在街上承包建筑、修桥铺路、跑运输、设赌局、放高利贷或者做一些洗浴、迪厅、酒吧的生意，乡下农民工有时倒成了他们的顾客，见面反倒客客气气。遇到外来不良势力欺负当地人或者内生机制扭曲制造了事端，大"混混"因为怕影响自己的生意，当然也是为了进一步树立威望，还想方设法去应付。所以,对于一般村民而言,这些"混混"成了他们心目中的"好混混"甚至"保护神"。陈柏峰博士对于村庄公共品供给中的好混混现象做了深入、细致的分析。

当然,乡村江湖并未解体,"混混"们虽然不再醉心于打架闹事、到处显摆,似乎淡出了人们的视野,实际上,他们正着眼于经济利益,利用手中暴力所蓄积的既存资源在乡村经济飞跃发展的年代里占得先机。很多"混混"因此成了有钱的体面人,并且大都已经顺利洗白了自己的第一桶黑金,拥有了自己合法的生意。当然,采用非常规手段调解民间纠纷甚至黑吃黑仍然是他们一统江湖的方式。只不过,与前几代"混混"所构建的显性乡村江湖相较,当下乡村江湖建设的重心和其影响力方向已悄然发生了变化。仅从"犯事混混"的罪名即可窥知一二,与二代"混混"多以"聚众斗殴"、"寻衅滋事"罪名进去的情形不同,三代"混混"触犯的往往是"非法经营"、"非法集资"、"组织卖淫"、"聚众赌博"等涉利罪名。

问题倒是,"混混"们的痞气却意外传染给一部分留守村落中的留守少年。他们的父辈大多是中规守矩的种田人,是以前"混混"的欺负对象。而今倒好,这些被父辈们送到镇里上学就不再过问的乡下少年,由于家庭教育的缺失,很少有养成良好的学习习惯,再失去学校和家长的有效监管,很快就都泡在网吧或者在街上浪荡,几乎没有愿意安安稳稳呆在课堂上的。有的还和街上小痞子沆瀣一气,为非作歹,甚至走上犯罪道路。近年来,留守青少年犯罪已经形成了气候,引起了社会各界的关注,也成为犯罪学研究的一块重要领域。为了挽救他们,社会各界建言献策,多管齐下,试图构设留守青少年犯罪的应对体系。不可否认,留守青少年犯罪仍将是近期困扰中国乡村乃至整个社会秩序稳定的一大隐患。

与留守妇女犯罪、留守青少年犯罪和留守村落特定场域的农村犯罪相呼应,农民工犯罪、在外务工人员组建临时夫妻等现象所引发的一系列社会病灶正在给中国社会的治安和法治生态制造着前所未有的冲击。

此外,在中国农村旧有的经济体制迅速瓦解而新的经济秩序构建尚未完成之际,必然出现经济节奏不协调及社会秩序复杂化的局面。

涉农职务犯罪成为农村犯罪中新的衍生物。这些案件多以贪污受贿、挪用资金、挪用公款等犯罪形式出现，一般发生在土地等自然资源承包、征用、拍卖过程中以及国家扶贫、扶助农业资金的使用中，涉及领域波及卫生医疗、教育事业、金融等。豫东 L 县的藕塘行政村距离城镇较远，与城乡结合部的村子相比，这里的村干部们似乎没有多少油水可捞，但这几年仍不时有人在涉及扶贫资金、教育经费上栽跟头。

　　涉农职务犯罪的原因多种，而可能最为研究者忽略的一条是大量农村青壮年外出所导致的监督缺位。在过去，大家闲着也闲着，所以对大队、小队和互助组的财务"扒拉来扒拉去"，人人心里都有一本明细账，干部们就是想"伸手"，也没有施展空间，最多就是到各家蹭蹭饭。现在情形不同了，有热情和体力关心村事的青壮年大都外出。农村不再受"三提五统"困扰，除去有生育任务的村民们还主动和计生主任碰碰面，大部分留守农民无需过多地和村干部打交道，当然也顺带失去了监督他们的机会。干部们在村中几乎成了隐形人。这反倒给一些村干部暗地运作辟出了足够的空间。

中国乡村的聚落形态及其犯罪学启示

影响中国乡村聚落形态的因素很多,其中地形是基础性因素,人们往往依其在生产活动实践中对土地的合理利用为准则设计自己的聚落方式。正如山地丘陵地带多为散居型村落,平原盆地地带多为集聚型村落。

对于人类学和社会学研究而言,具有启发意义的是聚落形态形成的人文及社会背景。比如中国北方的家族,多喜群聚,以显得宗族繁盛,往往一个自然村落就是一个在血缘基础上构建的亲族群落,所以村庄以同姓为主,当然由于通婚和人口流动等原因也会在村落内容留一部分"外人",主要有入赘的女婿和"外流",因而也有不少村庄杂有外姓。其名称往往以村内主姓加上"庄"、"场"、"圩"、"营"、"楼"、"屯"、"铺"等构成,如张庄、薛场、王圩、崔营、李楼、刘家屯、三十铺等。而"圩"、"楼"、"屯"等称呼的来历则带来了犯罪学上的启发。据调查,一般带有"楼"、"圩"和"屯"等称呼的村庄是因为这些地方曾闹过匪灾,为防匪患人们在村庄周围构筑起带有防御性围墙的土楼、寨子、圩子等。到今天,尽管仍然可以在一些地方寻找到这些防御性土墙的痕迹,但是"楼"、"圩"、"屯"更多意义上已经成为一种象征,而寻找这些犯罪防御象征生成的底动力恰好为考察农村犯罪史找到了一个便利的切入点。

我曾经熟悉并作为分析样本的几个村落都地处中原腹地,不靠山临水,几乎都在民国时期遭受过严重的匪患。由于地形的差异,与鄂东、湘西等地借助有利地形盘踞山林的匪帮不同,这一带的土匪(当时人们称之为"马子")以漫地的青纱帐为掩护,所以这里的匪患带有一定的季节性,高粱要成熟的时候,人们就要想办法防匪了。

听老人说,村里有个富家子弟小时候被土匪绑票过。当年这个富家子弟约莫十岁,家里有骡马房产,过得比较富裕,村里有个土匪,外号叫"小眼子",勾结外地土匪把他蒙上眼睛绑架到外省一个地方,后来交了"袁大头"才被赎回来。按照土匪的规矩,要不蒙眼,"熟客"就会被撕票。淡季,土匪们还干些帮人复仇、收账的"买卖"。附近村子里有个人就是在送新娘子回来的路上,被仇家雇来的土匪盯上,揉到高粱地里,拉了半夜的呱(说话、谈心),最后还是给"铳了"(枪决)。

民国时期,地处中原的苏豫皖三省交界之地的农民常受饥馑之苦,政治上的动荡也威胁着村庄的安全。土匪尤其擅长趁乱打劫。在无险可守的村子里,单门独户难以与匪患抗争。村民为了自保,在村子周围筑起围墙。围墙主体由厚实的土坯构筑,墙外还挖了护城河。庄子里有钱的人出资购买枪支等武器组织了自卫队。有围墙的村子就开始被称作王圩或者李楼,在更为遥远的东北地区则涌现了一批带"屯"字的村庄。

今天,在这片土地上已经很难再见到整段的旧围墙,据说,上个世纪70年代,一些地方还遗留几段残垣断壁,但是在土地承包后就被惜地如金的村民们开荒成自留地或者宅基地了。这些曾经用来庇护村民生命财产的土圩已经完成了历史使命,在实体上几近消亡,只留下一个名称。这个名称顺其自然地让渡给村庄,因此村庄具有了"圩"或者"楼"的传承,而"圩"与"楼"则成了村庄的符号。笔者在一些村落调研时,问及八零后的村民,都说没有见过土墙的模样,但也都知道有这么一回事。可见,厚实的土墙的确曾经挡住几个靠翻墙越户营生的小蟊贼,但很难想象它会在抵御大股土匪时究竟能派上多大用场。不过,防御工事毕竟作为一种实体存在过,并且已然演化为村民们的一种心灵慰藉。

对于乡村犯罪研究而言,土圩子不会因为其实体的消亡而失去研究价值,相反这种符号上的传承对于研究者来说反而更富启发意义。土圩的形成在很大程度上说明国家控制力的耗散与削弱,甚至在一定程度上是对国家的政治分化,当然这种分化是自发的、潜意识的,更没有取得法律上的认可。正如吉登斯所言,传统国家本质上是裂变性的,其可以维持的行政权威及体系整合水平非常有限。在国家动荡、政权更迭的民国时期,尤为如是。

土圩的形成给予犯罪学研究的新启示,主要体现在以下几个方面:

第一,犯罪学研究需要开辟新场域,注重特定场域犯罪的概念化和类型化处理。把握关联的经验事实是确立犯罪学一般命题的必备环节。土圩内的村庄作为一个浓缩了的小型社会几乎涵括了犯罪学所要考察的各种核心要素——经济和政治、社会和文化、心理和精神、思辨和实证、经验和逻辑等。在较小的范围准确把握犯罪学与经济、社会、文化、历史、心理等学科之间的关联度,更利于对犯罪学中的某项分支做细致深入分析。

第二,犯罪学研究需要关注历史连续性。作为淮北等地区农村特定时期的产物,"圩"与"楼"显然带有浓重的时代印痕。曾经的土圩的功能的演变为考察和研究农村犯罪样态的演化提供了真实的历史标本。这同时也符合犯罪学作为一门学科的基本特质。

第三,犯罪学研究要注重观察与挖掘犯罪学中的标签意义。防御匪患的土圩物质形态已经消失,但是它作为一种符号却深深烙在村民的心里。在当地,"圩"与"楼"甚至已经演化成衡量人们行为善恶的心理标志。

第四,"圩"与"楼"本身所折射出的暴力倾向亦需要作出犯罪学意义上的解读。防匪的土圩所凝结的暴力既非国家层面上的政治暴力,亦不同于个体自然人的身体暴力,而是某些具有地缘或者血缘关联的人们之间自发集结所形成的一种群体的力量。对土圩子的暴力作出特别意义上的界定,有利于对特定场域作出犯罪学上的概括与归类,便于当犯罪学与人类学、社会学以及政治学交叉时甄别和提炼出属于犯罪学意义上的命题。

第二辑　司法的面相

中国式违法的面相

"中国式闯红灯"和"中国式哄抢"勾勒出中国式违法的一副副鲜明脸谱，也引发了人们对中国式违法面相的重新打量。一如人类面部表情之复杂、多变，中国式违法的面相亦多面且善变。仅就主体考察，中国式违法不光由平头百姓制造，在权术界，还存在一些与"潜规则"相伴生的另一种图景。诸如某些官员为安排子女入学、升迁惯用移花接木、借壳下蛋、萝卜招聘等术；少数领导干部则为应对中央五条禁令采取迂回之术另辟第二战场。如此等等，不一而足。本文仅列举中国式违法之典型面相一二，以示世人。

在历史的长河中似乎也能寻见中国式违法的身影，比如"吃大户"。但殊不知，某些"吃大户"行为被历史学家视为贫农对富人的一种自发斗争，与时下频发的哄抢现钞、古币甚至鸡蛋、西红柿之举实在无法匹配。当然，这些人也不准备去历史的故纸堆寻找慰藉，却是在"法不责众"的心理驱使下，任由人性中的私欲恣意蔓延。

不可否认，人性的深处定然有一根善良的弦瑟，一经撩拨宛若春风习习；亦无法否认，人性的暗角也蛰伏着恶的巨魔。在"法不责众"的精神庇护下，有些人遇到天上掉下的馅饼哪能不一哄而上分而食之？即便遇到无利可图之事，但只要能逞一时之勇、图一时之快亦"围观起哄"、"喊打过街老鼠"。可以说，"中国式哄抢"的面相之下掩盖着一颗颗丑陋的心。

如果说"中国式哄抢"还能多多少少显示某些人的狡黠甚至聪明之处，那么"中国式闯红灯"者则是货真价实的"缺心眼"。几乎所有的闯红灯者都能认识到斑马线上的风险，而且临时纠集起来的队伍成员也不是都有急事去办，之所以仍然贸然行动，盖因这伙人一致相信人多力量大足以让司机们不敢贸然行动。可令人不解的是,如此放心地将身家性命交由临时组织和马路另一侧虎视眈眈的"马路杀手"们,这靠谱吗？事实上,斑马线上的一次次血案已然印证"中国式过马路"是最不划算的"买卖"。

如果单纯从社会效度层面看,有些中国式违法还能制造授人以"鱼"的表象。比如在某些小区的周边,因为执法不力,商贩云集。小商小贩占路抢道、堵塞空间的同时也给居民带来一定生活上的便利。又曾几何时,某些违法行为甚至得到当地民众的认可,成为见怪不怪之事。正如对传销行为的打击并非一定获得传销集散地居民的支持,因为这一庞大群体的衣食住行往往成为当地经济的增长点。不幸的是,有些人根本看不到或者不顾及甚至放纵这些违法行为,只为图一时之便和一己私利,哪顾得终将养虎成患。

中国式违法层出不穷、花样翻新,而且面相如此生动,其生存法则之一还在于其机巧性。中国有句老话叫"老实人吃亏",在当下快节奏、重效益的社会中,"老实人吃亏"这句话一次次被印证,几乎成为箴言。脑子灵光、擅于钻营者似乎总能得到实惠。换言之,中国式违法者的机巧之处在于其似乎总能在生活的快车道中找到妥当的生存路径。

而此,也折射出中国式违法的另一个面相,即其机动性。究其根源,这种机动性或者可选择性在很大程度上乃法律机制自身的缺陷所导致。因为,对于法治化还在路上的中国而言,尚未培植出民众一体尊崇的法律信仰。人们对于法律的遵从在很大程度上是迫于无奈而非出于自愿。

正如英国学者哈特把守法的动机分为两种,一种是出于自愿去接受和维护法律规则,并以法律规则作为自己行为的指导;一种是通过观察发现如果不遵守法律规则可能会受到惩罚,因而被迫服从法律。在这样的法治状况下,法律体系尤其是法律机制的设置和运行就显得尤为重要。一旦法律制度有缺陷或者法律机制运行不畅,都容易被投机者钻了空子。

现代社会法治水平高低的衡量标准之一是看其民众的法律意识和法律素养如何,此外,还要看其法律制度(机制)是否健全并科学。就"中国式哄抢"事件频发而言,一方面折射出参与者的法律意识不强,另一方面则反映出相关法律体制不完善或者机制运行不畅。后者所导致的法律管控不力甚至成为中国式违法的始作俑者。

因为，毕竟现代社会的文明程度足以让绝大多数参与者明白"掠食他人"系违法的道理，而这些人之所以选择知法犯法，盖因彼时两种侥幸心理占了上风，即"不会被发现"和"法不责众"。其中"不会被发现"恰是违法者采取行动的心理支撑。想想也是，发生在高速公路上的哄抢，除了要承担被车撞到的风险之外，几乎就不用担心公权力的及时介入——没有监控，警察也远离现场。设若在繁华大街上，随处都有巡警，哄抢机会定会锐减；倘若在到处装有摄像头且相互熟悉的小区内，即便有人从楼上撒钱，恐怕也不见得有人哄抢了。这就是管控的力量。

由此，联想到各地关于"中国式闯红灯"的应对。如近日北京市即通过道路交通法之实施办法，以罚款方式处罚乱闯红灯者以儆效尤。正所谓"重拳方有效、重典才治乱"。如果对违法行为每次都降格以罚，甚至不处罚，长此以往法律就失去了其应有的尊严。当然，处罚不是目的，更不是唯一手段。若要最大限度地减少甚至杜绝行人乱闯红灯现象，尚需借助诸如加大宣传力度、增设管控人员与设备、科学规划道路等综合治理手段，更要找出道路管理机制本身的缺陷并及时修正。

与"中国式哄抢"和"中国式闯红灯"者的直截了当相比，擅权者似乎懂得给违法行为罩上一件外衣，其中一脉往往演绎成为"潜规则"或者至少与其相互勾连。或许熟悉并掌握便利操作条件的弄权者是迫于民主已渐入人心、权力监控的眼睛不断增多而不得不转入地下，但毋宁说权术界的违法自始至终都是以暗箱操作的方式游走于法律体制的罅隙中，因为权力的霉变总经不起阳光的曝晒。

总之，对于中国法治化建设而言，当下中国式违法的种种面相既是一种告诫，也是一种启示。对中国式违法整容成功与否，尚端赖于民众法律信仰的培植，更与法律体系与法律机制的科学化程度息息相关。

天眼与天平：司法正义的不同隐喻

很多人知道，中西方理想的司法者形象有所不同。西方的理想司法者是蒙上眼睛的正义女神，中国的理想司法者是长着"天眼"的包公。

在西方，象征正义的女神往往用布蒙上双眼，两手分别持天平与利剑。一般认为，天平象征公平，代表衡量与实现司法正义的技巧与程式。一方面，司法者借助它来度量犯罪者的罪过，以便做到罪责刑相适应；另一方面，司法者用它来衡量不同个案之间的差异以便做到处罚均衡。利剑则代表正义的力量，用以震慑与惩处犯罪者。蒙上双眼则隐喻了司法者的中立态度。这似乎昭示人们，唯有中立的裁判者，才能更为准确、客观的衡量罪与罚，才能得出确信的司法裁决，并获得司法公信力。

不过，人们似乎忘记了事物总是具有两面性。司法者消极的中立态度也可能导致事情走向另外一端。人们有理由提问，没有周密的观察，不进行积极、细致的调查，蒙上眼睛的司法者如何才能做到对具体个案的内心确信。因为有些时候，事情在一个阶段或者在某一个特定的场景中只会呈现出一种表象，而真相很可能因此被遮蔽。而且，司法者的消极态度是否会人为地拉长战线，从而造成资源耗损。

然而，作为一种精确的测量工具，和"天眼"相较，"天平"的隐喻性恰恰提醒我们，为防止司法者疏忽甚至歪曲真相，最有效的方法就是设计一套精致、完整与富有弹性的司法程序。精致的程序可以弥补司法中立所带来的消极影响，程序的完整及富有层次性则可以发挥后程序对前程序的纠偏功能，从而过滤、剔除错误信息，甄别、遴选正确信息，为裁判者做出最终裁决提供真实的判断依据。程序的弹性则凸显程序的时空维度，程序具有空间拓展性，使其能够允许多方参与，从而为裁判者提供充分的辨识材料和多维的判断标准,正所谓事不辨不明。

在中国,理想的司法者形象,是百姓所呼唤和拥戴的清官形象,其代表人物是包公。人们提到包公总会说其"铁面无私",现代影视剧里也往往把包公塑造成不苟言笑的黑脸尊神。其标志性特征是面色黢黑,神情严峻,天眼灼灼。面色黢黑象征法律的威严。神情严峻表示司法者的责任与司法的严肃。"天眼"则表明司法者具有超常的洞察力,擅于明察秋毫,不容犯罪者逃避与狡辩,更隐喻了一种神秘的震慑力。

笔者曾经揶揄过影视剧里塑造的古代中国的一个人的司法程式。在这一套程式中,官老爷从接到命案,到深入现场,再到升堂断案,最后还要亲临监斩,用现代司法话语表述,即立案、侦查、起诉、审判、执行一条龙均由其一手操办。不可否认,一个人的司法程式因为缺少必要的监督往往成为滋生贪官、庸官的温床,但所幸在一定的情境中也可能促成清官至少是勤快官员的生成。所以才有"包公"形象的诞生。相反,在讲究布局合理、设计精密、前后相依的现代司法流水线上,想做贪官不容易,因而也就没有所谓的清官。

与西方借助于"天平"这种精巧的"工具"不同,中国的司法者更多依赖于观察。直到今天,还有不少司法者在审判时凭借经验,尤其在量刑上轻视甚至排斥精确的量刑方法而选择"估堆式"的观察法。希求量刑上精确制导,固然艰难,也容易走向另外一个极端,搞不好还会批量生产懒汉法官和机械法官。但是,"大差不离"的量刑经验图式一定会造成量刑失衡现象,并会由此引发人们对法官自由裁量权直至司法公信力的质疑。近年来在全国展开的量刑规范化运动要旨之一就在于规囿法官自由裁量权以解决量刑失衡现象。

可以设想,在程序严重萎缩的司法模式中,就算每一个审判者都在力图依据法律追求事实的真相,并希图做到罪与罚的相当,但问题是,一个偶然情景的出现就足以挫败法律规范的目的,而症结就在于是无法找到确保判断正确结果的程序,从而无法实现理想的司法正义。所以,完善的程序乃实现理想司法正义的底线。

至此,西方之"天平"与中国之"天眼",实际上有诸多相同的隐喻意义。比如二者都突出法律的威严与震慑力,都以实现理想正义为最终目标。二者的主要差异在于"天眼"强调裁决者的洞察力,"天平"则依赖司法程序的精细。不过,关于"天平"与"天眼"之司法正义象征的讨论似乎陷入一个两难困境,即蒙上眼睛则意味着过于倚重司法程序,而往往要么因为程序的不完善而陷入僵局,要么因为司法程序设计成"中立格局"而使审判陷入被动;而反过来,将正义的实现交由一两个洞察力敏锐并兼具良心的司法者,舍弃程序的精耕细作,也必定走向另外一面。

理想的司法裁决,既需要裁判者要么通过身临其境要么借助于可以信赖的渠道获悉案件的真实情况,又需要借助于结构稳定、布局合理、技术精良的司法程序来防止或者阻断裁判者过分倚重主观意志,这样才能从形式和实质双重角度保障司法正义的实现。

所幸,现代社会,中西方的司法理念在不断影响与交融。在西方,司法的推进并非仅仅倚重技术,司法者道德和良心已经成为克制司法程序僵化的一股力量,所以每一个案例都会深深印上裁判者个人的痕迹;而在中国,随着司法改革的持续推进,刑事诉讼程序得以不断完善。诸如,量刑独立程序的设计极大地丰富了司法程序的内涵,辩护制度的完善则在拓展司法程序空间的同时加固了程序的本身构造,而此为尊重和保障人权提供了值得信赖的程序依靠。

司法情境中的角色扮演

最近重温美国黑白经典影片《十二怒汉》(12 Angry Men)，和十二位各怀心事的陪审员共同感受司法情境的深刻乃至奇妙。从该剧片头的剧情铺设来看，几乎是倏忽之间，年轻的刑事被告人就会被认定有罪，并极可能难逃一死。不过，8号陪审员的"一念之差"却引发了其他陪审员对案情"合理怀疑"的聚讼。故而，让这一看似水到渠成的司法流程稍微停滞了一下，并且因为这一次停顿，案件进程发生了戏剧性的逆转。

当诸位陪审员不再为自己的股票或者即将开始的棒球赛分心，不再热衷于为自己的传呼公司或爆米花做广告，不再无心绪地谈论天气或者感冒，而是一点点排除杂念，一步步深入到司法的剧情中来，这时，才会出现，9号陪审员以老年人的切身体会来剖析老年证人说谎的可能性，5号陪审员以年少时的不堪经历告诫指证被告人的凶杀方式存有疑点，因为擅长使用弹簧折刀（凶器）的贫民窟混混的常规使用方式是刀锋上刺而非向下扎入，也才会有多数陪审员能够对3号陪审员情急之下"我要杀了他"（剧中"我杀了你"是用以指证年轻被告杀父的证据）的这句话有深刻领悟。

而且，也正是因为陪审员们沉浸在被告人或许有罪，或许该死的迷局中，他们在考虑检察官的有罪起诉时，才愿意排除私心、换位思考，站在被告人的立场，把被告人当成自己或者自己的亲人加以体验，去感受刑事被告人此时的弱势地位和其求生的渴望，从而积极表达连本案辩护律师都懒得提起的无罪诉求，并对那些曾经的"铁证"逐一剖析并提出怀疑。

当这些合理的怀疑郁积胸中，无法驱散时，陪审团最终作出无罪认定就顺理成章了。在学者看来,所谓合理怀疑是指对全案证据慎重细致的分析推理后产生的,有具体事实根据、复核经验与逻辑,足以动摇事实认定的怀疑。剧中呈现的有罪证据的诸多疑点显然动摇了陪审员们对年轻被告有罪的认定。伴随着司法文明的步伐,排除合理怀疑的证明标准在今天逐步确立。想想远在几十年前(电影是1957年出品),《十二怒汉》所展现的这一司法理念,的确令人眼前一亮。事实上,排除一切合理怀疑的证明标准可能有损真实的正义,有时也无法妥当安放刑事被害人的受损情感,比如"辛普森案"以及被称作中国版辛普森案的福建"念斌案"。不过,排除一切合理怀疑证明标准的使用恰恰因为其影响了案件的走势而容易成为一种看得见的正义。

我们姑且不去谈论合理怀疑证明标准本身的合理性如何,也不去过多地讨论《十二怒汉》中对这一证明标准演绎的准确性如何,且关注围绕这一规则建立起来的陪审团的良知问题。可以想象,没有良知的人不会关心案件审判结果公正与否,就如影片中那个一心想着赶快结束别耽误观看球赛的7号陪审员,年轻被告人的生与死与他何干?他的表决似乎都取决于时间的算计。事实上,陪审员们只有融入到具体的司法情境中,乃至成为这一具体司法事件的一分子,才会在角色扮演中真正入戏。正如人们观看一场对抗赛,一般会心系其中的一方,否则赛事的结果对他而言就不重要了。不关心赛事胜负的观众自然只能归入看热闹之流。

在中国,向来不缺少这种被鲁迅先生刻画成"颈部都伸得很长,仿佛许多鸭,被无形的手捏住了的,向上提者"的看客。看的都是别人的热闹,作为局外人,看客们尽可以观望、赏析。而如今,借助于多元化的媒介,看客们不只是"看",还可以尽情地"说"。似乎借助于说,方可化解其某些无名积怨。说者多了,即可汇集成"民意"。

这让我想起了许多司法事件中的参与者。他们选择好进可攻、退可守的战略位置,饶有兴致地发表对某一司法案件的见解。当然,滑稽的是,很多时候,一些表达者连基本的法律概念和术语都搞不清楚,甚至也不知道事情的原委,但其急于表达的心情已经不可遏制。可以说,一些司法事件之所以成为社会热门事件,为全民目击,很大程度上归功于互联网时代民意的聚讼。这也由此引发了各界关于民意与司法、媒体与司法之间关系的持续关注。当一般司法事件一旦上升为社会热点事件,其中的当事人尤其是司法者难免会受到一定程度的影响。有时候,堆积起来的民意成为司法者必须考量的案外因素。所以才有了"不杀不足以平民愤"的判词理由。而且,有些民意显然对一些案件中的司法判决形成了干扰,甚至左右了案件的最终走势。

不过,值得反思的是,民意究竟是什么?民意是不是十一个人对一个人的战争。倘若如此,民意着实可怕。加之民意"口口相授"的传播方式和语义本身的流质性,很容易致使民意的洪流冲破理性的堤坝。正如麦迪逊的告诫,"即使所有的雅典公民都是苏格拉底,每次雅典会议的成员依然会是一群暴徒。"更何况,民意的许多制造者抱着看热闹甚至是幸灾乐祸的心态。还有一些随大流者,他们的随性与无知加剧了民意的泛滥。在《十二怒汉》中,倘若8号陪审员没有那"一念之差"的理性,而是选择跟风,成为助涨主流民意的一道波澜,那么事件就会是另外一种结局。

由此,一般民众在关注司法事件时,应当持有理性的态度,不要轻易置喙,给司法者留下足够的抉择空间,因为任何事物都可能不是你看到或听到的那样。当然,如果你被选中做某一司法情境中的群众演员,则具有了体验司法剧情的资格,那么,就尽心尽责地跑好你的龙套。作为司法剧情的推动者,司法者则需要细心揣摩角色,吃透法治的精义,秉持公心和良心,倾情于司法情境,逐步将剧情推向高潮。

一个人的司法

大约20年前,台湾人拍摄的电视连续剧《包青天》风靡内地,人们为剧中的侠义精神深深感染,更为刚直不阿的包青天形象击节叫好,甚至由此在民间引发了一场"青天"热。内地导演亦跟风制作了《少年包青天》系列剧。延后,一些反映古代清官断案能力的历史剧亦纷纷亮相。近期,又闻《神探狄仁杰》之姊妹篇《神探包青天》已经开机,仅从剧名推测,恐又以主人公神奇的侦探与断案能力为卖点。为烘托剧情、引人入胜,着力渲染主人公严密甚至神秘的推理逻辑与断案能力,乃涉及司法历史剧的惯常手法,不过,有些剧情却在不知不觉中亦导演了一出司法程式上的一个人的独角戏。

我们经常在一些影视剧中看到,主人公大老爷接到命案举报,旋即不辞辛劳深入现场搜寻线索,盖因其超常的逻辑推理与洞察能力,虽历艰辛终能破除迷局,继而升堂断案,言之凿凿,哪容罪犯狡辩,或依律断狱,或屈法申情,终能给苦主与帮闲们妥贴交代,最后还要亲临监斩,以快慰人心。这一套程式用现代司法话语表述,即立案、侦查、起诉、审判、执行一条龙均交由一人操办,可谓之为一个人的司法。

当然,影视剧毕竟经过编剧大人之手,难免失真。但既然"编剧"的本事和基本技能在于"编",即所谓无"编"不成"剧",则大可不必过多计较这些影视剧中所设定的古代司法程式与历史真相之间的出入。仅就事论事,一个人的司法剧情固然容易积攒人气,从而凸显影视剧主人公的魅力,并由此打造青天形象。但显而易见,现实中,一个人的司法程式注定不容易诞生青天老爷,相反,却更容易滋养贪官污吏。因此,倘若一个时代陷入一个人司法模式中,民众的青天情结也就成为必然,因为物以稀为贵嘛。事实上,仅通过历史剧回溯,在几千年的古代司法中可资书写的清官，颠来倒去也就那么几位而已。

　　法治不倡时代，老百姓呼唤清官乃是一种压抑中的无奈呻吟，也是一个人司法的制度所致。而今，民众仍然对清官有着别样的情结，并且通过影视剧来眷恋甚至呼唤现代版青天则多少让人唏嘘。更有甚者的是，某些官方机构也在刻意打造清官形象，努力树立新时代的清官典型，这不能不令人诧异。

　　记起豫剧《七品芝麻官》中一句经典唱词，"当官不为民做主，不如回家卖红薯。"可见在法治不倡时代，"为民做主"乃是普通百姓呼唤救世主的呐喊，也往往成为衡量一个清官的标准。其实，"为民做主"绝非"民主"。真正意义上的民主是民众当家作主，民众的权利本就掌握在自己手里，不需要谁来施舍。"为民做主"恰是民众权利被剥夺殆尽的真实写照。清官老爷之所以能够"为民做主"还不是因为他们手中操持着生杀予夺的大权。

　　然而，权力的骨子里充斥着扩张与腐蚀的劣根性，因而容易和人性中的贪婪、自私等欲望一拍即合。一个人的司法制度更容易养肥权力，而且由于失去及时有效的节制而终致权力如脱缰野马。所以，权力面前，制度是最好的缰绳。在民主及法治社会，社会共同体成员自愿出让权利以便于社会和谐有序，而由此结成的权力体应当成为疏浚、引导水流的堤岸，而非横加阻拦水势的大坝。

　　以此可以在一定程度上注解，为什么在法治不倡时代，民众一旦面对司法事件，总是呼唤青天老爷，总寄希望于官老爷在一个人的司法模式中尽可能地秉公执法。可问题在于，这种蹩脚的司法模式注定无法批量生成清官，而且极容易成为"人治"的打手，当然，话说回来，一个人司法模式何尝不是人治社会的一个缩影。在这样的社会里，由于缺乏对权力约束和规范的正当、合理的机制，使得"想做清官不容易"。

　　相反，在法治倡行社会，司法精耕细作，程序精密细致，程式科学合理，即便仍然依稀可见一条龙的影子，但绝不是一个人的司法而是合理布局的流水线式的司法。流水线式司法能够尽可能地完成对权力的疏浚和分解，使得流水线上的单个司法机关抑或司法人员"想做贪官不容易"。所以，在一个民主、文明、体制健全的法治社会，"清官"是不值得称道的，他们只是恪尽职守，做了他们该做的事。这也恰好印证了服务型司法的基本理念,即当人们遵守了国家法律的时候,他们就不应当感觉到法律和司法机关的存在;反之,当人们向司法机关提出请求的时候,法律和司法机关就在他们身边。

　　如果在一个时代里,人们仍然呼唤清官,只能说民众的福祉还未能通过成熟的法律体系固化下来,尚需要拜驭权者赐予,也就是说看官吏脸色吃饭。民众的权利,无法在既定的体制下自然生成,而是寄希望于一两个贤明的驭权者恩赐,此等社会制式下的民众也只好期冀在心理上塑造清官形象以抚平伤痕了。而若要批量生产清官,尚需要构建司法流水线。在开放性的流水线上,贪腐的司法者极容易被检视和剔除。如此,贪官甚少甚至没有贪官,也就没有所谓的清官。因而,真正的法治社会应当是一个遣送清官的时代。任何对清官的迷恋,都可归结为对人治社会背影的留恋,对法治社会脚步声的惶恐。

法益的较量

法律终究是围绕人的行为设立的。大体上,立法针对的是类型化的行为,司法面对的是个别化的行为。面对人类行为作出制度安排和司法决断前,立法和司法的一个共通之处就是,需要衡量行为之间的法益效果,也就是某个(类)行为对法益侵害或者保护的程度。

比如,刑事立法在决定某类行为入罪或者出罪之前,一定要对这类行为在前后不同社会语境中的变化以及其与相近行为类比之后,对此类行为对社会的危害当量及其可惩罚性进行权衡。实质上,某类行为入罪或者出罪的决定性因素是它本身包容或者要保护的法益与其要破坏的法益之间的较量的结果。而在不同社会语境中,某类行为侵犯的法益可能发生量变直至发生质变,对法益的侵害程度也会发生相应的变化,因而也有必要通过运用其他相应的罪名予以替代才能维护或者恢复相应的法益。前者如堕胎罪的废除和醉驾入刑等。后者如废除嫖宿幼女罪之后用强奸罪取代等。

司法活动面对的是形态各异的个体,而裁决的基础是个别化的行为。司法面前的行为和立法中的行为最大的区别是不同社会个体赋予行为的个体特征。这使得司法人员在面对立法规定的类型化行为时,不能做出千篇一律的决断。因而在此意义上,同罪异罚乃司法活动中的正常现象,因为既没有两个完全相同的人,也不会有完全相同的两个行为。司法人员面对这个人的行为和那个人的行为时,要作出符合实际的区分,所以立法中看是同类的行为因为载体不同而在司法中有了不同的裁决结果。之所以同罪异罚,本质在于,不同处罚对象的行为对法益造成的侵害有客观上的差别,需要分别衡量。由此,对于司法裁决活动,立法只具有规范和指导意义,先前的判例只具有借鉴意义。司法人员绝不能生搬硬套和复制粘贴。

在另一方面，司法人员面对的个体还可能负载更为多元和复杂的行为。在某一有效时段和空间内，某一个体所负载的可资评价的多种行为中，既可能有良性行为，也可能有恶害行为。所以，司法人员既要比对不同恶害行为对法益侵害的轻重，也要衡量良性行为与恶害行为之间的抵充，并据此最终选择裁决的法度和裁决的力度。

遗憾的是，很多司法人员并未如此深谋远虑，反而是作出了想当然或者简单化的处置，从而忽略了个体行为对法益侵害还是保护之间的衡量。草率作出的裁决虽然实质上是恶的，但形式上可能一时间并不会被察觉。因为当事人对法律的无知或者对裁决结果的认命而使得这些恶的裁决就此沉睡，司法人员也会因此高枕无忧。可一旦某一恶性裁决结果的睡眠状态被异常顽强的力量唤醒，这种石破天惊的冲击力是裁决者始料未及也无法阻挡的。并且，典型化的司法事件不仅仅长久停留在公众视野，裁决隐含着的不良法律效果也会成为影响人们社会价值观的不良因素。

例如这里有个案例。据报道，贵州小伙小张嫖娼，事后，姑娘称被骗卖淫向他求救。小张犹豫再三还是报警。当地派出所顺利地查处了一处涉嫌强迫卖淫的洗头房，并解救了一名被拐骗的少女。但小张本人因嫖娼被行政拘留 10 天。

就此事件，有一法学教授分析认为，小张提供的线索直接导致了两个积极有益的后果。这一行为解救了被骗少女、查处了违法的洗头房。小张最后被拘留，对社会影响并不好，传递了一种负面的价值观。另一法学教授也认为，此案的结果会影响到日后类似案件中的当事人。"有谁还愿意主动站出来检举揭发类似的犯罪行为呢？"

这里，法学教授特别提到了小张具有两个保护法益的良性行为，指出法益衡量在具体裁决中的重要性。事实上，如果裁决者没有清醒的头脑，没有良好的法律素养和法治理念，就无法对当事人多元行为作出法益损害和保护上的准确衡量，因而也就做不出恰当的裁决。错误的或者不良的裁决显然会带来坏的结果，从而影响裁决的法律效果和社会效果。

关于此事，也有不少非法律人士发表意见。某位一直从事经济学研究的人士列举了一个上世纪80年代发生在比利时的案件。一女子坠落露台受伤,一过路男子洗劫了她,但不忍女子因受伤死亡又报警。男子被抓并被起诉。经激烈辩论,最终法庭作出男子无罪的判决。法官在判决书中称:"每个人的内心深处都有脆弱和阴暗的一面,对于拯救生命而言,抢劫财物不值一提……我宁愿看到下一个抢劫犯拯救了一个生命,也不愿看见奉公守法的无罪者对于他人所受的苦难视而不见!"

　　此处姑且不考察这一司法判例的真伪,就事论事的话,我认为,这一异国判决与我国的法律规定不相吻合,我国一般的法律理论、传统伦理对这样的判决也并非持肯定态度。因为,在我国,功过分明既符合实事求是的准则,也符合赏罚分明的法律伦理。就此,我国相关立法中也在法益较量的基础上作出相关制度安排。例如刑事立法中的正当防卫制度、立功制度等。而且需要警醒的是,在实践中,司法人员绝不能因此滑入另外一个深渊,以此为借口对违法犯罪行为姑息迁就甚至纵容。

　　只是,这样的判决和上述法学教授们的告诫能够给人们带来一些启示,就是裁决者在对违法犯罪行为作出裁决时,需要综合衡量行为者的不同行为所发生的法益影响力,并由此作出功过折抵的裁决。当违法行为对法益造成的侵害在立功行为对法益作出的维护面前微不足道时,裁决者就应当果断取消罚单,而避免因机械执行法律,做一个令人嘲笑的机械执法者。

审判公开的边界

对案情重大、复杂的薄某某案进行公开审理、微博播报,的确在一定程度上反映出了我国法治的透明公开程度,也显示了我国践行公众对司法的知情权、参与权、表达权和监督权的决心。但在此事件中,笔者却注意到不少人存有对"审判公开"认识上的误区。

第一个误区是,有人认为对薄某某案件进行庭审直播是我国审理公开的标杆甚至是新纪元。其实,在我国,微博播报甚至电视直播庭审现场早已有之,而且这种形式亦为相关法律和司法解释所明确。审判公开就是狭义角度上的司法公开,包括审理公开和宣判公开。在我国,宣判一律公开,审理原则上公开。依法公开审理的案件,人民法院可以发放旁听证或者通过庭审视频、直播录播等方式满足公众和媒体了解庭审实况的需要。因此,薄某某案就是中国司法公开化进程中的一个足迹而已,并非我国直播庭审之肇端。

第二个误区是,很少有人关注庭审直播的负面效益。在此案中,有人对微博直播还嫌不过瘾,更谋求能进行电视直播。姑且不论是否有人怀落井下石、围观起哄之鬼胎,且就司法公开的价值而言,完全公开就一定意味着完全公正吗?如果公开审理只是为了应付舆论,甚至是为了哗众取宠,而私下里却上下其手,还不如不公开,仅凭法官的良心办案。当然,人们有理由怀疑,在没有阳光的暗室,审判者的良心可能会霉变。但倘若仅仅是为了应付差事,或者为了作秀,是否应该考虑到,公开审理的现场直播尤其是电视直播可能会引发意外风险。

在这个透明、开放的舞台上,被告人声泪俱下可能会博得广泛同情,有人甚至为被告人的儒雅、博学、条分缕析之能力所折服,却忽视了其累累罪行;再辅之以辩术精妙、熟知律条的辩护人,无异于如虎添翼。

与之相比,公诉人甚至法官大人都可能因为言词拙劣、举止不当、业务不精甚至紧张导致发挥失常而受到嘲笑。这种细微差距一旦被镜头放大,容易引起观众的倒戈,甚至导致案件被民意绑架,如此,事件会陷入进退维艰的窘境,如此一来,庭审直播反而是搬起石头砸自己的脚。

当然,从另一个层面表明,庭审直播实乃是对司法者素质的大检阅,为了不让自己蒙羞,并有损司法的整体形象,司法者需要做足功课,长此以往,必将助益于司法的整体繁荣。不过囿于司法资源的稀缺,庭审直播费用的昂贵,实难无法做到每一个依法公开审理的案件都现场直播,由此看来,司法者素养的提升不能仅仅依赖于几场庭审直播。何况企图通过庭审直播宣扬法治精神的美好愿望不一定能够完全实现,因为即便直播庭审,可观者寥寥,能够耐心、细致看完冗长的庭审全过程者更是少之又少。

另外,镜头的摇曳,可能在不经意间就触碰到每个庭审参与者的隐私,甚至为其肖像权、名誉权等受侵害埋下伏笔。另外,可能涉及被告人乃至被害人的人格尊严问题。作为受过犯罪者伤害的被害人,选择出庭,并不意味着要选择曝光,直播现场难以庇佑其选择的尊严。作为被告人,除了要接受公诉人和法官的盘诘之外,还要接受公共的检视,众目睽睽之下,被告人是强作镇静以保持尊严,还是忏悔示弱、博取同情以便换取刑期呢? 同样面临抉择的困境。也许,对于被告人而言,秘密处置也算是对其尊严的一种维护吧。君不见,在古代,为了让某些犯人出丑,往往押到闹市口行刑,而为维护贵族尊严,则将某些犯事的贵族悄悄拉往城郊密林处决。

第三个误区是,有人认为审判公开无底线,如此才能让司法腐败彻底曝晒在阳光之下,无处遁形。有这种认识的人固然不乏善良情怀,但显然欠缺法律常识,对中国现行法律了解不够。我国刑事诉讼法明确规定,对于涉及国家秘密、个人隐私和未成年人的案件,不得公开审理。比如,比薄某某案件稍后进行的李某某案件之审理就因为涉及未成年人和个人隐私而没有公开。

其次,主张公开无底线者也缺少必要的法律意识。因为在法治时代,理性司法要求,审判公开要有规则,更要有边界,否则仅凭一腔激情,要求公开一切,难免矫枉过正,招致恶果,比如会因此增加侵犯他人名誉、泄露他人个人信息的可能性。

　　而且，无节制的庭审公开还可能滋生一种司法形式主义，即审判秀，往往表演到位的被告人博得同情，具有镜头感的司法者赢得声誉。大量的庭审直播冲击也容易使人们产生视觉疲劳效应，终将庭审现场视为生产流水线，参与者只是在做机械运动而已。此外，过剩的审判公开则可能牵连相关司法程序的连锁反应，即逮捕要公开、行刑亦要公开，而此一定程度上自然有利于宣扬法律的威慑力，但"公开"一旦演绎为"示众"则可能会助长"以暴制暴"的社会戾气。

　　当然，审判作为终局裁决程序，不宜被拖入密室成为法官的独舞，但亦需要控制公开的边界，把握公开的"度"。总之，别拿庭审直播作秀，否则不但无法弘扬法治精神，反而还会砸了法治招牌。

庭审直播中需要注意的问题

自十八届三中全会对深化司法体制改革做出全面部署后，新一轮的司法改革已全面启动。作为司法程序的中心环节，审判体制无疑成为此轮司法改革的滩头阵地和实验区，而审判体制改革的成功与否将成为影响此轮改革能不能深入并取得成效的关键所在。根本而言，启动司法体制改革的旨趣在于破解阻滞司法有效、合理运行的困局，以提升司法公信力、树立司法威信、培植民众的法律信仰，为最终建立中国特色的社会主义法治体系搭建坚实平台。不过，在法治社会建设过程中，司法改革又显然是一项民生工程，因而其最终落脚点是能否构建实现民众合法权益的保障体系。普通民众可能无法领略司法体制改革的微言大义，他们会过多关注当自己身处司法运行体系中能否拥有更多的知情权和话语表达权，并最终会把目光聚焦在司法正义能否实现上。当然，正义具有相对性，但毫无疑问程序乃司法正义实现的根本保障。因而程序的拓展与开放程度将成为影响审判体制改革究竟能走多远的重要因素。

于是，设计科学合理的程序成为审判系统推进司法改革的工作之重。在这其中，庭审直播成为一种尝试并逐步为各地、各级法院所采用。各地所用庭审直播的方式多样，主要有网络直播、电视直播、微博直播等形式。有些法院在网络直播的同时还会辅之以邀请相关法律专家或资深法官与网民互动，现场答疑解惑，让庭审直播更为生动有效。无疑，庭审直播能通过扩容诉讼程序在一定程度上增大法庭空间的开放性和透明度，至少在形式上能够满足人们观摩乃至参与法庭审理的愿望，通过审判程序的扩容以增加司法运作的可视度和可信度，破除不少民众对法庭怀有的神秘感与畏惧感，以便提升司法公信力和民众的法治情怀。不过,在推广庭审直播之前还需要注意以下几个相关问题并着力予以解决。

其一,庭审直播所涉及的权利归属问题。目前来看,在庭审直播几乎成为司法实践常态的情形下,再去讨论这一操作模式合不合适,似乎有些不太合时宜。不过作为元命题,庭审直播的设定的确会衍生一些需要讨论乃至质疑的问题,比如庭审直播中可能会涉及到侵犯肖像权等其他权利问题,因此其在一些国家是不被提倡甚至被明令禁止的。其次由庭审直播设定所引发的还有庭审直播的权限问题。如果设定并推行庭审直播模式,那么庭审直播权自然归属法院系统所有,这里主要是从知识产权角度而言的。还存在的疑问是,庭审直播的决定权归属于谁?主审法官、庭长、院长还是审委会?接下来还需要纾解的问题是,庭审直播权应当通过何种方式予以固化,是采用立法模式还是司法解释模式?各级法院庭审直播权限如何划定?再次是应否赋予公诉机关、当事人等诉讼参与人庭审直播的选择权?

我们认为,关于庭审直播权,需要根据不同性质的案件进一步细化、分解。民事案件审判的庭审直播权应当分解为法院决定权和当事人选择权。刑事案件庭审直播权应当分解为法院决定权、公诉机关建议权和当事人选择权。协调好当事人庭审直播的选择权和公诉机关庭审直播的建议权也是诉讼程序公平、公正的应有之义。至于审判机关和公诉机关内部由谁最终决定,建议与其内部其他常规工作机制相吻合,一般由首长决定,特殊情形下,由审委会或者检委会决定。当庭审直播成为司法常态并且逐渐成熟,建议在进一步规范设计的基础上,由最高司法机关以司法解释的方式在全国推行,条件完备时,则可以由立法模式予以固化。

其二,庭审直播需要注意的案件范围问题。在诉讼中,为了保护国家、商业、个人秘密而限制了公开审理的范围,法律规定为不能公开审理的案件自然不在庭审直播范围。但即便排除法定不能公开审理的案件,我国司法案件的数量也是庞大的,而司法资源的有限性和繁简分流的程序要求注定不可能对所有案件进行庭审直播。问题在于,如何选择庭审直播案件,是选择能够引人关注容易成为典型的案件,还是在现阶段适用相对简单明了、争议不大的案件?是由上文所言的法院、当事人等来自主决定或建议不同性质案件是否进行庭审直播,还是全国一体以指导性的规范文件或者司法解释、立法等方式划定不同层级的法院对应选择不同性质的案件?公诉机关、当事人对于庭审直播的建议权、选择权是应当采纳还是可以采纳?如此等等。

此处的这些问题其实也是上述问题的延续。鉴于当前民众的整体法律素养和司法资源的有限性,应当在尊重当事人的前提下,选择一些具有典型性的案件进行庭审直播。每件案件都庭审直播的做法一方面可能会违背当事人的意愿而阻滞庭审效果,另一方面也可能因为无他人关注而丧失了庭审普及法律知识和塑造法律情怀的功效,而且浪费司法资源,正所谓出力不讨好。

其三,庭审直播采用的方式问题。现代传媒的发达给庭审直播制造了途径选择上的便利。不过,庭审直播的方式仍需要斟酌。目前现存的法庭审理有媒介入的常规方式主要有两种,一种是法院系统自媒体直播,一种是网络直播。虽然此两种都冠以"直播",其实是有瑕疵的庭审直播。因为,前者直播范围有限,相当于内部监控,不能算是严格意义上的庭审直播,后者虽然可以在法院官方网站看到,但往往具有滞后性。那么,是否意味着庭审直播就一定需要公共媒体的介入呢?或者换言之,是不是法院系统一定要借助于公共媒体的力量对庭审进行电视直播或者微博等网络直播呢?假如是,其经费问题如何解决,是司法经费支出还是吸纳赞助费?如果开销由介入媒体自己负担,那么,司法机构又如何控制媒体介入的边界和传播信息的尺度?鉴于此,我们认为就当前司法运作的专门性角度而言,庭审直播的经费开销应当由财政支出,不宜吸纳商业赞助,若有非营利性基金赞助尚可考虑,否则法庭审理极可能卷入商业漩涡,有损司法公允、廉明形象。

其四,庭审直播的效果问题。庭审直播的目的是将司法的核心部分置于阳光之下以增加司法的社会显示度和公信力。通过它可以传播普及法律知识、增加民众对司法的认知度以打造公民的法律情怀、塑造公民的法律信仰,还可以通过它培养司法人员的自信、展现司法人员的法律素养以提升法律的可信度并最终提高司法权威。

但要面临的现实问题可能正如上述所担忧的那样,一般公众对审理结果与己无关的案件之庭审直播会不会关注,对于内容繁复与身边事情无关的案件之审理感不感兴趣？如果一般公众对庭审直播现场的热闹景象视若无睹，那么直播效果必然大打折扣，反而可能使人们试图通过庭审直播营造司法威信的旨趣落空。对此，还需要加大庭审直播的前期准备工作，比如通过一定方式加强宣传。

另外，在民众愿意聚焦庭审直播的情形下，就目前的司法人员整体素质而言，是不是每个司法人员都做好了走上大众舞台的准备？倘若一些司法人员由于业务能力不强、法律素养不够、知识水平不足而在庭审直播现场洋相百出岂不是有损司法形象？

相反，一些举止儒雅、博学善辩的被告人会不会赢得观众的"芳心"，一些声泪俱下的被告人会不会博得观众的同情？这些细节一旦被放大都可能成为影响观者情绪乃至引发观众反戈一击的导火索。庭审现场的开放无疑给民意聚讼提供了空间，倘若宣传得当，相信有人愿意关注，但问题是，中国老百姓的法律素养还未达到理性对待法律事件的程度，因而，各方汇集而来的民意极可能剑走偏锋，演绎为法庭外的语言风暴，并最终可能成为影响乃至左右司法判决的因素，如此，庭审直播岂不是又增加了民意绑架司法的机会。

因此，司法与民意、司法与媒体之间的关系也成为推行庭审直播模式需要考量的问题。当然，大可不必因噎废食，审判过程及其结果不能藏着掖着，就是要接受民众的检阅，庭审直播只是增加了其透视度，只要司法人员素质过硬、秉公办案，相信最终会赢得民众点赞，从而能为提升司法公信力作出应有的贡献。

无罪宣判的风险

相比于民事审判,刑事审判的最大风险在于误判就意味着有人可能为此付出自由乃至生命。不像钱财,乃身外之物,自由和生命一旦失去就再也回不来了。但是强大且有些执拗的刑事司法流水线一旦开启,就很难停下脚步。被告人在通向犯罪化的机械操作中往往很难逃脱最终被锻造成一个犯罪成品的命运。高达百分之九十以上的定罪率正是现实写照。

因此,对于站在具有定罪惯性的司法流水线面前的刑事法官而言,作出无罪宣判的确需要巨大的勇气。也就是说,面对有罪认定远远高于无罪认定的现状,法官准备无罪宣判时,不仅需要勇气还需要承担风险。当然,如果事实和证据一边倒地指向被告人的确无罪,而法官所选择的法律条文也没有问题,判决自然正确,结果也无疑义,最多需要做一些安抚被害人的工作。问题是,审判过程本是通过证据还原事实的过程,而事件一旦发生就意味着它已经成为历史,若要完全逼真地再现犯罪场景并以此认定犯罪者,恐怕很难,至少存在后来者误读的可能。何况,刑事诉讼程序的环节扩展和人为因素的涉入又大大增加了刑事审判出错的可能性。正如罗尔斯所言,即便法律被仔细地遵循,过程被公正恰当地引导,还是有可能达到错误的结果。

所以,谁也不敢说依据事实和法律的判决就一定准确无误。在这一点上,特别当宣判有罪还是无罪处于模棱两可之间,是减少风险,遵循定罪惯性,宣判被告人有罪,还是增加风险,坚持己见宣判被告人无罪,不仅拷问法官的良心,还同时检验他的司法技能及判断力。并且,在定罪成为一种思维惯性的情形下,仅就目前司法运行的基本趋势而言,无罪宣判的难度和所面临的风险甚于有罪认定的风险。

这种风险一方面来自司法系统的内部。内部风险主要体现为侦查机关、起诉机关对案件施加的压力。因为既然这些机关启动刑事追诉程序，就表明了他们认为被告人有罪的态度，法官如果作出无罪宣判显示是对他们意见的否定，势必会遇到一定阻力。除此之外，内部风险还来自法院系统内部的考核与检验。因为绝大多数的案件最终都会被有罪认定，极少数的无罪宣判往往成为法院内部审核的焦点，这也会给办案法官制造压力。

另一方面，倘若法官还要面临以被害人群体为中心聚集起来的外来压力的话，判断的干扰性更会加剧，想要做出无罪宣判就会面临更大的阻力乃至风险。虽然绝大多数被害人的追诉权被国家追诉机关吸收，但并不表明他们放弃关注刑事程序的进展，相反，他们无时无刻不在关注事件进程尤其是被告人的结局，因为他们在等待一个结果，就是有人要为自己的受伤"买单"。试想，如果没有人被"绳之以法"，法官该如何向他们交代？

只要事实明显，证据确凿，谁都能依法定罪，最多在罪名和量刑幅度选择上有些出入，但当证据存疑时，是否该遵循有利于被告人的准则，作出无罪宣判，也就是坚持疑罪从无，这就会成为问题。证据存疑却作出有罪宣判对被告人似乎不够公正，也容易形成冤假错案，这也为终有一天问责法官埋下隐患。而当证据存在疑点或者需要质疑时，对被告人作出有罪判决，似乎契合了追诉等机关的意图，自然也在一定程度上可以安抚被害人，尤其在一些引起社会广泛关注、民众热议的典型案件中可以抚慰民意。相对于因同情被害人而形成的汹涌民意而言，对被告人的责罚所面临的阻力似乎更小一些。而且，坚持存疑有利于被告，宣告被告人无罪，还要面临人们对这一准则所蕴含的法律价值的追问，即证据存疑凭什么有利于被告？

对于此，人们会主要从程序正义和刑法具有保障人权机能两个方面为证据存疑有利于被告之判罚找到法理依据。事实上，做任何事情都不可能左右兼顾，所谓鱼和熊掌不可兼得，法律或者法理也只能侧重一个方面，却又往往忽略另外一个方面。当人们强调程序作为底线正义的时候，极有可能忽视了实质正义。表现在具体案件里，就可能因为追求程序的完美无暇而错失了对被告人的有罪追究，因强调保障被告人的权利而忽略了对被害人的权利保障。而且,保障被告人权利并非是刑法权利保障机能的所有内涵,它至少应当还包涵保障所有民众的权利,也就是说,刑法还应当成为被害人乃至所有善良人的权利宪章。

对于有具体被害人一方的刑事案件来说,追诉机关及审判机关能够承担无法追究被告人刑责的不利后果,固然勇气可嘉,但必须要照应到被害人的切身感受。否则,按住葫芦起了瓢,对被害人的忽视无异于制造了另外一种风险。正如上述,遭受刑事事件危害的被害人,无时不在关注案件的进展,尤其是被告人的动态。被告人因为证据存疑获得开释无疑又让被害人经历了一次沉重打击。可以预想,在刑事诉讼中对被害人权利的慢待不啻于对被害人的再次伤害,而且极有可能会导致被害人一方乃至整个社会心理结构的失衡。正如一些典型司法案件中,被告人因为证据存疑被从轻处罚或者无罪开释,被害人一方的情绪却因此被点燃,有时渲染出民愤,形成与司法的集体对峙,甚至出现了一些过激言论,以致社会司法心理失衡,并最终造成司法权威旁落,法治化进程亦受阻滞。这或许才是无罪宣判面临的最大风险!

如何才能既不误判,以免给被告人造成无法挽回的损失,又能晓之以法动之以情,安抚被害人,防止制造另外一头狮子?这不仅考量司法人员的胆识,更重要的是检验他们的司法技艺。

谨防纠正刑事错案矫枉过正

近年,随着中共中央政法委员会、最高人民检察院和最高人民法院三机关关于防止(防范)冤假错案的意见的陆续出台,司法系统明显加快了平反冤假错案的步伐。各级检察院对认为确有错误的刑事裁判提出抗诉的案件数量大幅增长。法院系统亦密集平反、纠正了一批多年前的错案和因证据不足或因证据存疑的案件。引人注目的如浙江张氏叔侄案、河南李怀亮案、浙江陈建阳案、福建念斌案、广东徐辉案等。

无疑,对刑事错案的拨乱反正,宏观上,体现了司法改革锐意进取的勇气,也契合刑事法治化的要旨,而对于蒙受不白之冤或者因为程序出错而遭受刑罚苦楚的受害人而言,则是天大幸事。虽然多年的囚禁之灾为其制造的精神苦楚一时难以消解,但重获自由和物质上的赔偿也算是一味镇痛剂。

不过,需要注意的是,敢于纠错固然勇气可嘉,但纠正一个刑事案件往往比审理一个刑事案件还难,须谨慎为之。司法机关切勿因为迫于形势,而出现集中处理冤假错案的跟风式运动,否则可能会矫枉过正。无论在审判过程中还是在纠错刑事案件过程中,一定要谨慎为之,防止走向另外一个极端。倘若错上加错,不仅有损实质正义的根基,亦无益于形式正义的实现。

特别是,如何安抚涉及其中的被害人及其近亲属将成为摆在人们面前的现实问题。在"真凶现身"或者"亡者归来"的错案中,尚不存在被害人情绪波动过大的问题,但在一些因为证据不足又找不到真凶的情形下,刑事疑案改判之后难免会遭遇来自被害人一方的阻碍,也面临如何平复被害人情绪和均衡被害人物质帮助的问题。如果处理不当,无异于制造了另外一头狮子。这就意味着,刑事法治体系不仅要凸显被告人权利保障意识,还应当充分彰显被害人保护精神。

更何况,司法进程中对于冤错案件的应对重点在于防范。如果能够从源头上防止错案尽可能少的发生,就不会为纠正它而陷入手忙脚乱的窘境。

曝光"老赖"需谨慎

所谓"老赖",长期赖账不还者也。俗话说,欠债还钱天经地义。从法律层面上讲,债务人也要在约定的时间内清偿债务。但是,从古至今,总有人借钱时装孙子,还钱时是大爷。如今,经济链条里更是"老赖"丛生。面对债主,他们轻者躲躲闪闪、遮遮掩掩,重者跑路、玩消失,毫无诚信甚至廉耻可言。"老赖"行径不仅有违道德,对经济运行也是一种冲击。为了对付"老赖",债权人从民间调解到诉讼追债,但有时即使打赢了官司,也是空有一张执行文书,债还是债。甚至连"人不死债不烂"的心理慰藉也没有了。胜诉却等于败诉的境况不仅让债权人竹篮打水,也有损司法尊严与权威。因此,对付"老赖"不再是个人的事情,更是司法部门的事。

所以眼下,司法部门通过各种途径加强执行力度。某地,有电视台应当地法院之约专设一块栏目,曰"老赖曝光台",将一些面对法院有效判决久拖不执行的当事人公之于众。曝光台不仅曝光"老赖"长相、年龄、性别,连详细的家庭住址都有,很是吸引眼球。众"老赖"纷纷亮出尊容,乍一看,有的形象确实猥琐。此举能让债权人看了稍微解解气,也获得"吃瓜群众"的点赞。但实际效果如何,即"老赖"有没有因此及时还钱,也没有见到后续报道。

毫无疑问,设立"老赖曝光台"的出发点是好的。一是为了敦促"老赖"们捡起颜面,及时清偿债务,以解决债务纠纷,还社会之安宁。另一方面,也警戒了其他一些蠢蠢欲动的"老赖"不要走上这条不光彩之路。

不过,这种通过电视曝光,将个人信息公之于天下的做法会不会触及其他法律问题?比如"老赖"的隐私权问题,个人信息安全问题等等。虽然"老赖"行径卑劣,但其毕竟是人类一分子,仍然拥有隐私权和个人信息受保护的权利。倘若"老赖"被曝光的信息被其他别有用心的人利用，为此制造其他违法甚至犯罪事件，请问，这个责任谁来负？

而且，"老赖曝光台"显示，有的"老赖"欠账不足万元。按理说，这在今天不算是大数目，难道就真的没有别的解决之道了吗？非要对簿公堂，非要人尽皆知。这也在另外一个层面警示，如果债务人真是抱着死猪不怕开水烫的心态，单纯依靠曝光这一手段，恐怕也起不到什么作用，反而会更加促成"要钱没有，要命一条"的僵局。司法部门想要破解执行不力的局面，并有效帮助债权人，不妨换个思路，可以充分利用现代科技的力量，诸如通过建立大数据库，与银行、电信、工商、铁路、航空、公安等其他部门建立联动机制，在消费、信贷、投资、置业、出行等各方面限制"老赖"，让他们不仅信用度丧失，而且寸步难行，最终只能无处可遁。

无法遏制的冲动：扩张解释的扩张本性

在刑法学术史上及当下刑法教义学理论中，扩张解释虽然争讼缠身，但一直在刑法解释论中牢牢占据一席之地，甚至在刑事司法实践中因其拥有"一技之长"受到垂青。

一些人认为，相比于和罪刑法定原则机理格格不入而被全盘否定的类推解释，扩张解释的生存之道在于其对刑法文义解释分寸的拿捏得当。尤其当"有利被告"曾一度成为类推解释的"续命膏"时，扩张解释论者以此为进路，认为亦寻求到扩张解释存续的正当理由，并提出存疑时可以做出有利于被告的扩张解释。

诚然，在被告人合法权益常因不合理解释而受损的情形下，有利于被告的确是一个美丽的诱惑。那么，扩张解释是否真是为了偏袒被告人而生的呢？即便我们承认有利于被告之扩张解释有其合理性，但是会不会因此而侵害了被害人的合法利益？要知道，在提倡刑法及其解释应当成为犯罪者（被告人）的宪章时，还要铭记它更应该成为善良人（被害人）的宪章。

我将以此为切入点，揭开扩张解释的面纱，检视它的真实面目。

近些年来，随着类推制度在刑法典中的消亡，废止类推解释已经成为共识。虽然仍有论者主张类推解释，认为类推作为一种重要的法学思维方法不可废弃。在提倡废止类推解释的阵营中，亦有学者主张允许对被告人有利的类推，并认为它是罪刑法定原则的应有之义。不过，提倡类推解释的学说已经势微终成事实。

与之相比，主张废止扩张解释的声音尽管从未中断，但时至今日，扩张解释论仍然拥趸众多。我想就此表达的是，扩张解释的机巧之处在于其擅于利用语言的模糊性和文义的伸缩性游走在刑法解释合理与正当的边缘。

刑法扩张解释论者为拉伸其理论张力,从其与类推解释的界分及其适用限度方面进一步论证其存在的合理与正当。其中较有影响力的是"文义最远射程"标准说和"国民预测可能性"说,也可以将两种学说合二为一地理解为扩张解释应当被限定在国民可预测范围内的文义射程里。

然而,此学说所依赖的方法论究竟是否可靠,以此方法论证究竟是为其理论观点起到加功作用还是适得其反,确有值得推敲的地方。

以国民预测可能性说为分析对象,会发现,此学说不仅没有将扩张解释合理性完全展现出来,反而使其论证方法上的硬伤,即语言自身无法克服的模糊性和文义伸缩性的弊端显露无疑,进而增加了人们对扩张解释论者利用文义的伸缩性与模糊性进行刑法解释的警惕与隐忧。

例如,有人认为:"一种解释能否被一般人接受,常常是判断解释结论是否侵犯国民的预测可能性的重要线索。因为当解释结论被一般人接受时,就说明没有超出一般人预测可能性的范围;当一般人对某种解释结论大吃一惊时,常常表明该解释结论超出了一般人预测可能性的范围。"

显然这种论点在利用语言及文义论证扩张解释合理性时忽略了语言文字特别是汉语文义的复杂性。其认为,扩张解释的合理界限是建立在国民预测可能性上,而其标准则是极具中国语言语体特色的"大吃一惊"。可以说,在不同的时代,甚至在同一时代的不同地区,人们对某一事件的预测可能性无法形成统一标准。比如,对于同性恋卖淫或者男子被强奸事件,司法人员可以借扩张解释之名,将其解释为刑法上的卖淫行为或者强奸行为,并最终定罪量刑。司法践行中因此获罪的案例为数不少,其中较为引人注目的如江苏省某区人民法院对组织同性恋卖淫者作出有罪认定。

倘若时间前移哪怕几十年,情形就会不一样,"男子卖淫"或者"男子被强奸"提法甫经提出定会让人"大吃一惊"。依据上述观点,在那个时代,公民的预测触角还无法延及此类行为,因而不能对其进行扩张解释。但问题是,即便在已然对此类行为适用扩张解释的今天,是不是一定表明人们不会对此"大吃一惊"了呢?可以判断,有不少人至少还会

"小吃一惊",甚至在某些相对封闭的地区仍会有许多人"大吃一惊"。

因而,国民的预测可能性本身就是一种无法用语言准确描述的模糊概念。何况就语义而言,"大吃一惊"好像也没有统一、科学的标准,并且在语言的运用和表述上也不规范,特别是其具有附会于时代和区域的变迁特质。在以"大吃一惊"作为判断国民预测可能性标准的扩张解释论这里,人们或许会更多地注意到刑法扩张解释方法的随意性,及其因为语用的多变性和语义的多面性所裹挟的不安分。故此,以"大吃一惊"为依托所构建的国民预测可能性之扩张解释论的随意性特质多少令人有所担忧。

而"文义最远射程"标准说则一不留神就会因为文义的伸缩性难以把握,在界定扩张解释的限度时反而抹杀了刑法文理解释和伦理解释的区分必要。甚至文义的伸缩性和模糊性所导致的失控极有可能使得扩张解释滑入类推解释的窠臼。因为语言文字尤其是中国文字含义的可能性犹如一张普罗透斯似的脸,变化多端,所以,运用语言文字来解释语言文字必然会增添诸多变数。至为重要的是,扩张解释和类推解释难以准确界分。正如学者所言,类推解释与扩张解释之间的实际界限完全是不可分的,这绝非只是一种高难度的区分,而是根本性质上二者无从区分,所以,难以保障形式上的扩张解释就是实质上的类推解释。

苛刻地说,只要超出文义涵盖范围的解释都应当归入类推解释,而但凡还在文义射程之内的解释就仍然属于文字解释或者当然解释,因为文义射程再远也仍然在字面含义之内。因而,在字面解释或当然解释和类推解释之间很难准确找到第三种解释,或言,利用文义解释的刑法解释方法只有类推解释和字面解释以及仍然"符合法条用语可能具有的含义"之内的当然解释,几乎不存在第三条路线即扩张解释和限缩解释的生存空间。

仍以"同性恋卖淫案"为例,将与同性之间的性交易解释为犯罪所运用的方法并非所谓的扩张解释,而实际上仍属字面解释。卖淫的语词含义是以金钱或财物交换为前提的淫乱活动,卖淫这个词在字面上本身就包涵女性向男性提供有偿性服务,也当然包涵男性向女性或者男性向男性提供有偿性服务。如果非要牵强附会为扩张解释,则会因为无视人们对卖淫这个词的字面理解力而嘲笑了国民的预测能力。

　　为了清理出扩张解释足够的生存空间,而刻意延伸刑法条文字面含义的做法,从另一个角度告诫人们,语言虽然具有张弛有度的弹性,但同时具有文义上的侵略性和不可控制性。"文义射程"究竟有多远,这不仅为解释者的主观意念所左右,还同时为语言的内在驱动力所操纵。由此难以保障,以掌控文义曲张为手段的扩张解释不沾染"扩张性"。倘若寻找不到解释领域里的界碑(事实上,在文义的海洋总显得漫无边际),解释者无异于在经历一次看不清终点的精神上的旅程。

　　故此,我认为,在运用语言文字进行刑法解释时,还是老老实实的字面的归字面,逻辑的归逻辑。对于刑法中解释不明或者无法有效解释的条文可以通过刑法修正案(立法的方式)予以解决。比如,鉴于实践中对偷税行为之"偷"文义理解上的纷争,修正案(七)对偷税罪作出如下修改:将罪名由"偷税罪"改为"逃税罪"。"偷税"代之以"逃避缴纳税款",恢复其本来之语义。另外,扩张解释的扩张本性还源于当下的"入罪"倾向。在国家主义刑法观和刑法客观(实质)解释论的基调之下,人们更倾向于从犯罪的恶出发,尽可能地拉伸刑罚条文的含义以便对犯罪者(有时还扩张到犯罪嫌疑者)施予刑罚。

　　综上可知,扩张解释有扩张的本性。因而,必须防范扩张解释的"惩罚的冲动"。而且鉴于与类推解释之间界限的难以区分,更须警惕有人假扩张解释之名而行类推解释之实。

"有利被告"或许只是个美丽的谎言

一直有人主张坚持有利被告的扩张解释论,但在我看来,"有利被告"或许只是个美丽的谎言。

皮之不存毛将焉附?鉴于扩张解释的扩展本性,其本身都难以立足。当"扩张解释论"的正当性遭受质疑时,依附于此的"有利被告论"自然根基不稳。

即便存疑有利被告论因为在形式上契合罪刑法定原则的人权保障要旨而在一定程度上获得认同,但其凸显"有利被告"的旨趣会不会造成对被害人权益的忽略?

而且,作出有利被告的扩张解释时机既然是在案件有疑问之后,因而焦点自然定格在"疑惑"上。问题是,这里的"疑惑"是如何生成的。是司法技术没有达到"释疑"的水平还是司法人员自身素质没有达到"解惑"的水准?倘若因此招致疑惑的话,真正的有利被告应当是采用合理技术祛除疑问,而非运用扩张解释制造更大的疑团。

事实上,正如学者所言,我们必须强调现代科学技术手段在当代司法中的重要性,并且必须把科学技术力量作为司法改革和司法制度结构的一个基本的制度变量或参数来考虑。司法的悲剧并不都是官吏的司法道德问题,而是与科学技术的发展相关。故此,匹配甚至超越时代的法律技术不仅作为深化法治水平的必要手段也是固化法治化成果的技术支撑。

就"有利被告"与"扩张解释"之间的嫁接而言,至少存有法律技术上的瑕疵,而此也会带来一个疑问:有利被告会不会仅仅是一个美丽的传说?

司法的能动性体现于人们在法律与事实的匹配中寻求真相并最终

实现正义,因而"在对法律规范的解释方面,法院不是选择对被告人最为有利的解释,而是选择正确的解释"。

依据张明楷教授的观点,处罚的必要性越大,作出扩张解释的可能性就越大;处罚的必要性越大,扩张解释的扩张范围便越宽。

以此可以解析出扩张解释有以下几层含义:第一,有权解释主体拥有选择是否采用扩张解释的自由。解释者选择扩张解释与否,主要取决于犯罪行为对法益的侵害程度和对因其所招致的社会损害性进行弥补的要求程度。

第二,扩张解释拥有极大的解释空间。一旦解释主体选择采用扩张解释,便同时拥有解释空间大小选择的便利。扩张解释方法上的伸缩自由,允许解释者根据处罚必要性的程度决定作出多大、多宽的解释。

第三,采用扩张解释的动因并非基于有利被告。如上所言,扩张解释的扩张幅度实际上是由对犯罪者处罚必要性之大小决定的,因而,其根本目的在于弥合因犯罪而招致的法益损害。换言之,扩张解释是在对犯罪行为所招致的社会危害性评估之后所施予的一种危害相当量的处罚。

第四,最终在实践中运用扩张解释的主体乃有权主体,言即扩张解释权是公权力的延伸。公权力在刑事法领域中的常态是防范与打击犯罪以便维护社会秩序。可见,扩张解释的动因、目的和运行机制都非出于有利被告,甚至恰恰相反,而是不利于被告的。

就此,司法实践中关于刑事案件扩张解释与处理结论的倒置给予了进一步的印证。实践中,一些司法者在决定是否对刑法条文进行扩张解释之前,实际上已经通过其他途径,形成了对案件的处理结论。对于需要扩张文字的含义使案件事实能够被涵摄于刑法有关规定的,司法者会决定进行扩张解释。例如,南京发生了组织男性向男性提供性服务的案件后,法官认为这种行为虽与生活中常见的组织女性向男性提供性服务的情况有所不同,但本质上仍然属于组织他人卖淫,且作出这种理解不会超出"卖淫"一词的字面含义,故决定进行扩张解释,以满足打击此类犯罪行为的需要。在此意义上,苏力教授几乎一语中的:通常所谓的扩大解释和限制解释只是基于解释的后果对解释的分类,而根本不是一种方法。

　　而且，侧重实体意义的有利被告之扩张解释尚需得到程序意义上的保障。如果无法得到程序法的有力回应与保障，那么有利被告只能成为一个美丽的幌子。作为疑罪从无理念在程序法上的固化，无罪推定原则已经成为衡量现代法治水平的重要参数。对于有利被告而言，有了无罪推定原则的程序保障，才会有切实可靠的技术保障和操作平台。在有些国家无罪推定原则已经被作为一项宪法或者刑事诉讼原则确认下来。虽然我国积极吸收其合理内核，并给予法律确认（如2012年《刑事诉讼法》明确规定不得强迫任何人证实自己有罪并且明确了证据确实、充分的具体条件）。但显然无罪推定原则里所有的题中之义并未在我国刑事法中得以完整展现，比如沉默权尚未被法律确认。而程序意义上的有利被告如果不能完整体现的话，实体意义上的有利被告亦不可能全部实现。

凭什么有利被告？

坚持刑法扩张解释论者似乎是为了找到封堵人们诟病其扩张本性的嘴，而提出在有利被告的情形下才可以适用这一解释方法。问题又来了，鉴于被告人和被害人在一定情形下存在权利博弈或者冲突，有利于其中一方就意味着不利于另一方。若是主张有利于被告，岂不是因为不利于被害人而"厚此薄彼"。

法治社会的醒目特征是民众权利意识的觉醒，而强调权利保障则是刑事法治精神的体现。在二元社会渐渐清晰的时代背景之下，人们急于从国家至上的理念束缚中挣脱出来，提出刑法应当以人性为基础，突出民众权利与商谈自由，宣扬刑法的契约精神和福利性，以此构建市民刑法或者民生刑法。然而，民生刑法也应当以维护社会秩序为基本机能，否则秩序不存，何谈民生？

而且，过分宣扬刑法的人权保障机能则会消弱刑法作为控制手段的社会功效，难免矫枉过正。当然，法治之下刑法必须成为权利宪章，问题是，它是谁的权利宪章。难道仅仅是犯罪者或者被告人的权利宪章吗？从与保护社会机能的对位上来看，权利保障机能显然侧重于刑法对犯罪者的人权保障。但这并非是刑法权利保障机能的所有内涵，它至少应当还包涵保障所有民众的权利。言即，刑法还应当成为被害人乃至所有善良人的权利宪章。

正如学者指出："没有对被害人基本人权的呵护，同样没有现代刑法的诞生，刑法的存在也将失去其合理的基础与社会的支持。呵护被害人应当成为现代刑法得以安身立命的基本内容和基本任务。"犯罪作为社会机体的一部分其主要价值在于检验社会秩序能力，但是对于人类文明而言，它永远都是一种恶。这必须成为应对犯罪以佑护人类社会稳步前行的永恒理念。

案件存疑盖由法律技术水平（主要体现在立法和司法解释上）和司法人员水准（主要体现在法律的理解与适用上）所致，因而理应由国家为此"埋单"。问题是，理论者不能就此作出有利被告一边倒的解释（当然如此描述也大抵仅停留在理论层面，司法实践中基于各方原因，特别是受国权主义刑法思想和入罪理念的影响，有利被告的扩张解释甚少发生），因为大多数刑事案件有被害人一方，国家能够承担无法追究被告人刑责的不利后果，固然勇气可嘉，但必须还要照应到被害人的切身感受。

否则，"按下葫芦起了瓢"，对被害人的忽视无异于制造了另外一种风险。对于被害人一方（可以扩展到以被害人为中心构建起来的被害人群体）而言，无疑又经历了一次沉重打击。被害人（如果未因犯罪行为或者其他原因致死）承受的犯罪者施予的打击可能更多地造成肉体上的痛苦，而这次打击更多的是精神上的折磨。可以预想，在刑事诉讼中对被害人权利的慢待不啻于对被害人的再次伤害，而此极可能会导致被害人一方乃至整个社会心理结构的失衡。正如一些典型司法案件中，被告人因为存疑被从轻处罚或者无罪开释，被害人一方的情绪却因此被点燃，有时渲染出民愤，形成与司法的集体对峙，甚至出现了某某人不死、法律必死的过激言论，以致社会司法心理失衡，并最终造成司法权威旁落，法治化进程亦受阻滞。

因此，就具体司法案件对法治化的贡献而言，其推进力当来自于犯罪者和被害人双方的合力。正如学者所言："难道还有什么比加害者与被害者的同时觉醒，更能意味着人类总体的解放吗？"被害人学的旨趣在于，刑事诉讼的开展和最终刑事处断还必须关照到被害人的合法权益和切身感受。在二元社会图景下，追诉不再仅仅是国家的义务，也同时是被害人的权利。这就意味着，国家为了维护社会秩序启动追诉权理应尊重被害人意愿，在因为一些情形而致案件出现疑问准备放弃追诉权时，则更要赋予被害人必要的商谈自由。

存疑时作出有利被告的扩张解释之举不仅可能因为再次打击被害人而制造额外的风险，还冒着逾越罪刑法定原则之藩篱的风险。

有人认为，有利被告是从罪刑法定原则派生出来的必然结论，是罪刑法定原则应有之义。对此笔者不完全赞同。虽然人们认识到"要求刑法明确到无需解释的程度只是一种幻想"而强调"解释与适用"在罪刑法定原则从"法定化"到"现实化"中的非凡意义,但绝不意味着它必须处处着眼于维护犯罪者。

当然,未经审判,被告人最多只是一个潜在犯罪人,司法者理当在存疑时对其作出无罪或罪轻处理,但依据和最终体现的是疑罪从无、疑罪从轻的程序理念而非罪刑法定原则之精神实质。

因为罪刑法定所强调的人权保障绝不单单指的是被告人的权利维护,而它所依存的生存机理即罪刑均衡的标准也是同时代的一般人的价值观念。所以,罪刑法定原则对于被告人的有利之举是侧重于从程序意义上而言的。事实上,正如学者指出,非犯罪化和轻刑化虽然是一种历史趋势,但是这并不意味着应该或者可以超越时代实行轻刑化。使犯罪人受到应有的惩罚是刑法的内在属性。

罪刑法定原则要义之一在于保障无罪的人不受刑事追诉,意味着至少从程序上做到被告人不被冤枉,而并非意味着被告人必然在罪刑处断上得到任何额外的让利。至于给予其尊严和人道上的关怀则是另外一回事,那是民众权利的应有之义。而从刑罚的惩戒与预防目的角度而言,罪刑法定原则对刑法适用性的制约也是出于为实现惩罚的正义与效率价值。以此,有利被告并非是罪刑法定原则的必然结论,也无法成为罪刑法定原则的最好注释。

有人还在我国刑事政策那里寻找有利被告的政策根据,认为,有利被告原则与当代中国几成传统的"可捕可不捕的不捕,可判可不判的不判,可杀可不杀的不杀"的刑事政策不谋而合。因为,"不捕"、"不判"与"不杀"既是对被告有利的选择,也是司法者摆脱二难困境的路标。这与"有疑问便有利于被告"不但貌似,而且神合。

姑且不论这种口号式的刑事政策是否忽略了对被害人的应有关照,仅将其置于中国的司法语境中,它究竟又蕴含或者展现了多少实践价值?实际上,它是作为制约或者防止"严打"扩大化的一种附属政策出现的,但很快就被"严打"的风暴所淹没,变异成"可捕可不捕的捕,可判可不判的判,可杀可不杀的杀"。不过,虽然"严打"作为一种基本刑事政策在司法实践中仍留有时代印迹,但是随着更加契合法治精神的宽严相济刑事政策的确立,对犯罪者甚至捎带所有被告人倾向于"稳、准、狠"的时代终要画上一个句号,姑且不论也罢。仅就当下宽严相济刑事政策而言,也绝非当然成为犯罪者的温柔乡,因为这一刑事政策的主旨在于,强调对刑事犯罪区别对待,当严则严,该宽则宽。因而排除程序上对被告人也是对所有人的应有关照之外,就其精神实质而言,宽严相济刑事政策并未体现出对被告人的恩宠有加。

就刑法而言,刑事政策是其灵魂与核心,就刑罚而言,罪刑法定原则是其不可突破的底线。对任何一项涉及刑法(刑罚)的原则或者规则进行考察,都无法脱离其与此两层涵义的关联。从上文分析可以看出,无论刑事政策还是罪刑法定原则都没有体现出对有利被告的特别关照,就此,可以得出一个基本结论:有利被告论并不可信,而就其对被害人的再次伤害而言,有利被告论亦不可行。

"中心主义"的破除与"流水作业式"的构设

对"中心主义"的警惕直接源自传统审判定罪量刑一体化演绎成的"定罪中心主义"所招致的隐患。尽管因"审判方式"改革加入了"对抗式"因素因而在一定程度上冲淡了以往过于浓烈的职权主义诉讼色彩，但是在定罪与量刑程序关系上，我国刑事审判模式仍然固守了传统一体化模式。在审判中基本围绕定罪问题展开，量刑问题在庭审调查阶段往往被遗忘在角落里，只是在辩论阶段才会偶尔瞥见它那怯怯的身影，之后静默地等待法官将其牵入"密室"。

对定罪问题的过分关注使得裁判者失去关注被告人家庭教育、成长经历、社会背景、被害人过错等关涉被告人量刑信息的精力和热情，这也使得对上述量刑信息的社会调查成为负担。刑事案件的双方当事人甚至是公诉机关几乎都没有机会就量刑情节、量刑信息、量刑基准、量刑比例、量刑幅度等问题展开有针对性的举证、质证和辩论。在刑事裁判文书中也难觅量刑理由等关涉量刑结果可接受性并进而关涉司法信誉和权威性的正当说明。

于是，不满的呼声不绝于耳，上诉甚至上访的身影穿梭于各地，一些具有社会标杆意义的刑事案件也大多因为量刑问题而昭示天下。不夸张地说，这一切都是"定罪中心主义"惹的祸。

"定罪中心主义"本身所存在的缺陷及其所引起的社会风波也成为人们决心打破它的直接导火索。量刑信息、量刑情节和量刑幅度的选择因为没有控辩双方举证、质证和辩论的专门舞台而夭折的局面也成为人们进一步埋怨"定罪中心主义"的口实。但是这一切能否说明，跳出此中心（以定罪为控制中心）跨入彼中心（以量刑控制为中心）的时代已经驾临？

答案显然是否定的。"量刑中心主义"的提出是在一系列同罪异罚和罪刑失衡现象成为"大众问题"的境况之下，其核心要旨无非强调对惯于移入密室独舞的法官自由裁量权的控制，并且怀疑当下的庭审模式即便拥有量刑标准也难以保证对法官自由裁量权进行有效约束。因而问题的关键在于开辟量刑活动的独立舞台，让更多的人特别是案件的当事人共同参与到这个舞台上，当所有的聚光灯扫描到这块地方，那么一切黑暗都将消失。

本着任何制度修正都要避免矫枉过正的基本思想，尚需警惕"量刑中心主义"。传统理论认为，定罪与量刑环节恰是对犯罪与刑罚这对刑事法基础范畴的纾解通道。定罪活动旨在给犯罪行为定性，量刑活动旨在解决刑罚量断的问题，是一对定性与定量的哲学命题。二者构成了刑事法理论和制度的两极，缺一不可。虽然任何凸显其中心意义的理论主张都无法苛责，但这也恰恰从另一个侧面显示，任何过分强调其中一极的主张都会因为忽视另外一环而形成致命的缺陷。谁又能保证构建"量刑中心主义"不会滑向另外一个深渊？

那么，破除"中心主义"之后，不妨借鉴一下"流水作业"模式。

中国的刑事诉讼在纵向上可以说是一种"流水作业式"的构造。侦查、起诉、审判等主要诉讼环节独立却又相互关联，如生产线上的不同工序。侦查、检察和裁判机构在这些环节上分别进行流水作业式的操作，共同致力于实现刑事诉讼的任务。

定罪量刑之"流水作业式"首先显示一种程序意义，即表明定罪环节与量刑环节程序上的动态关系。"流水作业式"的实质内涵体现在定罪量刑程序设计上的承接性和配合上。定罪量刑程序的独立设计并非表明二者不可兼容（一味地强调各自的不同特性容易滑入"中心主义"的泥潭），相反，需要在程序设计上考虑到两个环节实质上的兼容性、关联性和承继性。

尽管定罪活动和量刑活动所承载的刑法或刑罚原则并不相同（前者倾向于贯彻罪刑法定、罪刑均衡原则，后者倾向于贯彻刑罚个别化原则）；定罪信息与量刑信息也非一致；定罪活动和量刑活动所解决的问题亦大相径庭；定罪环节与量刑环节所适用的证据规则也存在重大区别，但绝大多数的刑事审判活动毕竟均由定罪和量刑两部分组成，定罪与量刑的最终旨趣是相同的。

所以,定罪和量刑都很重要,最好不要强调谁是中心。审判和侦查、起诉等诉讼环节也一样,缺一不可。如同开设饭局,做饭的、端饭的和吃饭的少了谁都不行。

案件何以经典？

社会民众对司法的认知往往是从热点案件开始的。反过来,民众的广泛参与亦增加了案件的热度。案件繁多,很少有案件能够进入公众视野。一般而言,当事人的造势以及司法的不当运作乃案件吸引眼球成为热点案件的原动力。民众的兴趣和媒介的牵线搭桥则成为热点案件上升为典型案件的助推器。

当然,典型了未必完全是好事情。对于当事人而言,案件备受关注直至成为典型之后,既可能遇到利好也可能遇到利坏的结果。一旦案件陷入民意的汪洋大海,当事人会犹如一叶扁舟,任其雨打风吹;而案件成为典型,特别当它成为司法者据以裁判或者学人引经据典加以表述的材料来源时,涉及其中的当事人则成了无声且无助的素材。对于涉入典型案件的司法者而言,要么他们会面临案件成为某种司法标杆的压力,无法自持;要么则因为在其中扮演了蹩脚的角色而抱憾终身。尤其当司法和民意发生激烈碰撞与冲突时,司法者极难彻底排除外来声音的干扰,也可能会因为司法技艺被极大忽视而倍感无奈,或者因为技艺不精而备受嘲讽。甚至置喙评说案件的专家学者也可能一夜之间成为众矢之的。

相比于热点案件,案件能够成为一种典型,终究是件有意义的事情,因为再热的案件都会因为关注度降低和时间的推移而热度减退,直至退入深山人未知,而典型案件至少代表了它是或者曾经是一种司法标记,哪怕是作为反面教材,也会被人们时时提及,以此而言,它也算是为法治建设作出了贡献。一般来说,作为反面教材的典型案例大概有以下几种情形:一是固守法条而失却朴素正义的机械判决;二是恣意说理严重背离法律规范甚至涉嫌类推的判决;三是同案异判偏差过于悬殊的案件;四是适用法律或者认定事实有误的判决;五是形态各异的冤假错案。

可见,在诸多典型案件中,只有能集聚足够正能量、代表法治精神和司法进步的案件才会成为经典案件,并从而成为司法建设中的真正标杆。换句话说,典型案件若要成为经典案件,还需要它本身符合司法正义的要求,同时兼顾民情与常理,这样它才能适宜做一种标尺,起到对某类案件乃至一个时代法治信仰的宣示与指导作用。总之,经典案件的使命应当要对司法进步起到正向的促进作用。

当然,案件能够成为经典乃至永恒,不排除假借时势等外力之功,甚至有些经典案件需要凭借偶然因素。所以,有些经典案件的形成看似可遇不可求,但绝大多数经典案件绝非朝夕可成。不过,虽然绝大多数经典案件并非刻意打造出来,但其中不少是要借助司法技艺精巧打磨而成的。有的案件甚至是因为反复推翻重建才成为经典的,有的还要经历一审、二审,乃至再审的程序锻造,有的还需要经历时间的洗礼和历史的检验。在这其中,当事人、司法者、民意、媒体等都可以作为案件成为经典的动力因素,而这些因素还需要借助案件本身的特质才可能发挥功效,从而促成案件最终成为经典。也就是说,案件何以成为经典,它至少需要具备以下一项乃至几项特质。

一是创设性。此类案件之所以成为经典,盖因其乃某一立法领域或者某一司法类型开先河之作,因而创设性也代表了新颖性和首发性。案例的首发性使这类案件沾染开创性的天然气质,它对于后续类似司法事件自然而然具有了指导性意义。它们的形成主要源自于立法和司法领域的开创性活动。一类是得益于某项法律制度的新设,如首例醉驾入刑案、首例适用禁止令案、首例适用认罪认罚从宽制度案等;另一类得益于司法者的创举,如首例婚内有奸案、首例同性非法同居案、首例安乐死案等。

二是驱动性。在某种意义上,一些经典案件的驱动性是与生俱来的。此类经典案件多发端于实践,实践孕育的生命力使其本身凝聚了对司法运行的驱动性。这在一定程度上也诠释了案件成为经典的内在动力。与法律制度创设而诞生的经典案例不同,此类经典案件往往能够催生出某项法律制度的创设,或者在相反的方向上摧毁至少是作为导火索而推翻某项不合时宜的法律制度。例如孙志刚案之于收容审查制度、唐慧案之于劳动教养制度等。

三是宣示性。法律规范的一个重要功能是通过假定、行为模式和法律后果这一法律逻辑完成对民众行动的指向作用。经典案例能够成为法律的一部分，就需要落实这一法律逻辑从而彰显其指向性特质。特别在具体的处理上能够起到宣示效应。例如醉驾入刑及其具体刑种刑度的选择都会透露一种司法意向，并成为民众行动的风向标。所以说，这类经典案件是因为给人们提供了行动指南并且同时成为具有重大法治意义的标杆。另外，在司法改革层面上，诸如疑罪从无等经典案件的出现则为司法工作提供了一种指向。

四是争议性。这类案件之所以能够成为经典在于它本身具有复杂性、争议性，从而成为一道需要集中法律界乃至整个社会力量予以破解的疑难杂症。案件疑难的症结大多在于法律适用和事实认定上的困难。例如许霆案，被告人构不构成犯罪，适用何种罪名和刑度都成为可资探讨的问题。彭宇案则不仅因为事实模糊和法律研判带来纷争，还因为其中涉及的法律与道德问题而成为焦点。甚至归根结底，诸如于欢案等一些案件之所以引起争议就在于其中蕴含了诸如法律与道德、法理与常理、实质正义与形式正义、经验认知与法理研判等不同的价值观，而这些不同价值观之间的交锋嵌入了案例从而将其推向前台被人们不停地打量与审视。

司法案件是如何被典型的？

"典型"这个词的词义本属中性，但在异化的语境下，它完全可以沾染上贬损之意，如"某地人的典型"。因而，"典型"了未必是好事。就司法案件而言，虽然它被典型化之后，可能一时间成为人们茶余饭后的谈资，一阵子成为学者们著书立说的"典范"，甚至机缘巧合之下有可能上升到成为启动某部法律出台、开启某项司法制度设置的"标杆"，但是对典型司法案件的当事人、利益相关人甚至司法本身而言，有时候事件被典型化，也许意味着其厄运的序幕才刚刚开启。当然，尽管司法案件被典型化的过程虽未达"边庭流血成海水"之程度，但仅就牵涉其中的参与人而言，当是一场没有硝烟的"暗战"。而且，需要追问的是，这其中，谁是始作俑者和渔利者，民意还是媒体？谁被操纵并成为最终受害者，当事人还是司法本身？

不可否认，民意的交流与散播成为界分人与动物的标志性行为，当人类遭受整体性灾难或遇到蔓延性心理恐慌时，往往可以借助这种特质以渡过危机。仅就民意对司法现代化的促进而言，公众对司法事件背后的违规操作所表达的"民愤"，在一定程度上可以起到减少司法腐败、促进司法正义的监督作用。但民意"口口相授"的传播方式和语言载体本身的流质性，很容易致使民意的洪流冲破理性的堤坝。民意往往因缺失必要的理性而泛滥几乎成为人们的共识。正如麦迪逊的告诫，"即使所有的雅典公民都是苏格拉底，每次雅典会议的成员依然会是一群暴徒。"

"跟风"就是民意失范的最好注脚。对一具体司法案件而言，民意的失范在案件被典型化过程中"功不可没"。民意的反复无常、不讲逻辑也令人纠结。民意虽不可违，但民意有时令人不寒而栗！不可否认，人性的深处定然有一根善良的弦瑟,一经撩拨宛若春风习习;亦无法否认,人性的暗角也蛰伏着恶的巨魔,如柏杨所言,"靠巨魔提高不了道德"(《庞贝废墟》),巨魔只能吞噬道德。因而,在民意的洪流中必然凝结着一股潜藏人性丑陋的恶源。"围观起哄"、"喊打过街老鼠"、"痛打落水狗",一如杀红眼的刀客,逮谁是谁。"一人犯罪,株连九族",在一些典型司法案件中,当事人自然是口诛笔伐人人喊打的对象,律师、证人、发表意见的学者都可能成为谩骂的对象。

何况,"民意"发挥最大功效所依赖的手段——"舆论"——亦为虎作伥、兴风作浪。正如学者所言,"舆论"这个词本身可能被公认为最危险的罪恶的代名词。人们可能借助习惯和联想教会自己去怀疑那些在他们不动脑筋的情况下莫名其妙地钻进他们头脑里的倾向和信念,而这些倾向和信念只要其来源未被追究,任何一个被雇用来制造的聪明的组织者都能制造。

这就预示着民意在一开始就可能偏离了中立的轨道。因为无法要求每个人都能整齐划一,对于司法案件的评判,必然包含着评论者的个人立场,而抢得"沙发"的评论总能以各种方式影响后来者,但却阻止不了被后来者不断篡改,从而使得汇集起来的民意在一开始就可能偏离了方向。

民意的失范几乎成为一种常态,网络的"保护色"所招致的"言论无节制"则加剧了这种趋势。心态各异的网民遁形于千里之外发表着各种无需负责也无法深究的言论,或激越,或思辨,或愤慨,或悲悯,自由且散漫地张扬自己的个性。当然,在互联网时代,这些言论可能会最终提炼出大众化语并通过它占据话语霸权。民意的权威被肢解和重构,一股股汇集起来,发起一次次冲锋,成为势不可挡的铁流,冲刷着一个个被典型的司法个案,涤荡着牵涉其中的每个人。在强悍的视听冲击面前再透彻的说理也往往显得如此蹩脚。面对携雷霆之势的民意洪流,主审的法官能否做到两耳不闻庭外事,一心只在判决书?能否一如有人期盼的那样,法律的归法律,民意的归民意?在失态的民意面前,这,恐怕真要打上一个大大的问号。

而至于媒体,现代社会,其更多时候以正面形象示人。主流媒体既是社会公信力的代表,也是民众获取信息的主要渠道。同时成为人们鞭挞丑陋、伸张正义、获得救济的较为妥当的便捷途径。通过网络、电视浏览天下大事几乎成为当下人们的生活常态。

不过,这也恰好为媒体报道的事件由"老鼠变大象"提供了深厚的思想基础和群众基础。采用奇巧的语体、新异的构思包括"小葱变大树"的"杂耍"都是媒体吸引人们眼球的"技巧"。这尚且在其遵守德行和行规的情形下,倘若一些无端或者不良媒体添枝加叶故意渲染,断章取义刻意歪曲,或者制造噱头引导事件升级,这些都可能会使事态变得更加朴素迷离、真假莫辨。

对于司法事件,媒体的推波助澜和影响力总是令人印象深刻。比如,"南京彭宇案"后,中国的土地上又雨后春笋般地冒出"彭宇案"的"重庆版"、"郑州版"、"广州版"。相声演员郭德纲也在一档节目中爆料,其母亲买菜时摔倒三十分钟无人扶起。有人说,老人倒地没人扶,到底是谁搞坏了世道人心？与其说是司法,不如说是媒体,是媒体选择性的报道。

虽然这种说辞有些偏激,但却提醒人们在参与评论社会事件的时候,一定要先叩问自己的良心。"我们应追问理性和良心,从我们最内在的天性中发现正义的根本基础。"尤其是媒体,在企划制造一个典型司法事件时,务必斟酌一下,目的是为司法制度树立一个标杆,还是为人们对道德的衡量树立一个标杆？

对媒体而言,道德操守比职业操守更珍贵,媒体人在职业训练之前,更应该进行公德心的培养,在对每一事件报道时,多一点良心的检视。因为,"道德诉诸人的良知"。还因为从人类踏入文明世界以来,道德就成为这个世界的主宰,成为人类社会的一切文明的本源。更因为道德的洪峰总是在不经意间被提起理性之闸,给人们带来灭顶之灾。

除此之外,身为受害者的当事人和司法运作也可能对司法案件成为典型负有一定责任。如当事人或其利益相关人认为权益受到侵害无法获得有效救济、哭诉无门之际,为攒积众人围观、博取同情、引起有关部门注意,采取"上网"、"上墙"、"上树"、"上电线杆"、"上高架桥"等吸引眼球的方式,从而点燃了司法案件成为典型的导火索。司法腐败也是民意介入司法案件的最好由头,实践中,也确实存在因为部分司法人员自身的问题(归根结底是道德问题),引起司法悲剧的连锁反应。

戴上脚镣舞蹈：司法案件被典型后的镜像

司法事件被典型而成为热门事件之后犹如被带上脚镣舞蹈，而最能认知并感受其间苦与乐的是参与到其中的主体，主要是当事人和司法人员。

可以说，一旦司法事件成为典型，当事人会因为"原形毕露"而无处遁形，纵有万般说辞难敌八方来袭，最后留给世人的往往是那苍凉无助的背影。

对当事人的影响，大致有两种演进趋势：一种是朝着对当事人不利的方向发展；另一种则似乎朝向好的形势发展。前者如"药家鑫案"、"李昌奎案"、"李刚门事件"等；后者如"许霆案"、"赵作海案"、"邓玉娇案"等。当然，这种有利或者不利只是相对意义上的划分，因为在同一事件中既然有有利的一方，就会有不利的一方。此外，也有对于事件双方当事人而言并无利或不利只是在混沌中被推搡着前行的案件，如"彭宇案"，没见到谁是最终的获利者。

此处主要沿循"有利或不利"的思路，首先考察对事件主角不利趋势的典型案件，看看"药家鑫们"被"典型"之后的情形。

对于药家鑫，正如学者所言，当药家鑫案被推上舆论的巅峰，尤其是当案件成为传媒和公共知识分子讨论人性、宽容、文明等"普世价值"的平台时，药家鑫再无免死的可能。因为社会公众已经被传媒和公共知识分子激怒。这些愤怒最终指向的目标必然是罪已至死的药家鑫，社会公众因此宣称"药家鑫不死，法律必死"。

赛过药家鑫凶残的李昌奎，因为一审的死缓而声名鹊起，当98%的微博网友认为其罪该当死的时候，李昌奎在"公众狂欢"的背景下走向深渊似乎也是一种必然了。

当忽然有一天"李刚"不再是一个人名而成为一个代名词和寓意体的时候,已然意味着牵涉其中的主角们的好日子将暂告一段落。

那么,情势看好的典型司法案件中的当事人一定会迎来生命的新曙光吗?与"真相可能永远死去"且本人亦已永远逝去的聂树斌相比,赵作海能够逃脱囹圄之灾并且受领国家赔偿,算是不幸中的万幸,因而他似乎有理由"喝口小酒、听着豫剧"面对新生活露出"微微的笑意"。可是不久,他的"新生活"已经"面目全非"了:因为受领65万巨款这事人尽皆知,被传销组织骗走"小二十万";也因为有了些钱导致亲戚反目;赵作海此刻再次陷入孤寂,正在苦思冥想怎样才能躲过他人生中的"第八十一难"。

"赵作海们"仍然在品尝着"典型"带来的阵痛。而我们却陷入了深深的沉思:为何,几乎所有的典型司法案件对那些当事人而言,只意味着旧伤未愈、新痛又来?

而对于司法机关和司法人员而言,案件一旦被典型,其承受的压力亦会骤增,主要表现在以下几个方面:

其一,陷入典型案件本身预设的"标杆困境"。案件一旦成为典型似乎就意味着能成为某种标杆。"许霆案"、"彭宇案"、"药家鑫案"等确乎都有一定的标杆意义,于是才会有"云南许霆案"、"重庆彭宇案"、"赛家鑫案"的说辞。姑且不论这种标杆最终能否成真,标杆效应能维持多久。也就是说不管你是"真标杆"还是"假榜样",参与其中的司法人员都要承受比处理一般司法案件更多的压力。

其二,当事人会有意识地施压,甚至会因为"有人撑腰"而"变本加厉"。当然这是每一个司法案件中司法人员都要面对的,并非典型案件独有。对于司法人员而言,当事人所施加的压力是最直接、最逼仄的压力,而且这种压力往往是双向的。所谓,"一波未平一波又起"。司法人员无时无刻不感受到来自案件双方当事人所施加的压力,并且很难顺畅完成利益蛋糕的切分,达至两全其美的效果。

其三,陷入民意的汪洋大海。这是连绵不绝后劲十足的压力。鉴于"法的生命是经验而非逻辑",法律的终极目标在于成为民众的习惯,依赖的方式是法律的普及,其效果则取决于此项法律有无习惯的因子,而这种蕴含生命力量的因子是在经验中孕育绝非逻辑所能造势。这是法治的意义也是法治的方式。在此过程中,民意常常经由司法反馈给立法,因而司法不仅检验法律普及的成色,同时影响着法治的最终走向。

在此意义上,司法必须认真对待民意,司法人员通过了解民意增长阅历,才能对法律做出合理解读,司法机关倾听民意才能不断修正陈腐思维。可见,民意与法律至始至终都相伴相生以致无法撇清关系,"法律的归法律、民意的归民意"只是一厢情愿的妄谈,参与到典型案件中来的民意的力量注定要通过法官渗透到司法机关的运行机制中来。

其四,可能会落入媒体制造的陷阱。媒体不单会制造噱头,还会制造舆论。一些媒体人长久以来养成的职业技能使其能够在公允与偏颇的刀锋上见机行事,其娴熟的语言运用和精巧的谋篇布局使其能够迅速通过情节设定来占领话语权的"制高点"。在具体的司法案件中,媒体往往通过叙事且逼真的话语,"根据社会教化语境下的善恶标准将案件主要人物进行划分和定位",从而自编自导完成"人物的形象建构"。而且媒体人的这种能力显然会感染并传染给司法人员,使他们能够在经过渲染和雕饰的"真实场景"中相对从容地把"相同的证据材料中获得的事件片段,通过叙事、修辞的技巧建构出不同的事实文本",并得出"不同的判决结果"。这也是媒体对司法所施加的影响和压力的结果。

在对司法事件的加功上,民意和媒体可能并非相互撑掇并始终步调一致,但二者火借风势、风助火威,必然会对司法乃至立法形成有力冲击。与立法相比,司法的机动性和灵活性固然能使"纸上的法"变成"活生生的法",但也恰恰是这种便捷,为司法迎合大众口味和奉承媒体意旨演化为压力型司法开辟了"避风港",而此恰恰是令人担忧的。

虽然,在特定情势面前,司法并无太多的周旋空间,有时会显得如此落寞与无奈,顺应型司法或许成为最好的选择。但,笔者并非迁就和纵容司法可以见风使舵,这绝不是司法应有的品性,突破原则的"灵活"必将招致司法权威的旁落。因而,人们固然有理由反对迫于情势的压力型司法,但从情势变更的角度,则倾向于接受立基于现实的顺应型司法。相比于压力型司法而言,顺应型司法多了些许的主动。因为顺应型司法要求司法机关和司法人员未雨绸缪,在司法案件成为典型之前就要建立常规的应对机制,而非临时抱佛脚,等司法案件成了典型之后才临渴掘井。

法官的德性

法治时代,法庭是最后的说理场所,法官是纠纷的终结者。在法庭上,法官的基本套路是引条据律,以理服人。不过,即便一些法官的判词已经做到深入浅出,法律的精义并非每个草民都能心领神会。所以,理想的判决还需要动之以"情"、辅之以"德"。正如孔子所云,"为政以德,譬如北辰,居其所而众星共之"。这个道理连"雷老虎"(电影《黄飞鸿》里的一个角色)都明白,所以其常把"以德服人"挂在嘴边。当然,"雷老虎"能闹明白的道理,不一定众人都明白,或者,明白道理是一码事,揣着明白装糊涂是另一码事。正如亚里士多德所言,无自制力的人,为情感所驱使,去做明知道的坏事。譬如,某地集体失德的法官们,岂能不知德性为何物?

孔子的话也同时告诫人们司法公信力如何才能练成。法律教义佐之以国家强制力,容易形成司法权威,但司法权威绝不等于司法公信力,正如法官的威仪并非法官的威信。司法权威说到底是一种话语权表征,法官的威仪也多半需要借助于身上的法袍,而司法公信力和法官的威信实乃靠德性慢慢浸染,非一朝一夕所能造就。

众所周知,法庭不容亵渎,法官亦需威仪,然而,法庭不必打造成为神秘的圣殿,法官亦非个个都要学影视剧中的包拯,做不苟言笑的黑脸尊神。不过,包拯不畏权贵、刚直不阿、秉公办案的德性倒是需要现代法官深刻领悟,并以此为鉴,逐步净化良心,培植具有时代感的德性,即融合现代法治理念的道德品性、道德修养和道德水准。因此,在本文中,法官的德性实指法官的道德,说白了就是法官的良心。在我国,虽不存在法官仅凭良心的自由心证制度,但从司法实践来看,中国法官所面对的每一个案件亦都是良心案。良心歪了,案子一定不正。甚至法官们的私生活失了德性,不仅毁了自己,还会影响整个司法的美誉度。

需要注意的是,法官德性中尚存有真伪两种不同的道德谱系。正如柏拉图所言:"人的灵魂里面总是有一个较好的部分和一个较坏的部分。"法官群体乃至法官个体的道德谱系中往往可以解析出主流道德或称真道德与非主流道德或称伪道德。真道德乃法官为"官"乃至为"人"的立命之基。持真道德者必忠于司法职业,忠于事实,视当事人为"病人",本着治病救人的良心办案。持伪道德者,高兴时,可以明地儿满嘴正义,糊弄当事人,暗地儿巧取豪夺,原被告通吃;兴致不高时,则摆出河北某地办证"民"警"让人不寒而栗"的嘴脸,让你饱尝"门难进、脸难看"的滋味。

此两种道德谱系之间博弈的结果往往决定着一个案件审判的公正与否。而一贯持有伪道德谱系的法官,则惯于游走在法律罅隙中,基于为物质或者案外其他情节收买而出卖道德情操(良心);或者干脆趁人不备并采用"瞒天过海"的手法突破法律的框架从而现实化其伪道德对一切主流道德的终极游离。君不见,在一些司法腐败事件中,某些法官既不顾及"人情、天理",亦不顾及"国法",或者戏弄法律的尊严,或者在法律的框架下玩弄道德。令人担忧和需要警醒的是,处置不当,这将会成为倾轧甚至推翻司法正义大厦的黑暗力量。

那么,法官该如何面对道德?"当代道德话语最显著的特征乃是它如此多地被用于表达分歧",以致道德有时会成为泥潭或者迷思,只有深陷其中的人才会体味"难以自拔"的滋味。

法官若要拨开审判中的道德迷思,需从以下几个方面入手:

首先,培植法官的职业精神。要让法官时刻铭记法官职业是社会上最伟大、最神圣的职业,容不得半点玷污与亵渎,因为法官的腐化所侵蚀的不是法官个体,而是民众对正义的期许以及代表这种正义的司法公信力。法官摆脱司法过程中的道德羁绊,"去道德化"不失为一种可能路径。为此,培植法官法律职业精神和品性莫过于使其养成法治国文化精神,虽然法律终究无法脱尽道德的胎记,甚至有时"虽可能是法,为了获得服从,却是太卑鄙的法",然而法律一旦形成文化,就因其兼具主流道德内核成为可以信赖因而被遵守的"理性",故此,法律形式的建立有利于法官的理性化建设。至于如何才能做到,恐怕不是走过场就可以。

而法律文化守成中一个重要的品性是"人文情怀"。"人文情怀"的核心是"以人为本"。"以人为本"的确昭示着人类生存的终极意义,而在中国也早已被"呼喊"成显词,但我以为,"以人为本"绝不是高悬在街头或者涂抹在墙壁上的宣传式的"高调"。"以人为本"的法律思想旨在于彰显法律的"人性化",弘扬法律的道德情怀。当然,法律至上必须成为法官恪守的信条。这也是"形式理性"和"法定主义"法律思想的要求。

其次,培养法官"实体正义"的思想。"正义乃是一种关注人与人之间关系的社会美德。"当然,与道德的"并不需要用法律规范加以贯彻和实施"相比,"当人们提出正义要求时,从很大程度上来讲,这些要求则是向那些有权力凭借以制裁为后盾的具有约束力的规范手段控制人们行为的人提出的"。法官就是拥有"规范手段和控制力的人"。但是在法官那里,因为自由裁量权的存在,"正义的操纵"又变得极为容易,因而"正义的缺失"变得极为普遍。美国的一项研究中,45%的法官认为,公平的惩罚是不重要的。可见,正义观的养成对于法官个体成长而言显得那么重要,对于普通民众的安全感的增强和社会秩序的稳定亦至关重要。

"人文情怀"、"形式理性"、"实体正义"都是一种美德,最终又会落位于道德的领域。通过对道德谱系的体察或许有益于对法治国时代的法官品格的审视。笔者虽不支持当下中国语境下"法官造法",但是亦无法否认审判过程难免烙上法官的印记。可以说,相似案件审判结果之所以"不同",在一定程度上是因为"不同"的法官"在审判"或者同一个法官在"不同"情绪状况下"在审判",因而加注了不同的道德因素而已。

可见,法官的德性不仅左右每一个具体案件的结果,并通过这每一个凝结着法官德性的案件展示司法的社会效度,而且最终成为浇筑司法正义大厦的基石,也当然成为衡量司法公信力的招牌。当然,提倡认真对待道德,并不是要简单地赞成"德治"甚至是否定"法治",恰恰相反,提倡在司法实践中处理好"道德"问题,呵护我们的司法感情,是为了更好地推行法治,构建更为和谐有序的美好社会。

无私无需铁面

我们提到包公总会说其"铁面无私",影视剧里也往往把包公塑造成不苟言笑的黑脸尊神。在人们心目中,包青天是正义的化身、法律的象征,这就会在无形中灌输给民众一种理念:正义是不讲私情的,法律是无情的。君不见,衙门里不少老爷们个个像是凶神恶煞,仿佛包青天现世,这些老爷们"铁面"倒是有余,"无私"不见得,"无情"也许更贴切些。别说衙门里,就是我所在的事业性质的单位,也有不少操持"生杀大权"的大小领导官腔十足,即便走在下班路上,迎对面也还是装腔作势,一派官老爷作风。对于这种情形,草民们也是习以为常的,所以才唯唯诺诺、百般逢迎起来,当然,不这样也办不了该办的事。

其实,对清官的理解应该着眼于其不畏权势、秉公办案的浩然之气,而非板起面孔教训人的惺惺之态。殊不知,法亦有情,法律的条条框框表面上看是僵死的,而其背后却凝结着法律制定者和执行者的人之常情。这个"情"字其实就是道德、伦理,法律需要道德的规束,没有冲破道德底线的法律,更没有摆脱道德之缰的正义,道德就是民生世情。何况将包拯塑造成"铁面"形象就像是将曹操丑化成白脸奸雄一样乃是人们想当然而为之,不过这样一来显然加深了民众对包公形象的误解和对正义及法律的曲解。这里的"民众"姑且也包括衙门里的老爷们,而且他们理解的更加生动些。

构建和谐社会,首先要树立"以人为本"的社会理念,呼唤人性之美不光是唤醒人类善良的本性,而且要塑造人类美好的形象。政府官员乃是人民的公仆,虽不必当众做唯诺扭捏之态,但亦不可板起面孔吓人。倘若包拯真是不苟言笑,动辄黑起脸来示人,虽清正可嘉,然草民未必敢近之。长此以往,终将失去群众基础。

我们认为,在以"服务人民为荣,背离人民为耻"的今天,包公的黑脸还是少摆为妙。

司法人员应当少一些匠气

工匠精神是从老祖宗那里传承来的,现代职业教育也重新提倡培养人的工匠精神。拥有一技之长的"现代工匠"就应当具有工匠精神,不断打磨自己的技艺,做到精益求精、精雕细琢并力求卓越。

在一定程度上,司法也属于一门技艺。司法过程就如同一个工业流水线,每一个司法人员都要熟悉司法流程才能"上岗",也才能在岗位上各司其职。以刑事诉讼程序为例,从立案、侦查、起诉、审判到执行,这是一个完整的诉讼链条。不同身份的司法人员要熟知刑事法律规定,知晓刑事诉讼的流程以及它的原理和规律,同时还要知晓自己在其中的角色定位。刑事诉讼的不同环节,又分解为一个个不同的横断面。例如在审判环节,不仅细化为庭前、庭审以及庭后的纵向程序,重要的是型构出由控辩审等不同角色出场的横断面。这些流程和场景构设的原理与木工、美术、体操、乐器等操作原理大同小异。并且,现代司法流程大都通过法律规范的形式予以固化。所以不仅司法,法律规范本身也带有技艺性。也就是平时人们所言的,可操作性。

法律及司法虽然也属于一门技艺,但它又不同于其他手工或机械操作。木工乃至体操、乐器、美术都需要训练身体的某一部位以令其适应并且深化这种技艺表达。其实,若要达到一定水平,一般人多加练习就可以达到。正如欧阳修塑造的卖油翁所说,无他唯手熟尔。当然想要到达这些技艺的顶层,就不能仅仅靠身体的训练和记忆,还需要超凡的脑力辅佐。在一些人看来,有不少运动员"四肢发达头脑简单",但事实上,顶尖运动员有几个不是智力超群的。

与之相比,司法虽然也是一门技艺,但是司法人员面对的不仅仅是纸面的法律,还要学会用活这些法律,让纸面的法变成行动中的法。如何将稳定甚至呆板的法律灵巧地运用到司法实践中去,又能在其中做到让自己的领悟和法律精神水乳交融,并培植一种超凡脱俗的法律信仰?这可不仅仅是技艺问题。

为了摆脱一些作为经验传承下来的固定模式或者套路,司法人员应当充分发挥人脑的灵动性,避免做一个机械的匠人。例如,对于审判人员而言,他们要明了,自己经手的每一个案件都是不同的,而其中的每一个当事人都是活生生的具有鲜明特征的。正如天下没有两片相同的树叶,司法人员也不可能追求千篇一律的裁决。

司法人员所面对的,一面是硬性的规则,一面是活性的当事人。如何才能将法律融入到案件中去?这就涉及到对法律原则性和灵活性理解与运用问题。为了尽可能消解法律的"千篇一律"和案件的"千差万别"之间的隔膜,司法人员应当少一些匠气,多一些灵气,甚至是书生意气。

法官可以对扰乱法庭秩序径行判决吗？

多年来，司法部门成为司法改革的滩头阵地，司法人员需要直接面对法律素养和法治信仰尚待提升和培植的普通民众，因而往往处在纠纷和矛盾集中的风口浪尖。不断有法官被谩骂、殴伤，乃至被杀害事件发生。不久前，一位年轻的女法官被枪杀了，痛惜的不仅仅是她的亲友、同事，还有千千万万善良的国人。之后，又有一名退休法官也没能逃过多年前所办案件当事人的戕害。法官的不断殒命警醒世人，司法之路还很漫长，而当前最迫切的，确乎如人们呼吁的那样，要加强司法人员安全保障工作。

不过，如何才能保障司法人员的人身安全？这的确是摆在人们面前的一道难题，不可拍脑门而为之。它是一套系统工程，非朝夕之事，需要从长计议。

至于，有人借此事件呼吁修正扰乱法庭秩序罪，赋予法官径行判决权的提议，在笔者看来实不可取。而且其引证关于"当美国法官遇到有当事人在其面前威胁其子女的话，美国法官会答复是'直接判他刑'"的对话录，亦不符合我国法系国情，更不符合基本的程序正义。至于有人提出的"明明是法官眼皮子底下的犯罪，为何法官不能径行判决"的疑问也很容易就能够运用诉讼构造理论和程序正义理念予以纾解。

毫无疑问，诉讼参与人或者旁观者咆哮公堂、无理取闹，当然会扰乱法庭秩序、有损法庭的尊严，对此法官自然可以运用警告、强行带出法庭、罚款乃至司法拘留等方式予以惩戒。这些强制措施已经明确写进我国刑事诉讼法的条文里。我们认为，借助这些法律武器足以制止和解除庭内的纷扰，何况《刑法修正案（九）》已经细密了严重扰乱法庭行为的入罪机制。对于其中一些严重行为，完全可以定罪处罚。至于在庭外发生的危害人身安全事件，更不可能通过、也无需通过扰乱法庭秩序定罪来平息事态。事实上，针对不法侵害，不仅仅司法人员，每个人都拥有法律赋予的行使正当防卫的权利。只是，人们往往没有能力应对有备而来的袭击者。

不过，仍有人坚持质疑，扰乱法庭秩序罪为何非要经由公安机关立案侦查、检察机关公诉不可，多麻烦，让法官临门一脚，直接点杀不就完事了嘛。这就如同足球比赛，为何非要请几个裁判居中裁决，你也点杀，我也点杀，多刺激。记得坊间流传一段趣闻，称当年国民党山东省政府主席韩复榘观看球赛，看见一群人围着一个球争来争去，遂感慨道，我大山东有这么穷么，真是丢人到家，来来来，给每人发一个球。好嘛，估计那样的话，场面就更热闹了。

省略立案、侦查、公诉等司法程序，直接由法官对扰乱法庭秩序罪进行判定，犹如比赛直接进入点球大战，而且只有一方攻门，这样，不仅会打破刑事诉讼构造的平衡，恐怕现实中，法庭上可能随时会发生法官"大刑伺候"的事情。问题还在于，将扰乱法庭秩序罪设置为亲告罪，那么，谁是原告呢？秉持不告不理原则，没有原告，如何启动司法程序，没有原告又何来被告人，没有被告人，对谁进行定罪处罚。可见，不将扰乱法庭秩序罪设置为公诉罪，反而有损法庭秩序和法官尊严。而且，据刑罚目的在于规诫不在于惩罚以及刑罚不可轻易动用等理念，动辄用刑并不符合现代刑事法治精神。

另则，在多元化的风险社会里，很多行业的从业人员都会面临风险，甚至生死考验。不是经常有教师被学生伤害、医生被患者伤害、城管被商贩伤害的事件见诸报端吗？反过来的情形也发生过。人们能因此就将这些行业关停吗，或者给每个从业人员都武装到牙齿？即便给这些从业人员人手一枪，又能保证其人身不受伤害吗？说不定还反受其乱。警察倒是装备有枪械，各国大都赋予警察在必要时开枪的权力，但世界各地不还是有警察在执行公务时伤亡吗？也没见得哪位警察随随便便开枪射击。可见即便是法律规定法官可以对扰乱法庭秩序者径行判决，也不意味着就能随意实施，更不意味着没有约束机制，反倒不如使用已有的强制措施更具实效性。

由此，赋予法官径行对扰乱法庭秩序者判处刑罚并不一定能让法官得到解脱，也不一定能够减少来自当事人对法官施加的人身威胁性，相反，法官对扰乱法庭秩序者径行判决权犹如悬在法庭上方的一把利刃，用之不当则两受其害，而回旋在法庭里的暴戾之气极有可能引发公众对司法的不信任乃至愤懑，积怨日久，必将积重难返，最终影响的只能是法治化的进程。

关于"差序格局"的些许思考

最近在读费孝通先生的著述，经常看到"差序格局"这个词。"差序格局"是费孝通先生创新改造并得以流传的一个社会学概念。费孝通先生原本是用这个词来概括中国乡村社会人与人之间关系特征的。今天看来，这个词不仅可以用来概括乡村社会的人际关系，也可以用来描述其他社会组织的关系图谱。在其他意义上，差序格局也可以理解为一种社会制度等级分明或者群体生活的网格化。常见的"金字塔式"的运行模式或者"二八式"的财富分配模式加深了人们对差序格局的现实化理解。

实质上，差序格局作为一种自然和社会轨迹一直与人类相伴。在生物链中，"大鱼吃小鱼"的差序格局作为一种自然法则得以生动展现。在早期的人类社会中，身强力壮的人往往占据着生活的先机，并占据着繁衍后代的主动权。其后，智慧和勤劳往往决定着人们财富、地位以及身份的走势。可以说，先天的身体差异是人类社会差序格局形成的原初力量，以智慧、谋略并继而假借血统、身份等方式统治社会的宗法阶层的长期存在则是滋生并维持"差序格局"的推进力量。

人类社会的文明逐步消除单纯的身体优劣和血统排序之后，势必会进入另外一种差序格局的构建。现代社会，基于行政和经济发展的需要，差序格局仍然存在并且必须存在。例如，在层级分明、纪律严明的军队里，很少允许越级上报现象的存在。特别在战时，必须保证首长的命令能够得到执行。即便在日常生活中，哪怕如组团旅游等有组织的行动也需要遵循差序格局的模式才能有效开展。

毫无疑问，人类共同体的迅速扩展，每一个体不可能都有能力和机会参与到管理和决策中去，人们亦可能会因为层级划分而感受到阴暗色彩的存在。由于群体的庞大和监督的旁落,公权私利行为得以散落在各个网格中。于是,我国封建社会曾设置"登闻鼓"等允许或者鼓励越级陈述冤情的制度,试图给既有格局制造新活力。历史演义中也经常听闻拦轿喊冤的故事。但事实上,随意超越差序格局也会制造另外一个层面的麻烦。越级上报或者上访在一定程度上会扰乱既有的行政或者司法秩序,增加定争止纷和社会治理成本,并最终有损裁决者的尊严。

　　落位在司法制度中,也是一样。案件的性质及其影响力决定与之匹配的审判级别。人们有起诉的权利,但无法拥有越级起诉的权利。当然,人们完全有理由怀疑低级别司法者的水平并且可以向上一级的司法机构上诉、申诉,以便获得更高水准司法裁决者的决断。这是司法权威塑造的必由之路。试想,不按套路出牌,越级起诉乃至上访,会极大扰乱司法的格局,并最终损害司法权威。

法令如何赢得尊严？

一部法律或一项法令，文字或许生动，但实践样态却可能呆板。正如有人指出，法律自其诞生之际就意味着已经死亡。虽然此论容易引起误解，亦有失偏颇，但其恰恰从一个角度提醒，纸上的法是死法，践行中的法才是活法。当然，践行中的法活则活也，却不一定活得其所。如果一部法律成为民众身边"熟悉的陌生人"，民众无从也不愿知晓其内容，自然也谈不上遵从，因而即便其行走在法律疆界中，也不过是"一具行尸走肉"。或者，法律被过分活泛使用或者被灵活规避，也会失去"本我"和其应有的生命力。正如一方沃土被用尽地气，就会成为死地。

法律获得尊严是法治社会的基本表征。法律若赢得尊严至少要做好两个层面的工作。一是，法律需要建立自尊。法律如何才能做到自尊，其前提是法律本身是良善之法，要具有正当性、公允性与合理性。二是，获得民众的尊崇乃至信仰。一部法律或者一项法令的根基或许并无不当，但并非表明其在实施时就一定畅通无阻、运行良好。获得民众的支持还要看这部法令是否具有兼容性、适应性、开放性和人文情怀等特质，说白了就是它接不接地气。当然，这两个层面又是统一的。没有自尊的法律必定无法获得民众尊崇，这是前提，而获得民众的尊崇则是法律赢得尊严的途径与归宿。可以想见，没有尊严的法令即使摆放在那儿也可能无人问津或者被无数次规避。

民众如何以及为何对法令进行规避？可以以禁止农民烧麦秸之规定的实践样态略作说明。前阵子，农民开始一年一度的麦收，丰收喜悦之后，面临一个最大的问题是秸秆如何处理。当前的实际情况是，秸秆还田的技术还未推广，造纸厂、饲料厂更难以消化，所以面对堆积的麦秸，农民会选择在雨季来临之前用焚烧的方式消除耕种的障碍。禁烧令亦应运而生。不过,一直以来,有关部门禁烧秸秆的举措时松时紧,农民自然发挥其聪明才智,游击之间,秸秆总能化为乌有。但升腾的浓烟无法遮蔽,悬浮半空久久不愿散去,并连带熏染了无辜者的眼睛,自然招致口诛笔伐,以至引起高度关注。

近两年,麦子未黄时,相关部门就着力搞宣传,并再次搬出《中华人民共和国消防法》,违者将施以罚款与行政拘留以警示。等到小麦进仓,麦茬再现时,还真有不少顶风作案者受到行政处罚。这下好了,农民们算算账,觉得罚款不划算,拘留更不值,竟然出现这里的田野静悄悄之场景。不过沉默之中必有爆发的力量在慢慢蓄积。果不其然,忽一日,天空再次弥漫刺鼻熏眼的烟雾,遮天蔽日。一打听,说是当地农民在村干部面授机宜之后,于夜间统一行动,共同演绎了一出午夜烧麦茬的闹剧。这种剧情极具启示意义,各地争相效仿,牵牵连连,中国中北半部的天空到处云遮雾漫。但也很少听闻有因此受处罚者。农民的机警在于伺机而动,加之村干部授意,有壮胆之效,禁烧令便成了一纸空文。

禁烧令就这样被规避了。那么,禁烧令是如何被规避的呢?显然,农民采取集体行动是在法不责众的心理庇护之下。时间选择在午夜,则说明农民没有明目张胆,这在一定程度上给了"禁烧令"尤其是各地禁烧巡查队"面子",让其对确实有苦衷的"熟人们"睁只眼闭只眼。而且,这样的集体行动并非农民自发,而是在村干部秘密组织下有序开展的。其实,乡村熟人社会中的一些集体行动有不少具有"地方势力"支持或容许的背景。当然,它投合了地方参与者的目的,跟地方性的社会关系交织在一起。至于禁烧令为何要被规避,显然是其触及了农民的切身利益。农民们之所以还是行动起来,显然受利益驱动。尽管近年来,土地不再是农民生活的唯一依赖,但是种地仍然是他们的生活方式。在找不到其他合适的处置方法之前,不烧麦茬就无法继续耕种。为了尽快耕种,焚烧麦茬成了最便捷也是最便宜的方式。

由此可见,禁烧令颁行的出发点虽无不当,法令内容亦为民众知晓,但其仍然又一次被漠视和违反,究其根本原因,是法令之后没有妥当的救济途径。不留后路的法令在实施时总会遭遇重重阻碍,最终会因为没有关照民情而失去生命力,从而空有自尊却赢不了尊重。

总之,法令要赢得尊重需要注意三个方面的问题。其一,法令自身正当,乃良善之法。恶法非法,没有正当根基的法令不配颁行,民众也有理由不遵守。正所谓"己身正,不令则行;己身不正,虽令不从。"其二,要充分验证法令颁行的实践效果,并打造遏制法令负面效应的救济渠道。法令要赢得尊严,要给自己留有余地或者保有救济之途径。法律包括法令不能仅仅是精英们的话语,没有实践特质和人文情怀的法律注定没有生命力。正如风吹麦浪在诗人和歌者眼里可能是一幅唯美的画卷,但在收割者的面前则是幸福的烦恼。在法律之内和其颁行之后确立和民众对话的有效机制也是其正当性的要求。其三,法令要被一以贯之地执行。法令颁行之后只是间歇性执行,就极可能沦为民众身边熟悉的陌生人。而其一旦执行就应严谨、严密、严格,而非选择性施行。为了验证法律或者法令的实践效果,可以选择在一定时空范围内试行,但是一旦试行结束,正式的法令就应该具有普遍效力。执法者针对不同人、不同地有选择性地执行一项法令,其结局就是教会民众如何选择性地规避它,最终致其失去应有的尊严。

死刑台前

自国家诞生，死刑便与人类社会相守相随。以此而言，死刑也是一种文明，而死刑执行方式往往成为人们透视社会文明程度的镜像。死刑执行场所亦随着时代变迁和死刑执行方式的变化而称谓各异。诸如断头台、法场、菜市口、刑场、绞架、注射室、电刑室等。其实对于死囚而言，讨论这些恭送他们离开人世最后一块场所的称谓确无多少意义，大可以笼统称之为死刑台。不过，讨论死刑台的前世与今生以及这台上台下、台前幕后的众生相，则或多或少有一些研讨旨趣。

求生避死是人之本能。几乎没有人会在被押赴刑场的路上心情大好，或谈笑风生，或纵情放歌。高喊二十年后又是一条好汉，脑袋掉了碗大个疤的人物也多出现在影视剧中。现实中，虽然有些死囚行刑前故作轻松勉强挤出一丝笑意，也多半是为了掩饰其内心的恐惧和绝望。正如某地法警揭秘，"在刑场上，多数犯人都会被吓瘫。能保持平静的不多"。

当然，笔者并非刻意渲染死囚贪生怕死的怂样。众所周知，古今中外刑场上，秉凛然正气，慷燕赵悲歌者大有人在。如美国电影《勇敢的心》之主人公华莱士在断头台上悲怆却雄浑的"自由"之声，犹如一声闷雷惊醒并激励渴望摆脱牢笼的人们去继续战斗。现实中，中华民族的英雄们，为维护正义和民族尊严，甘愿抛头颅、洒热血。正如陈毅元帅在诗中反复吟唱，"断头今日意如何"，"取义成仁今日事"。甚至有革命志士，宣布在刑场上举行婚礼，笑言让反动派的枪声作为其结婚的礼炮。相信，这些人因为心中充溢信仰，才有向死而生的勇气。正如孔子所谓，"勇者不惧"。民不畏死奈何以死惧之，在他们这里，死何尝不是另外一种生？

法治倡行时代，死刑之废止渐成国际趋势，但也有不少国家和地区基于各种原因选择保留死刑。在保留死刑的和平国度里，囚犯们之所以走上死刑台，盖因他们大多是干了杀人越货、为人不齿的勾当，当然不排除基于司法错误所导致的冤案。死囚们显然没有拿得出手的信仰支撑，也不具有值得称道的心理优势，即便有一两个在行刑路上放浪形骸，也多被理解为神经搭错，多数在人生最后的时光里，会自然而然流露出不舍与忏悔。所以才有人临行前或喊有曲情要陈，或称有功可立，借此希望在这人世间多流连一阵。

　　关于这一点，早在二百多年前，就为意大利刑法学家贝卡利亚一语道破，面对即将来临的行刑，一些人作出最后挣扎是出于一种最后绝望的试图：或者生存下去，或者忍受不幸。不过，到这份上，谁又能轻易发出耻笑的声音呢？鸟之将死，其鸣也哀。死刑台上的战栗更多的时候会博取人们的同情而非厌恶。所以，有些法警会在行刑前请死刑犯抽上几根香烟，一为平抚犯人的紧张情绪，二是送上"上路烟"祝愿其"一路走好"。

　　在留有死刑的国家，生命刑背负着惩戒、消灭与震慑的使命，它所依赖的死刑台兀然矗立，等待着一个个罪恶却鲜活的生命体的到来。对于死刑犯个体而言，肉体的苦楚和生命的消解或许的确令人叹息，因为在宇宙中，生命本身就是个奇迹。仅此不得不说，对于人类整体而言，死刑值得慎思。

　　基于政策或者惯例，有些国家会选在某个时期和某些区域，向公众开放死刑台。所以，正如在贝卡利亚所言，刑场与其说是为罪犯开设的，不如说是为观众开设的。但是他也由此担心，开放的死刑往往会变成一场表演。酷刑的场面给予人们的常常是一副铁石心肠，因为人的心灵就像液体一样，总是顺应它周围的事物，随着刑场变得日益残酷，而变得麻木不仁了。似乎也是基于这样的原因，才涌现出许多如鲁迅笔下"踮起脚尖伸长脖子状似鸭子"的麻木看客。

　　不过，所有的观者都是麻木的吗？对恰好亲临死刑台前的诸位看客而言，于己无关者可能麻木，看惯了血腥场面者可能麻木，神经大条者可能麻木。但死刑犯的亲属会麻木吗？关注案件进展的被害人群体会麻木吗？再将范围扩大一些，那些案件进展过程中台前幕后的诸多参与人会对囚犯之死无动于衷吗？比如，曾经为死刑犯辩护的律师，起诉、审判他们的司法人员，最终签署死刑执行令的最高司法长官。不妨将视域向死刑台的外围再开放一些，你会发现，那些激烈讨论死刑存废的法学家和社会学家，那些时刻关注死刑运行社会效度的立法者和政治家，都不会对囚犯之死无动于衷。所以，在死刑台前，人们的思想变得复杂与微妙，其中有对良好秩序的向往，有对被害人的眷顾，亦有对死刑犯们基于生命意义上的尊重。

在这个意义上，死刑台不仅仅是一方冰冷的空间，它牵系着众人的情愫，表征着人类变革中的思想脉络，甚至承载着一个国家的法治理想。死刑台的开放与幽禁、设置与拆除都将记载着人类前行的轨迹，昭示和传递着社会文明的符号。而在指示意义上，对于不同的人，它是不同的标签。对于行将殒命的死刑犯们，它将是一块墓地；对于潜在犯罪人，它是一座界碑；对于一般民众，它是一种符号；对于法律工作者，它是一杆标尺。

死刑执行方式考略

据英国《每日邮报》报道，伊朗籍毒贩阿里瑞札于2013年10月9日在博季努尔德监狱被执行绞刑，由于执行官的失误而导致该犯人"死而复生"，并由此引发了人们就其是否需要执行第二次绞刑的热议。笔者则因为揣测"绞刑"这一方式会给人类一直脆弱亦偶尔坚强的身体带来怎样的冲击而陷入沉思，并由此产生搜罗人类历史上死刑执行方式大全的冲动。事实上，在保留并适用死刑的时代，亦存有死刑执行方式讨论的旨趣。

沿循着人类死刑执行方式的演变脉络也可以清晰地看到人类文明的演进轨迹。"血亲复仇"孕育了人类合法剥夺他人生命的思想萌芽和价值根基。在早期社会，人们更多地启动私力救济处死同类，方式多为"以血还血、以牙还牙"。

国家及法律的诞生促成死刑成为一种文明。借助于国家刑罚权处死同类的做法更为正当与便捷。不过，早期国家的死刑执行方式却充斥着暴力与震撼，死刑场亦弥漫着浓厚的血腥味。国家刑罚权的操控者和行刑者们变着法儿地设计如何从肉体上消灭这些该死的同类。作为最大的肉刑，磔、醢、脯、枭首、腰斩、炮烙、剖腹、五马分尸、凌迟、齐市、诛杀九族等光怪陆离的死刑执行方式往往使得死刑场演绎为屠宰场。

然而，现代司法文明理念要求人们在处死同类时，应该给予其作为人类应有的尊严，即尽可能地减少痛苦或者尽量避免使用过于残忍的手段，于是注射死这一充满人道性的死刑执行方式开始被研发与推广。

当然，即便在今天，死刑执行方式略显冰冷的格调也并非单一、乏味。在信奉伊斯兰教派的国度里，人们还热衷于采用"石刑"这一充满血腥和刺激的执行方式。在西方国家，电刑、绞刑、毒杀等给人类带来巨大身体痛楚的死刑执行方式亦颇受亲睐。在我国，根据现行刑事诉讼法规定，亦有注射和枪决两种死刑执行方式。之外，根据相关司法解释，还存有其他的死刑执行方式之可能，只不过若采用，应当事先呈报最高人民法院批准。

可以说，几乎没有哪一个保留死刑的国家只有一种死刑执行方式。但多样的死刑执行方式亦会制造一些麻烦。

首先，任何死刑执行方式都面临存在技术缺陷的问题。比如，上文所述的伊朗男子在绞刑中死而复生。采取枪决的方式，则需要更为高超技术（如精准的射术）的同时，还要综合执行者的情绪、场地、风向等因素，饶是如此，也难以保证做到零失误（一枪即能毙命）。即便技术相对成熟的电刑和注射死也无法做到毫无差池。事实上，越是高超的科学技术，越容易出现舛误，当然绝大多数科技事故中，错不在科技本身，而在于操控科技的人。

其次，绞刑等执行方式的技术缺陷还可能为贿赂行刑者留下空间。据说，颇受康熙倚重而官至两江总督的噶礼，犯事需要正法，在绞刑的最后关头，他贿赂刽子手，嘱其在他还没有断气的时候，赶紧放入棺木，以便缓过劲来夜半逃生。可见，有经验的刽子手能够利用绳子的松紧程度操纵犯人的生死从而换得黑金。除了绞刑，电刑、枪决、注射都可能因为行刑者操作失误或者行刑者的人为操纵而给受刑人制造额外的痛苦。所以现代刑事诉讼中，才有关于行刑者回避的规定，以防止行刑者徇私枉法、公报私仇。

此外，多样的死刑执行方式将会面临着公正与否的考量。即需要面临对何人适用何种执行方式的抉择。

在等级分明的社会里，自然没有这样的顾虑。犯罪者身份不同死法岂能相同。在包公祠里，游客可以看到包公像左边木台上依次摆放着龙头铡、虎头铡、狗头铡三口铜铡，据传，其可分别铡犯罪的皇亲国戚、文武大臣及平民百姓。虽然横竖是一个死，但死也要讲究死法，不能乱了章法。殊不知，这种做法给予一部分人死的尊严，却以牺牲另外一部分人的尊严为代价。

当下，法治国家几乎无一例外地倡言"平等"的法律理念，法律面前人人平等也成为绝大多数国家的刑法基本原则。刑法平等原则显然更多指向刑法适用上的平等。如我国刑法第四条明确规定，对任何人犯罪，在适用法律上一律平等。不允许任何人有超越法律的特权。这里的平等不仅包括定罪量刑上的平等，也包括刑罚执行上的平等。作为一种刑罚适用方式，死刑之执行应当秉持平等理念，不允许存在差别待遇。

　　问题是，只要存有不同的死刑执行方式，就可能制造不公，至少会引起公正与否的纷争。譬如，为何要在不同的地区或者针对不同的人而选择采用注射与枪决两种不同的执行方式，是因为经济原因，还是因为行刑对象差异？就我国目前司法实践而言，是否选择使用注射和枪决方式，似乎并非以地区经济是否发达为划分依据。即便如有的学者建议，按照不同的犯罪种类采用不同的死刑执行方式，即对暴力犯罪者采用枪决，对非暴力犯罪者采用注射。但是，这样做同样会犯了"违背人类生命平等"之大忌。那么，能不能转化一下思维，如有学者建议，让犯罪者本人来选择和决定死刑执行方式呢？这样做，是否切合实际，的确需要思量。不过，令我真正纠结的是，为何要规定多样的死刑执行方式，而制造不必要的麻烦呢？

　　关于死刑的存废，众说纷纭，已然成为法治化进程中的难题，一时间难以破解，而几成共识的是，死刑执行方式的演变道路只能朝向人性化，唯有最为人道的死刑执行方式才能安放人类的尊严与生命。

第三辑　刑法的脸谱

刑法的父性与母爱

即便在法治倡行时代，普通民众仍然有理由不关注法律，选择做一个法律的冷眼旁观者，而法律也不应该因此苛责他们，更不应该过多干涉其常态生活。尤其作为镇守在法律疆界的最后护卫者，刑法更应当秉持一种内敛、含蓄、稳重的姿态，对于进入其领地内子民的行状尽可侧目静观其变，不可轻易动怒，就如父亲的巴掌不能轻易伸向顽皮的孩子。相反，犹如母亲对犯错孩子常怀宽容之心、体恤之意，刑法应给予犯罪者和潜在犯罪人适时的呵护与劝诫。此两点，正好映照了刑法的父性与母爱，也是刑法两大主要机能的生动体现。

刑法的父性犹如刑法的保护机能，刑法的母爱犹如刑法的保障机能。前者主要强调刑法应该对犯罪者进行及时有效的惩戒以便于维护社会秩序，后者主要强调刑法需要防止国家刑罚权过剩使用，从而保障公民尤其犯罪者个人的权利不受国家刑罚权的不当侵害。

刑法父性与母爱之于民众生活犹如父亲与母亲之于孩子成长。在多数中国孩子的印象中，父亲往往严神峻情、不苟言笑，但恰是父亲的不怒自威在时刻警醒、规制、震慑孩子的顽劣性，以免其剑走偏锋。对于犯罪者和潜在犯罪人而言，刑法的父性主要体现在其严厉性和谦抑性两个方面。所谓刑法的严厉性一方面指其制裁手段的严厉，另一方面则指其有追惩的及时与有效。这一点，与中国传统父亲对儿子的教育有几分相似。父亲对犯错的孩子要么不予追究，追究则言必行，行必果。父亲的内敛与含蓄则昭示刑法父性的另一个侧面，即刑法应当尽可能减少对民众生活的干预，而且对于某些危害行为唯有穷尽民事、行政等其他手段之后才可动用。犹如对孩子的顽劣行径，一般只有在母亲束手无策、无能为力时，才会交由父亲大人处置。此可谓之为刑法的谦抑性。当然,刑法的谦抑性还缘由司法资源的有限性与惩戒效果。

虽然,父亲的管教严则严矣,但即便最不成器的孩子,在其成年之后也会感念父亲的管教,因为他一定能够在某个时刻深切感受到棍棒之下浓浓的父爱。父爱如山!父亲总是以一种独到的方式表达对孩子的爱意,即往往用制约来增进或者满足孩子的福祉,一方面阻止他自我伤害,另一方面通过干预助益其健康成长。所以说,强制也是一种爱。正如刑法父性体现在其通过惩戒犯罪者和震慑潜在犯罪人以防止其对社会共同体的严重侵害,同时最大可能地制约、规诫犯罪者本人。

不过,倘若一味地强调严刑峻法,未必能长治久安。正如家庭教育,不能奉行"大棒政策",棍棒底下未必都是孝子,还可能适得其反,出个逆子。健康、理性的家庭教育需要刚柔相济、阴阳调和。深沉的父爱,辅之以融融的母爱,有利于孩子健全人格的塑造。对于刑法而言,正如拉德布鲁赫满怀深情的告诫,将来的刑法是否可以获得成效,取决于将来的刑事法官是否将歌德在"马哈德,大地之主"中所说的话铭刻在心上,即:他应惩罚,他应宽容;他必须以人性度人。这也正好注解了西方的一句谚语"推动世界的手是推动摇篮的手"。在我看来,刑事法治只有时时浸染着母爱,和母爱主义息息相关、生死与共,才会获得永恒的生命力量。没有宽恕就没有未来,哪怕是驻扎在最后一道防线上的刑法。

刑法的母爱主义早已有之。即便在崇尚重典治世的古代社会,严酷的刑罚机制下尚能够寻找到千丝万缕的人性气息,"上请"、"恤刑"、"死刑复奏"等制度在丝丝积攒着刑法的温暖气息、层层剖解着刑法的人性底蕴。

而随着以人为本理念的渗透,现代刑法的人性基础逐步得到确立。刑法母爱主义几乎贯穿刑事立法和刑事司法之始终。具体而言,现代刑法的母爱主义主要体现在刑事立法中的非犯罪化、刑罚轻缓化以及对特殊群体的关照。比如,在特殊群体关照上,刑法有关于对未成年人和老人恤刑的规定等,刑事诉讼法有对未成年人讯问和审判时,应当通知其法定代理人到场的规定等。

此外,刑法母爱主义更多地体现在刑事司法中,比如我国司法践行中的未成年人法庭、社区矫正、暂缓不起诉、刑事和解等新举措。而且,我国女性司法工作人员数量的增加也成为推动刑事司法母爱主义的一股动力源。因为学者研究表明,在司法应对时,男人更倾向于使用硬邦邦的法律话语,女人则偏好于使用舒心的治疗性话语。事实上,良言一句三春暖,往往一句体己贴心的话语可能成为司法机制运行顺畅的润滑剂。在具体刑罚裁量时,女性也往往比男性显得"心慈手软"。由此,刑法看似冰冷的外衣下又何尝不隐藏着一颗"温情脉脉的心"。

不过,刑罚毕竟是苛厉的。对于犯罪者而言,与刑法母爱之重感化常采挽救姿态相较,刑法的父性会表现得严厉与苛刻,有时还带有强烈的惩罚性。但正如父严母慈多半能培养出拥有健全人格和优良品性的孩子,刑法父性与母爱的相得益彰则有助于在民众间散播良性的刑法情绪,从而有助于塑造稳定和谐的社会机体并培养善良的守法公民。

刑法的温度

麦克莱曾言,善良的心是最好的法律。不过,有人可能会说,刑法应该跟善良不沾边。甚至,因为惩罚手段过于严厉,刑法似乎总给人以冰冷乃至血腥的感觉。其实,当我们观览刑法体系,却处处能够寻找到人性气息。例如,刑法针对不同犯罪设定不同的刑罚种类,给予妇孺及老人等特殊群体足够的关照,设置了出罪机制等。

所以,在刑法看似冰冷的面孔下又何尝不隐藏着一颗善良的心呢!作为维护社会秩序的最后一道法律防线,刑法一贯秉持谦抑作风。刑罚的轻易不可动用恰好在一定程度上彰显了它的温文尔雅与人文情怀。仔细品读刑法文本,你就会发现,它契合了刑法学鼻祖贝卡利亚的告诫,即所有的法律都应该顺应人性,在人性的语境中展开,尤其是刑法。从立法到司法,刑法对人性从不轻言放弃,冷峻又不失温润,恰如父亲的威严与母亲的慈祥,在细致耐心地呵护每一个子民,尤其是犯了错的人。在它的身上,洋溢着对人类的终极关爱,而刑法立足人性的爱意,犹如一盏挂在老家门前的充满温情的灯,给夜行乃至迷路的游子带来希望与光明。

刑法是有精神的。在这里,我们可以简单地将刑法的精神归结为刑法的情怀。法亦有情,而刑法的情怀最终是人的情怀,是刑事立法者、司法者和刑法学者情怀的生动体现。因而,这就注定刑法是灵动的,是活生生的法。可以说,没有流淌在血脉中的悲天悯人的情怀,永远不会诞生真正的刑法,也永远没有真正的刑法工作者。但凡有责任感、使命感和时代感的刑法工作者,都应当把握并诠释这种刑法精神,向往并设法释放这种刑法情怀。当然,仅就刑事立法而言,我并不赞成奥古斯丁的"恶法亦法"论,他的"在确定法的性质时,绝不能引入道德因素"的论调亦不可取。相反,我坚持认为道德的力量必须自始至终地浸润在刑法工作者尤其是刑事立法者的血脉中,并最终落位于刑法的条文当中。而在刑事司法工作中,当人们面对"于欢"等案件时,更是需要考量法律与道德、法理与伦理之间的关系。毋宁说,刑法大厦的根基应当由道德的混凝土浇筑而成。

刑法的善恶之争伴随着人性善恶之争、理性人与经验人之争越加肢体丰满起来,也因为其本身内涵的丰富性为人们提供了多视角打量它的维度。但客观而言,无疑只有闪烁着人性光辉,刑法才易于为人们欣然接受并培植法治信仰。所以,对人们而言,刑法不再也不应是一柄令人不寒而栗的达摩克利斯之剑,更不再也不应留给世人硬邦邦的形象。它是有血有肉有温度的。尤其对于犯罪嫌疑人、被告或者罪犯,刑法不会也不应将他们视为社会的"他者",他们是我们的同类。没有人是天生的犯罪人。而且即便作为犯罪,他们也不应沦为我们的敌人。在善良的充满人性的刑法面前,犯罪的人也是它的子民,更是人类一分子。这种认识不仅仅是对犯罪者个体的尊重,也是对人类整体的尊重。因为我们每个人都是潜在的犯罪人,都可能需要乃至渴望刑法人性光辉的普照。

不过,不少人仍有执念,认为刑法是统治的工具,是专门执行镇压职能的"刀把子",刑法永远是冷冰冰的,刑法的概念总是与监狱、暴力以及血淋淋的死刑、肉刑联系在一起,因而刑法的味道总是苦涩的。不错,刑法的味道有时的确苦涩,甚至这些苦涩味道有时会勾起人们灾难性的回忆。但是我们需要明白,刑法虽然伴随着国家的兴盛必将作为规范存在,但是可以超越刑法规范的刑罚精神和情怀确实可以做到无比宽容。刑法的精神必将磨砺、锻造以至敞开它的情怀,唯有持有一颗宽容的心才能装得下天下和民生,才能完成自我的超越与精神放逐,从而将关注人类、呵护人性作为其终极目标。

在刑事立法主观见之于客观的过程当中,善良刑法的观念有助于立法者明澈心境,打开放眼天下的胸襟,这无异于用道德的激流冲刷为尘世曾经蒙蔽的污垢,由此,刑法本质上的德行得以释放,善良的刑法才可诞生。刑法工作者,以一颗善良之心研究、创制和行使刑法,无异于为善良刑法培植了温润的土壤,于期待的一天,终将开出美丽的刑法之花,结出甜美的刑法之果。民众也因为刑法价值的嫁接成功而匹配与赏识并培养对刑法的忠诚度,从而有利于刑法的持续繁荣。

因而,刑法究竟是善的还是恶的,取决于一颗心的善良与否,刑法的情怀取决于人的情怀。用一双善待的眼睛就能够追寻并捕捉到刑法善的踪迹,拥有一颗宽容的心就会体会到刑法本身经邦济世的侠骨情怀,即便是对犯罪者,刑法也尽可能地释放关注人性的真情。或许正因为刑法有看似"恶"的一面,才更加激发刑法工作者"善"的冲动。

总之,刑法是有温度的。刑法的温度根植于人类善良的情怀。刑法的温度从刑法诞生那一刻就应当写进刑法文本,并且还需要在刑法运行过程为民众所感知。这就要求,刑事立法者需要在立法时,"应将存在于人民中间的法律观,作为有影响的和有价值的因素加以考虑",并且需要在价值多元化的现代社会,把准时代脉搏,圈界民众的价值取向。刑事司法工作者也需要走出书斋,到民众中呼吸自然清新的气息,去感知民众的刑法情怀,避免机械教条地将刑法当做冷冰冰的工具,而是提升刑法的脉动,增加它的温度。

刑法亦能软

和其他法律相比较,刑法的刚性特征无疑最具"质感",往往被视为国家权力控制的最后一道阀域。但这种理由不应当成为刑法陷于"不义"境地的托词,何况,"法律的主要作用并不是惩罚或压制,而是为人类共处和为满足某些基本需要提供规范性安排"。一旦刑法的气阀有所松动,改观的不仅仅是刑法自身的形象,即显示了从权力刑法向权利刑法转向这一刑事法治理念的迹象。

立基于此,软刑法之提倡仿佛才有了理论价值和现实意义。至于何谓软刑法,至今,在中国刑事法学界,尚无人提及。

不过,近些年来兴起的软法研究给软刑法提供了一些启示。围绕刑法文本,扫描当下关涉刑事法范畴,会发现,值得或者适宜软刑法驻足的主要集中在以下几个方面:刑法典之前,有历史刑法、刑事思想、刑事政策、立法政策等;刑法典之外,有民族刑法、保安措施、理论刑法等;刑法典之内,有描述法律事实或者具有宣示性、号召性、鼓励性、指导性或者可以软化的条款等;刑法典之后,有司法政策、量刑指导意见、刑罚替代措施、社区矫正、指导性案例等。

以此,国家强制力不再是区分刑法的"软""硬"度的唯一标准。可选择性应当成为界分刑法"软""硬"的重要依据。因为,刑法作为最具强制性的规范,不应当单纯依靠强制获得服从,和议与认同是民主刑法和权利刑法诞生与传承的必要方式。事实上,在刑事法治的视野中,从来没有绝对的政治权威,认同是刑法规范在社会中得以为继的永恒方式,对刑法规范的认同是最为持久的服从。因而,软刑法理论中必然充溢着这样一种理念——赋予民众充分可选择性。

谈及刑法所产生的社会效力,毋庸置疑,硬刑法之刚性对于国家和社会秩序的调控起到了难以替代的作用。但是法律一经制定就会改变初衷，而且必须改变初衷。在国家与市民的分化成为社会的显在现象的当代语境中，权益主体也日益分化成国家公民与社会成员两种身份。

作为公共治理法律规范之一的刑法理应体现并适应上述变化，主动退卸一部分国家责任给市民社会，完成从国家刑法向社会刑法的华丽转身。具体言之，在资源耗费巨大的刑事法治化进程中，必须善于发动社会的力量而不是过分依赖国家的力量，摒弃硬刑法万能论的错误思想，充分认识到软刑法对刑事法治化的巨大推进力，给予软刑法在这个过程中准确的角色定位，从而修正"一硬到底"的"斗争方式"，采用"软硬兼施"的方略，让软硬刑法刚柔相济、相得益彰共同释放刑法体系最大的社会效力。

由此，所谓软刑法是指在刑事法治和大刑法的治域中，虽不完全具有严格的法律文本形式和严密的法律逻辑架构，也无需完全依靠国家强制力保证实施，却赋予人们充分的选择与商谈自由，能够彰显民主刑法和权利刑法的理念，并充分发挥调控社会效力的法律规范。

至于软刑法究竟以何种姿态示人，将取决于以下两个方面。

一方面取决于观察者的视角。老子云，吾有三宝，其一曰"慈"。诸多刑法学者一直倡扬刑法的人道性和仁慈性，在他们的眼中，刑法的躯体里时刻流淌着真善美的血液。软刑法又何尝不是善良、祥和的，但需要同样善良的眼睛和祥和的心态。当我们深情注视的时候，软刑法正迈着轻盈的步伐深情款款地走来。

另一方面则由软刑法的固有特性决定。刑法典中的一些具有宣示性、指导性、鼓励性、号召性或者存有一定幅度可供选择的软条款与可能软化的条款构成软刑法的主体部分。刑法条款的软着陆无疑将成为软刑法最值得关注的出场形态。刑法软着陆的两个基本姿态，即可选择性与轻缓化。

可选择性作为权利刑法的最大体征跳跃于刑事法律文本之中，所以正因为凝聚了可选择性的气场，刑法变得步调格外轻盈起来。这里的可选择又体现在以下几个方面：

其一，体现控诉方的可选择性。毫无疑问，刑法和刑罚的仍然是控制犯罪，保护被害人和社会公众的"最高压区"。翻开任何一部刑法典，都会发现,大部分条款都是为控诉方量身定做的。只不过在国家追诉主义盛行的时代,控辩双方的对抗关系往往演绎为国家与犯罪者之间的对抗,忽略了被害人和犯罪人之间的互动关系,忽视了被害人理当拥有的一份权利。

自从人类还盛行"同态复仇"理念暨被害人与其家族直接享有惩罚犯罪者权利的"黄金时代"一去不复返之后,国家作为被害者的代言人强势接管了惩罚的"权杖",被害人从此遁形到一个常常被人遗忘的角落,独自舔舐伤口和迎接可能到来的二次伤害。显然被害人的这种境况与软刑法理论所倡导的权利刑法的理念格格不入。事实上,刑法所要保护的不仅仅是被害人本人还应当包括他理应拥有的权利。

好在,刑事法律文本越来越多地写进了一些能够体现被害人权利意愿的软条款,如亲告罪和自诉权。而在刑事法文本之外,也有符合现代法治精神的刑事理论和思想为司法机关采用或者试行。其中能够凸显被害人权利的如刑事和解、被害人谅解制度的构建。

其二,体现犯罪者的可选择性。刑法的天然属性当然是社会保护,然而,现代法治国家的刑法典莫不强调保障无辜的人不受刑事追究和被告人合法权益不受侵犯的人权保障思想。让我们暂且抛开犯罪者身上的恶性不谈,作为人类个体,他们除了具有人之自然属性以外还因为属于一个国家而沾染上作为国民的政治属性,以此而言,犯罪者的合法权益理所当然在刑法的保护之下。同时,此时的犯罪者已由先前一定层面上的强势沦落为弱势群体,基于刑法的人道性,其也应该成为刑法保障机能的关照对象。在此意义上,刑法不仅是善良公民自由的大宪章也是犯罪者的大宪章。

刑事法典尤其是刑法典中绝大多数条款都是针对犯罪者能够成立犯罪进行设计的,在对犯罪(者)处处紧逼和多方围剿的紧仄空间里,仍然能够找寻到一丝缓解这一令人窒息气氛的松动。这其中较为引人注目的是:刑法关于自首、坦白的相关规定。

毫无疑问,修正后的刑事诉讼法也在保护被告人的合法权益上做出了努力:将"尊重和保障人权"写进去,也使它获得"第二宪法"的美誉。

其三,体现立法者与司法者的选择性。把什么交给刑法,生命、自由还是财产？凭什么交给刑法，基于和议、认同还是权威？谁来制定刑法，大众、精英还是政治权威？这是现代刑法学必须纾解的理论命题，甚至理论而言，应当是刑法典之前解决的问题。因而，在既成刑法典中探讨刑事立法者的选择似乎自相矛盾。然而，在扩大立法主体的外延之后，就会在现行刑法典中搜寻到立法者可选择权的相关字眼。如刑法中关于民族自治地方补充与变通立法的规定。而在司法者的选择性上，软刑法之旨趣主要体现在司法裁判者、司法执行者和公诉机关身上。

轻缓化则作为软刑法出场时的一个侧影来打量。轻缓与人道这一刑罚价值取向作为一个千古话题，在今天仍然是刑法朝向理性化的一个指向。轻缓化作为民生刑法的一个重要特征，也标明了软刑法着陆的另一个路向。这些，也可以从刑法（刑罚）史的演进、现代法治意义下刑法典之完成与修正得到佐证。

尽管现行刑法典和刑法修正案为应对经济高速发展所致的新型犯罪增加、传统犯罪更新的复杂局面而呈现出一定入罪和重刑的倾向，但不可否认的是，整部刑法充溢着人性色彩，而且，换一个视角，入罪又何尝不是刑法对善良民众的保护。可贵的是，随着中国经济的进一步繁荣，应对犯罪现象的能力进一步增强，人性化和轻缓化这一国家化的刑法趋向已经在刑法的修正中得到体现，其中尤以近几个刑法修正案中对死刑罪名的削减、75岁以上老年人的免死、缓刑假释等引人注目。

软干预：软刑法的运行

一直以来，在应对犯罪和调控社会的手段中，刑法以鲜明的态度和强硬的身姿挺身于应对犯罪现象和推进刑事法治化的滩头阵地，充分彰显了其强大的社会效度，但也因此给人留下冷酷无情的形象。但中国多年来应对犯罪现象的经验显示，刑事法治化不应单单依靠硬刑法之治，尚需要呼唤软刑法的登场，形成一种刚柔相济、软硬兼施的混合刑法之治。

在法律文化和价值观日趋多元的当下社会，软刑法无疑以其特有的生存样态在实践当中发挥着对社会的调控效力。

这里也顺便澄清一个误区，软刑法之"软"并非为刻意去除刑法刚性之美、凸显其阴柔之气，或者说为了改良刑法在人们心目中的形象而进行刻意包装，而是为表达面对日趋多元的社会关系，刑法调控的单一方式理应有所改变。可以断言，随着社会关系的进一步分解和复杂化，刑法硬性条款继续软化和软刑法发挥更大社会调控能力的趋势将会持续下去，以至软刑法终将成为社会生活中的显在现象，并成为人们心目中刑法形象得以深度改观的推手。

需要强调的是，相比于刑法的硬条款，一部分软刑法本身来说并不具有司法适用性。但作为理念、作为思想、作为指南、作为宣示，这部分软刑法同样可以通过思想指引、标准衡量、利益诱导以及羞耻感、谴责、相互模仿和学习等交流方式发挥作用。在波斯纳看来，软法尽管指的是立法机关发布的不具有法律效力的声明，但它仍然影响了其他人的行为。

针对软刑法而言，司法机关颁行的量刑指南和指导性案例就是适例。据此，在如何发挥调控效力上，软刑法与硬刑法功能侧重点有所不同,硬刑法重制裁与惩罚,软刑法重宣示与评价,硬刑法重命令与规制,软刑法重教育与引导。在如何体现刑法的社会显示度上,硬刑法侧重突出国家的权力本位,软刑法侧重凸显体现刑法的权利意识,硬刑法侧重体现保卫社会机能,软刑法侧重体现人权保障机能。可以推断,软刑法在已经展开和继续扩大的刑事法治化进程中绝对占有一席之地。

那么,软刑法如何运行,尤其是法典之外的软刑法是如何衔接、配合硬刑法呢?我认为,软刑法的运行轨迹主要表现在以下几个方面:

一是标准指引,也是对国家强制力的进一步展示。软刑法并非绝然不具有国家强制力,只是与硬刑法相较,这些软刑法的国家强制力稍显弱势或者说发力方向不同而已。比如,体现刑法原则和刑法精神的刑法条款虽然指导性、宣示性、号召性意义大于其司法适用性,但它的法律约束力则是显在的。事实而言,一些软刑法正是通过设置一定的刑事立法或者刑事司法标准,完成其作为国家法(公法)的身份表达。正如当下中国量刑改革的近期成果即量刑指导意见可能谋求通过司法解释的方式进行赋权进而成为司法机关适用的标准。

二是对硬刑法的补充,也是国家强制力的延续。鉴于硬刑法无法顾及更大场域或者不能妥善表现国家强制力时,某些软刑法的出现恰是为了完成对硬刑法国家强制力的接续。为了消化刑法过于刚硬所造成的伤害和淤痕,软刑法的出现无疑起到了抚慰效果,便于实现刑法的软着陆。这种补充性特别深刻地通过刑法典中某些硬条款的软化得以体现。另者,软刑法对硬刑法的补充性还体现在法典之外的软刑法对刑法典的补充。

其三,评价与教化:社会强制力的展现。软刑法并不一定具有假定、行为模式和法律后果这一完整的法律逻辑,但是软刑法的法意表达能力并不受此影响,虽然因此造成司法适用功能的不完整,其评价与教化功能仍然存在,而这恰是法律社会强制力展现的重要方式。现代文明的社会治理方式主要有两种即法治与德治,法治力量来自国家权威并主要通过国家强制力的方式加以表达,德治力量则主要来自道德并通过教化的方式予以表达。但并非表明这两种治理方式截然分明,事实而言,日趋复杂的现代社会制式中,这两种治理方式往往是你中有我我中有你,因而没有哪个国家会单纯采取其中一种治理模式。史实证明，人类进化的历史长河中，道德的洪流虽然有时涣散甚至泛滥，但是始终把持并昭示着人类内心的品格和情性走向。在今天则沉淀并激发出多元的价值观，法律又不能不受其挟持或影响，否则会因为不道德或者伪道德而遭受放逐。

可见，教化和评价游离于法律体系之外成为社会组织中独立发挥功效的主导力量，通过道德流向特别是价值观的取向引导社会自治体完成机体代谢。据此可以断言，法治的春天里不能没有教化的声音，而软刑法之功就在于激活自身的社会强制性，在其融入社会的过程中，调动刑法的活性。

其四，鼓励与认同：软刑法的激励机制。刑法不应该仅仅被服从，还应该被遵从。随着刑法可选择性软条款的递增和软刑法体系的构成以及在社会生活中渐次发生影响，刑事司法参与主体尤其是被害人群体和犯罪者群体的尊严得以体现，人们对刑法的认同感随之增强，这同时激励了他们参与刑事法治的愿望和热情。

当然这种认同是双向的，表现为软刑法给予民众的认同，在此基础上，增加了民众对刑法的认同感，即软刑法首先给予刑事司法参与者的认同，使其获得了极大的尊严，从而改变过去因为刑法之硬才会服从甚至屈从，向刑法赋予其更多的权利而获得被尊重感从而对刑法产生一种内心的认可与遵从。刑事司法参与者的这种认同通过其在社会中所建立起来的人际关系圈散播开来，进而形成整个社会的刑法认知与认同。或许这种认知与认同并非刑事法治化的全部，但必将为法治化国家和社会营造出基本的法律素养和信仰。因为软刑法的激励机制最终是通过社会激励机制反映出来。

实质而言，软刑法通过这种社会激励机制所协调的是人们特别是刑事司法主体和其他相关参与人的利益之均衡，也可以说，软刑法激励机制是人与人之间利益关系的一种契约规则。

科学要素在刑法中的流变与传承

探求刑法的科学理念需要从古代刑罚思想那里起步。那时，人们就注意自然经济和社会结构间的衔接、关注"天道"、敢于革新，这些在今天看来仍然有值得推崇之处。

受儒家文化侵染的中国古代法律体系在当时独树一帜。虽然无法否认中国古代传统法律的特权本质，而且其得以构建的哲学根基也处处显露自然神论和天理纲常色彩，但在其漫长的演进过程中，人们还是可以寻找到一丝丝科学气息。其中尤为显著的标志，就是人文主义贯穿始终。正如有学者所言，人文主义是中国古代法制与文化的哲学基础。即便追溯到民刑不分、诸法合体的时代，我们也能够看到，在刑事司法中，人们逐步摆脱神判，开始重视证据，在刑事立法中，则在"天人感应"的理论关照下，构建慎刑、恤刑、差别对待的法律原则，并注意国法与人情的结合。

在儒家精神指导下，人们不仅注重刑罚的惩罚功能，也重视刑罚的教化功能，而要达此目标，必须在刑罚体系中灌注"德"的元素。正如孔子所言，"为政以德譬若北辰"。作为儒家发展的新阶段，宋明理学进一步挖掘了刑罚的人性基础，批驳一味地强调宽宥犯罪者有违朴素的正义观，提出刑罚的公平性应当关照到被害人利益。这一思想即便放在今天，仍然熠熠生辉。

的确，人道主义和科学主义之间存在冲突，但是人道主义恰恰是阻止传统法律滑向深渊的最后藩篱，以此而言，人道优先还是科学优先的选择问题已经超越了纯粹的技术探讨，而上升为一种人类的机敏。尊崇人道、彰显刑法的人文情怀恰恰是当时能够做到的最大理性。何况，人道主义一直延续至今，成为现代刑法一以贯之的深沉主线。

在西方,也经历了人性化在古代社会刑罚的野蛮、专制制度刑法的残酷中夹缝中求生存,并最终演绎出18世纪的人道主义刑罚观。其以推动设置罪刑法定的刑法原则和主张改良刑罚技术而闻名。人道主义的兴起成为促成并表明近代刑法诞生的重要标志。

近代西方,随着科学技术逐步渗透到犯罪学和刑法学研究领域,承继近代刑法的启蒙运动,刑事实证学派逐渐崛起。龙勃罗梭和他的后继者,"引入实证主义的方法,并继承了犯罪统计学的研究阶段,使刑法学的研究,尤其是犯罪学的研究进入一个科学的阶段"(陈兴良语)。在实证学派的批判性研究中,一个个鲜活的或者具体的"犯罪(人)"替换了抽象的甚至模糊的刑法意义上的"罪行",这种研究模式无疑极大地拓展了刑法的科学化路径。及至后来,催生出社会防卫学派,其提出刑罚的目的并非惩罚已然犯罪,而在于应对应然犯罪,终极目的则为防卫社会。保安处分、社会医疗措施等新范畴逐渐被纳入刑法体系中。以此,近代刑法进一步迈向人性化和人道化,刑法不再仅仅是惩罚的工具,而成为教化人、改造人、推进人类全面发展的科学。

这时候,刑法理念从启蒙的理性主义转变为实证的科学主义。以"罪犯"取代"犯罪",以"预防"取代"惩罚",以"社会"取代"政治权力",以"苦与乐"取代"自由意志",刑法学的"科学"时代才最后到来。(徐爱国语)

新社会防卫学派将近代刑法中的科学思想带到一个新的高峰。该学派汲取了当代人类多样性的科学观点,特别是当代生物学的人类染色体中有各种先天不足的观点,设计了与犯罪人复归目标一致的新刑事程序,包括犯罪人人格调查、刑事诉讼的顿挫和连续,主张要对犯罪进行科学检测,并在审判前建立犯罪人的"人格档案"。由此,与传统刑法中科学精神的朦胧身影相比,近代刑法中的科学思想则越发清晰了。

在遥远的东方,近代中国虽然受制于国情,其法律传统并未因科技发展的冲击波而发生根本变化,不过近代的修法运动却也撼动了传统法律的"真气"。其中一个重要的迹象,就是从"君权神授"到"人民主权"之刑法观念的转向,平等思想亦在民众中传播并得以在法律修订时显现,西方所带来的科学思想和中国传统法律文化之间的对峙一时间形成僵局,当然,这种新气象很快随着社会的进一步动荡无疾而终。

在近代刑法向现代刑法的转型期,应对犯罪的艺术往往落实为一种技术,包括数学、物理学、医学和心理学等手段。刑法注重并且汲取科技的策略一方面提升了自身的科学基础,同时积淀了应对和指导司法实践的理论勇气和科学依据。但刑法中并未确立科学原则,而且在某些领域因为过分强调科学技术性而忽略了刑罚本身的政治功效。另一方面,社会防卫理论在现实面前受挫,监狱人口的爆满表明政府监狱替代措施探索的失败及社会对监狱刑的依赖。

这使得世界上出现了以安全倾向为主导的刑事化、重刑化措施和以人道主义倾向为主导的非刑事化、轻刑化、预防化措施并存的现象。这一动向显示,科学精神和科学方法正在日益加大对刑法体系本身的渗透力度,而反过来可以视为,现代刑法的生存无法忽视科学的影响力,其制定、实施、评估以及体系的构建都涵括在科学之意下。刑法的科学化要求体现在:立法者需要掌握和遵循刑法作为科学的规律性,在此基础上还要寻求创新和突破,以便赋予刑法持久的生命力;司法者则必须按照制度化、规范化的模式推进。

虽然至今尚未有人明确提及刑法科学原则的术语,但是科学原则在刑法中的确立已经悄然完成。事实上,刑法科学原则在实证学派时期就已经得到普遍认可,更是在现代得到确立。世界各国刑法体系呈现出一个明显的趋势,就是不再仅仅以犯罪所造成的恶果作为惩罚的依据,转而注重和考察行为人的人身危险性,并在此预防思想引领下倡导刑罚个别化。

刑罚个别化策略表明,人们否决犯罪原因的单一性,承认犯罪原因多元化,那么,排除多样的犯罪原因,预防犯罪的发生,就不能只靠单一的刑罚手段,必须超越刑罚范围,同时运用教育、卫生、社会福利组织等方法。在刑法思想落实的方式上,从国家主导朝着国家和社会联合行动方向转变,并同时鼓励公民参与。

故此,无论是采用刑罚个别化、非犯罪化、非刑罚化还是兼采刑罚实用主义,现代刑法都在恪守科学原则。

刑法的安全保护

在社会秩序的规范体系中，刑法是安全阀，也是最后一道防守大闸。现代社会，随着风险的增多，各种越轨和变异行为呈现不稳定和增加的趋势，因而人们在传统犯罪基础上又增加了不少新的犯罪类型。这样一来，每个领域都可能发生犯罪，每个人都可能犯罪，这无疑对刑法的安全防护性能要求越来越高。

加之，安全也分等级，有轻重缓急之分。比如在安全位序上就有国家安全、社会安全、家庭安全和个人安全之分。每一种安全又可进一步细分。例如，个人安全又可分为人身安全、财产安全、住所安全等。针对不同的安全，身处不同时代或者不同区域的人们会作出选择性安排。由此就会产生一些问题，即刑法究竟应当建立起一种什么样的安全保护体系呢？或者换言之，在刑法安全保护体系中，不同安全该如何排序呢？

人们会就国、家、社会和个人哪一个更重要展开论争。其实，在通常意义上，国和家哪一个更重要几乎没有争执的必要性。因为，"国家"这个词本身就昭示着"家国一体"。没有国哪有家？没有千千万万的家，也不会有所谓的国。正如一首歌里唱到"家是最小国，国是千万家"。之于社会，家是最小的细胞，人都是社会中的人；而之于个人，家庭不仅是港湾，又是一个小的社会，每个人都无法置身于"社会"之外。大社会是由小家庭组成，大社会的特征也烙印在每个家庭之中和每个人的身上，而每个家庭及个人的行为则促成一个社会的基本形态和面貌。可以说，国、家、社会、个人就是现代人类的全部，缺一不可。因此，国家安全、社会安全、家庭安全和个人安全都应当是刑法守护的对象。

只不过，正如对安全的选择性对待一样，人们对于上述四种安全建立刑法保护时也会根据时代不同、地域相异以及政策变化等做不同安排。考察不少国家的刑法典会发现，大多数国家都是将国家安全保护放在第一位，其后才是社会安全和个人安全。这种刑法安全保护体系带有一定的倾向性，即将国家安全和社会安全置于个人安全之上。反过来，亦有少数国家或者地区倾向于将个人与社会安全保护置于国家安全保护之上。略显遗憾的是，绝大多数国家刑法并未给予家庭安全足够的重视，没有给侵害家庭安全之行为设置专门的罪域。现实中，针对家庭以及发生在家庭成员之间的侵害行为越来越多，应当已经引起刑事立法者的足够注意，以便于他们为将来的刑法保护体系开辟出对家庭安全保护的特有位置。

当然，刑法不是应对社会中越轨行为的唯一和最后手段。它只关注严重的越轨行为，对于其他越轨行为只能袖手旁观。刑法的谦抑性也决定了刑法不能轻易出手。所以，刑法安全保护需要置于社会整体安全保护体系之内才能发挥效能。

"犯罪的人"之提倡

犯罪者处遇史就是一部从野蛮惩罚到文明教化嬗变的历史，也是一部把犯罪者作为"异类"到"人类一分子"之认识演变的历史。当然，并不排除整体历史走向之局部的"基因突变"。但总体而言，犯罪者处遇史不失为一部真实反映人类文明路径的历史镜像。

直至今日，人们仍然存在"敌人"、"犯罪人"和"犯罪的人"几种不同犯罪观之分歧。

关于"敌人"，陈毅元帅曾在《十年》诗中描述："用白刃同日寇肉搏，向敌人巢穴里投进烈火。"可见，一般意义上的"敌人"是"罪恶"的制造者，是人们借以宣泄仇恨情感的对象。对于人类文明而言，犯罪行为的确是一种"罪恶"。于是，如学者所言："人们习惯于从犯罪行为的'恶'的属性出发，从犯罪的法律后果出发，将所有实施了该类行为的个体视为'恶'的渊源，从情感上把犯罪人归于不同于你我的异类。"

可以推断，在"敌人"犯罪观笼罩下，必然埋下"敌人刑法"的种子，其主导之下的刑法规范及刑事政策终将成为犯罪者的梦魇。

而结束这场噩梦的则是从"敌人"经至"犯罪人"再到"犯罪的人"的理性回归。

当犯罪人不再被视为"异质"，就意味着犯罪人的回归，而且不是单个的经过刑事措施调教之后的个体回归，而是就人类整体范畴而言的作为排除在刑罚措施之外的集体回归。

在相对主义犯罪观和刑罚论之下，犯罪人被视作规范组织内的一个集团（一种势力），这是由于在刑事法体系面前只存在犯罪人和非犯罪人之间的对立，因而在承受因破坏规范之错所招致的恶果同时应该能够享受到规范所惠赐的福利。正如黄荣坚教授所言，"世界上任何人

（包括所有坏人）的任何利益（包括杀人的利益）先天上都没有被排斥在保护范围之外。"

"敌人"到"犯罪的人"之回归带给人们的启示在于：犯罪可能是激情种下的恶果，但仍需要细致和耐心的采摘与收割，以防止稍不留神用力过度造成不当伤害，因为你所面对并将施予处置的曾经是而且永远是人类一分子，尽管它此时站在河的另一岸。

就概念而言，敌人属于政治范畴，犯罪人属于集团范畴，而犯罪的人则属于整体范畴。"犯罪的人"之提出可谓意义非凡。在这一语境中，"犯罪"只是一种修辞，虽然也是一种界定，但在概念意义上仅仅作为"人"的修饰语。本质而言，犯罪的人仍然归属于人的整体。因而，尊重犯罪的人就是尊重人类自身，这是人类社会走向终极文明的必然要求，同时也表明，人们习惯于将犯罪视作社会机体的病灶，将犯罪的人视为"异质"，并试图彻底予以根治或者消除。

当人们的观念转换到将犯罪者当做"人"之主体来看待，就意味着其已经用全面考虑"人"之因素的视角去考察"犯罪的人"，因而也预示着刑事立法者会基于"人的一半是天使，一半是野兽"即人的本性出发，对于涉及到人之重大利益关系的问题，妥当地考虑人类本身的安全和人类发展的持续性。恰如学者所言，宪政主义思想下，基于人民之总意所创制的宪法不但欲规范、约制国家统治力，同时也保障各个人于各该国家统治下起码应享有的地位。

"只有提倡宽容，人们才能享有自由，才能对绝对权威进行批评。"这是一条包含人道主义和法治精神的隽语。但宽容如果仅仅停留在一种民意表达或者仅仅作为一种公序良俗，都无法对犯罪者处遇产生根本性的影响，唯有通过规范特别是刑法规范予以明确，使之上升为法律权威并最终在社会运行中树立法治权威，才能抵御或者消解来自其他诸如政治权威的干预。而反过来也正如大谷实所指出："刑事政策中的人道主义原则，作为刑事司法中的适当程序原则的保障、科学主义刑罚合理化及刑事政策中的法治主义的指针，已经成为现代刑事政策的指导理念。因此，在现在独立地探讨人道主义，其意义不亚于以往任何时代。"

可见，在现代法治社会，人道性乃是刑法不可或缺的价值意蕴，同时随着人类社会文明的发展,人道性越来越成为现代刑法追求的价值目标。

毫无疑问,在倡言科学发展观的时代注定是个充满科学精神的时代,刑事法体系及与之相呼应的刑事政策体系必须延循这一科学精神。当然,需要说明的是,虽然"现代科学一直努力回到客观事实上",但也无法排除"对科学的方法和语言的奴性十足的模仿"的"唯科学主义"。这就要求在刑事立法活动和刑事司法及执法实践中,人们应当以老实的科学精神、严谨的科学态度专研刑事法学理论知识,广博吸收相关社会学、经济学、文化学、心理学、医疗学、教育学、生物学、遗传学等相关领域的科学营养,从而有助于理性地认识犯罪现象,合理地总结犯罪规律,才能做到决策过程科学民主、手段配置科学精细。

"犯罪的人"之犯罪观是以"人本主义"为深层主线,当然也遵循了"法治主义"的基本进路。把犯罪者当作"犯罪的人"看待的社会,才会是真正把人权保障付之于实践的社会。以罪刑法定为基本原则、保障人权为主要目标之刑事法体系的建立以及与之相适应的宽严相济刑事政策体系的确立既是人道主义原则的生动体现,也是对科学精神的基本尊重。

所幸,中国目前正悄然发生着一场犯罪观的变革,"犯罪的人"这一理性犯罪观正随着系列的刑法修正和"尊重与保障人权"写进宪法以及刑事诉讼法而变得越来越凸显。

罪名修正需理性而为

刑事制裁是最严厉的处罚，因而决定了刑法不可轻易动用，这也是刑事司法理性的要求。人们基于对犯罪行为危害性的切身感受和保持社会共同体的稳定与自由，而制定刑法规范，但被刑法规制的行为必然是违法社会伦理规范行为中最严重的那一部分，这是也刑事立法理性的要求。

刑法一旦制定，为了保持其尊严与权威，需要稳定，不能朝令夕改，但社会生活不断变迁，刑法亦需要与时俱进，所以，修法在所难免。作为刑事立法之一部分，修正刑法同样需要理性为之。无论是在宏观层面如刑法基本原则的确立，还是具体到罪名的增减，都需要充分论证，寻找经得起推敲的科学依据，排除一切阻碍刑法修正的理由。

就刑法之罪名修正而言，一般集中在罪名的增减、罪状表述及内容调整、法定刑幅度的调整等几个方面。如何才能做到对罪名进行理性修正，笔者认为应主要从以下几个方面着手。

第一，摒弃刑罚功利主义立场，树立罪名体系精简的理念。社会生活虽然包罗万象，但刑法不是一个筐，并非一切社会越轨行为都需要装进去。这当然也是刑法谦抑性的要求。对于社会越轨行为，不能试图借助于刑罚的严厉而毕其功于一役。何况，这种思想容易衍生功利主义刑法观，"入罪"容易成为一种习惯。近年来，不断有人提出增设各种罪名，如"超生罪"、"人肉搜索罪"、"虐待动物罪"等等。当入罪成为一种惯性思维，难免有失理性。比如有人针对一些有钱就任性超生的现象，当经济处罚显得绵软无力时，提出应增设超生罪。可问题是，现在可以因为人口膨胀刑事制裁超生者，倘若有一天人口出现负增长，会不会对不愿意生育的人同样动用刑罚呢？也就是说，到时废除"超生罪"，设置"不生罪"！

如何才能做到罪名体系精简？一方面,在修正罪名时,人们需要考量其是否符合刑法的明确性原则、效率原则和比例原则。另一方面,立法者还要考虑罪名的时效性,即防止一些时兴罪名只起一时之效,之后可能被搁置不用,徒留虚名。罪名因失效而闲置的情形除了导致罪名体系臃肿之外,还会和罪名过剩使用一样,有损刑法的权威。其实,针对一些严重的越轨行为,并非需要一味地谋求立法上的入罪,还可以通过司法上的入罪来解决,即在刑事司法实践中通过科学的解释和适用来弥补刑事立法之不足。正所谓,一部刑法典的好与坏往往取决于刑法解释者和适用者的巧与拙。也就是说,只要该类越轨行为能够为现有罪名涵摄的就不应该再设法增加新罪名或者调整罪状表述。

第二,顾全刑法体系性,防止制造罪名之间的冲突。罪名体系是作为一个整体存在的,任何具体罪名的修正都可能牵一发而动全身。涉及罪名修正时,人们必须注意到刑罚体系的逻辑性和整体性,不可顾此失彼。同时,还要注意某类危害行为的普遍性要求和入罪类型化的必要。

比如,有些人结合刑法修正案九拟对猥亵罪对象进行扩展,而提出强奸罪对象也应由"妇女"改为"他人",并认为由此可以照应现实中女子作为强奸罪直接正犯的现象。这种提议就罪名体系完整性而言,不失为好的建议。不过,它却忽略了对此类行为普遍性和罪名类型化必要性的考虑。现实中女子作为强奸罪直接正犯的现象毕竟鲜见,所以缺少对女子作为犯罪主体,男子作为犯罪对象进行规制的普遍性要求,而且就人们的文化传统及思想观念而言,女子成为强奸罪直接正犯也不一定为多数民众接纳。至于,同性癖好至今亦未被国民完全接受,司法实践中关于认可同性同居、同性相奸的判例也很少出现。何况,具有同性癖好者之间的"奸淫"行为亦可以为猥亵、侮辱等其他罪名涵摄。另外,之所以将强奸罪对象限定为妇女,一个重要的原因是,相对于男性,妇女处于身体上的绝对劣势地位,刑法需要为此对妇女等身体上的天然弱势群体给予特别保护。这一点,也在其他诸如拐卖、绑架妇女等罪名上有所体现。

第三,建立科学的指标分析体系作为罪名修正可依据的技术标准。

罪名修正启动的诱因诸多，如道德、文化及刑事政策等因素。而这些诱因在某种程度上亦可视为罪名修正的判断标准。比如传统自然犯罪往往为主流道德体系圈界，而法定犯罪则一般依循于现行刑事政策。不过在技术层面上，罪名修正乃至刑法科学化尚端赖于一套理性的指标分析体系。换句话说，判断一项临界"入罪"的越轨行为之社会危害当量是否达到质变的程度，需要借助于科学的手段，而不能寄托于估计、大约摸、差不离的估堆策略上。正如德国刑法学大师罗克辛所言，刑法学应当成为"最精确的法学"。

为此，需要建立一套欲成为刑法规制内容之行为的指标体系，即通过对相关越轨行为的指标分析来确定该行为是否达到社会危害当量以至对其进行刑法规制之必要的系列参数集合。其核心内容是如何判断该行为的社会危害当量的质变临界点，而此将取决于该行为的违法频率、受害率、违法处置率、公众的道德喜恶度、公众对此类越轨行为的容忍度等多种指标，并由这一系列指标计算出一定时空范围内的此类行为的平均社会危害当量。以此构建的指标分析体系将成为衡量和决定某类行为是否需要纳入刑法的重要参数。而在操作层面上，这一套指标体系的构建包括该类越轨行为的指标选定、数学计算模型和平均指标示意图几部分内容。

当然，刑法科学化春天的来临不能仅仅靠科学手段催生，还需要融入道德、文化、政治等诸多因素。唯有将罪名修正视为系统工程，才能理性为之。

死刑的边际效益考量

邱兴隆先生曾给死刑的边际效益下过定义："所谓死刑的边际效益，是指既然死刑比无期徒刑更严厉，它便应该带来大于无期徒刑的效果。不是讲死刑没有效，而是讲是否比无期徒刑更有效。强调的是'更'而不是'有没有'。"

不过，邱兴隆先生的这种解释逻辑似乎适用于每一刑种，至少可以套用在无期徒刑的边际效益考量上。依循邱先生考察死刑边际效益的模式，会发现，就成本代价而言，无期徒刑的投入更为巨大，它应否也该带来比死刑更大的效益呢？

当然，单纯从经济学上衡量死刑比无期徒刑剥夺犯罪能力的成本更为低廉难免会被斥之为过于倚重技术手段，也不容易建立准确的指标体系。但刑罚要求经济和节俭则具有经济学上的根据。从经济学角度来看，刑罚不仅具有生产性，能够产生预防和控制犯罪的效果，而且还具有消费性，即耗费大量的人力、物力和财力资源。

上个世纪末就有人统计了一个数字：一个劳改犯劳改一年，国家财政要投入 2300 元，而当时全国适龄儿童免费入学所需要的费用平均不到 200 元，所以一个劳改犯多劳改一年，就相当于 10 个儿童不能免费入学。在今天看来，这个比例尽管有变化，但对于徒刑执行费用而言，仍有启示意义。

因而，如果单纯地以执行费用这一项估算，死刑的成本远远低于无期徒刑的成本。何况，有的死刑犯临死前的器官捐赠尚贡献其最后的价值，反观无期徒刑者，即便其参与劳动改造，但是大多数人因身体、技能等原因无法创造出与花销纳税人所得相匹配的价值来。

即便在量刑和行刑阶段，如果在一个法治观念不彰、刑事司法运行不畅的国家,可能会出现某个阶段,一起死刑案件从审判到执行的费用可能低廉到不能应付一顿公款吃喝。其实,就算是在死刑程序繁琐、严谨的国家,死刑的代价略显昂贵有时也应该归咎于法官的怠慢,而不是死刑固有的代价。就程序投入而言,死刑的繁琐程序是为了限制法官滥用或误用死刑,如果诉讼参与人员素质达到一定程度,并不会阻滞程序的流畅性,因而也不额外消耗司法资源。相反,无期徒刑也可能因为上诉、申诉等程序而增加额外的经济负担。

至于死刑的边际效益可否证明,邱兴隆先生话锋一转,引出安德鲁·温·赫希的例证来说明死刑和终身监禁的不可证明性:"常识告诉我们,火炉不可碰,但没有告诉我们,300度的火炉的威吓比200度的威吓大多少"。

那么,在我看来,300度的火炉会让人们自觉走得更远一些。正如常识也告诉我们,电是老虎,并同时告诉我们,36伏以下的电和1万伏以上的电哪一个可以玩弄。邱兴隆先生援引的例子旨在说明死刑和无期徒刑的边际效益不好证明,而我的例子则试图证明这个"不好证明"。事实上,人们尤其是犯罪者对死刑和无期徒刑的威慑力是心知肚明的,因而,死刑和无期徒刑的效益考量并非一厢情愿的凭空揣度。

需要说明的是,在死刑和无期徒刑边际效益的比较中,似乎流露出我本人对死刑的情有独钟,其实,有关本文的思考是由邱兴隆教授关于死刑边际效益的定义引发的,我只是就此定义有些疑问,不吐不快,仅此而已。

当期待可能性遇上道义

"辱母杀人案"以二审认定于欢属防卫过当改判为五年有期徒刑而暂告一段落。但其中关涉的行为人"面临绝境"式的暴力反击行为是否具有期待可能而值得持久探讨。特别在这一特殊案例中，还牵涉"辱母"等伦理问题。也就是说当期待可能性遇到道义这一添加剂之后，是否会发酵或者变味。

法律不能强人所难，刑法及刑罚亦如是。刑罚虽然是基于对人性的怀疑而设置，但是对具体犯罪的认定与处罚恰恰又是对人性考量的结果。犯罪行为的设置及处理基本以行为人的期待可能性为基础展开的，缺少期待可能性或者不完全值得期待的行为一般不会被认定为犯罪或者能够阻碍刑事责任的完全性，当然亦不予处罚或者减轻处罚。期待可能性虽然不是犯罪构成要件中的因素，但是它对于判断犯罪成立以及罪责增减具有重要意义。例如"毁尸灭迹"、隐藏赃物等事后行为都因为缺少期待可能性而不会被追加认定为另外一起犯罪行为。亲属之间作伪证行为以及"困兽之斗"式的侵害行为也需要结合期待可能性进行考量。

期待可能性问题的思考不仅仅存在于明显涉及道义与伦理的案件中，事实上，人们关于期待可能性的理论纷争最终都会聚焦到对人性的追问上，即当无法期待人们在特定的情境下能够合理管控自己的行为时，就应当对这种行为有所宽宥。特别在风险及魅惑与日俱增的社会中，人们将要面对更多的诱惑。虽然，理性教会我们要克制内心的狂躁，但是这种诱惑会不会无法抵挡或者顺从这种诱惑纯属人类天性。例如取款时自动取款机主动吐出额外的钱币，一般人会如何做？对于侵吞天上掉下的馅饼的行为能不能定性为犯罪？这些都有待考虑。

说到底，期待可能性理论旨在为人性开辟一条通道。人们之所以不能和年幼无知和精神缺陷的人讲真，也是无法期待他们能够作出理性的行为。刑法是围绕人性以及道义展开的。期待可能性与道义本身又是相通的。现代刑事立法和刑事司法应当通过各种制度和说理来满足人性的需求，而不能与人性背道而驰。在具体刑事案件处理中，对犯罪行为人进行道义谴责，同时也意味着司法者已经悄然运用期待可能性等理论对其进行了道义上的衡量与取舍。

情绪与情结：刑法普及的两个重要心理暗示

我一直认为，刑法的最终使命在于成为民众的习惯。不具有成为习惯的因子或者客观上无法达成习惯的刑法绝不是真正的法律，更谈不上是良善之法。习惯到刑法、再从刑法到习惯是刑事法治的一体两面。刑事法治是由这样变动不居的两面合体而成。

因为常躬身于社会以应对犯罪这一常发现象，刑法（主要表现为刑罚）的身影得以经常穿梭在民众中间，因而似乎顺理成章地就成为民众的习惯，再不济也该在民众面前混个脸熟。的确，作为法之重器，人们对刑法套数的熟悉程度往往甚于其他法律，但这绝不意味着熟稔就等于习惯。事实上，较之于其他法律，刑法所表现出的"恶意"往往成为民众禁忌进而滋生排斥情绪的祸根，以此而言，刑法演化为民众习惯（刑法普及）之路反而更为艰辛。

不过，这也恰恰成为刑法普及的最佳切入点。考察近些年来所发生的一系列公众积极参与的典型刑事司法案件，会发现，公众参与其间的民意表达——或认为定罪不准，或认为量刑失衡，实践表明，大多数典型案件中的民众情绪多是由量刑偏差而引发的——恰是刑法情绪的宣泄。

尽管这种刑法情绪多是短促的、自发的甚或是缺乏理性的，而且就某一特定典型刑事司法案件所表达出的刑法情绪往往随着案件的进展飘忽不定。不可否认，这种摇摆不定的民众刑法情绪可能成为影响某一特定案件最终审定的异质性案外因素（有时成为民意绑架司法的口实），而且给其他民众的刑法情怀带来一定的延伸影响（心理学称为偏向效应），也给准确衡量与评价这一时期刑法信仰和刑法认同程度带来一定的阻滞。但我们也应该注意到民众积极参与典型刑事司法案件所释放出来的刑法情绪恰恰表明刑法在民众心目中占有一份领地。因此，为刑法在民众中普及铺垫了良好的群众基础。

刑法的普及过程就是刑法被认同与信仰的过程。在奇妙的人类社会中，人们相互结成一个共同体，并在其中感受到了某种信念或感情。相反的意识总是相互消解，而相同的意识总是相互融通，相互壮大；相反的意识总是相互减损，相同的意识总是相互加强。这种逐渐加强的意识为日后达成某种默契（认同）种下理想的种子。不过，它必须寻找一种途径释放出来。规范成为较为合宜的选择。刑法作为人类共同体规范体系之重要一环，其自身有效性也理应得到维护。在黄荣坚先生看来，所谓规范的维护，实质意义指的是规范实效的维护，亦即保持稳固的社会秩序。保持稳固的社会秩序，背后代表的是社会人对于规范（不管基于什么原因）的认同。

可见，认同是对刑法规范的最好维护。关键还在于，刑法首先必须树立好自身的形象，这是获得民众好感直至认同的前提。如此，刑法作为一种国家权力运作方式，对社会控制的触角应当尽可能限缩，否则，会如学者所担忧的那样："国家可能无处不在，其触角可以伸到每一个角落和缝隙，但它的结构、进程和政策可能已经远离公民的认同感、历史感和一致感。"

而且，刑法形象的塑造应当讲究策略，尽力避免显露其手段上的"恶"，彰显其骨子里的"善"。因为，美国法学家昂格尔早就告诫，法律被遵守的主要原因在于集团的成员从信念上接受并在行为中体现法律表达的价值。人们效忠规则是因为规则能够表达人们参与其中的共同目的，而不是靠强制实施规则所必须伴随的威胁。

刑法被民众认同与信仰则意味着它要深深嵌入民众的躯体、刻进民众的心灵，成为时刻流淌在民众身体中的血液。"在没有宗教信仰、没有自然法传统"的社会里，如何才能达至这一理想状态？周光权教授认为，只有通过长期的刑事法实践，才会使民众对刑法规范有一种认同感，将其视作与自己的生活利益和日常生活场景有关的东西，而不是简单地将其视为纯粹威吓、杀戮的工具。可见，刑法普及别无他途，唯有通过不断地实践。

而刑法实践是刑法生活和刑法政策相互结合的过程。刑法生活是在社会的芸芸众生之间自发地形成并且以某种特定模式运行的,因此刑法生活具有鲜明的公共道德之属性和意义。公共道德的领域所涉及的,都是事关社会共同体中具有重要价值的公共利益的行为,刑法生活所涉事件,都是极关社会公共价值的。由此,刑法生活孕育和承载了大众刑法观。

我认为,在刑法生活的场域里甚至没有也不应有刑事立法者、司法者、执法者、法学者与普通民众的划分,刑法生活场景应该是所有的人在一体的刑法关照下所形成的共同生活写照,没有主演与配角之分。尽管人们的刑法观存有差异,却拥有共同的刑法信念;不管是否遵从,但是人们对刑法却普遍认同。当身边出现刑事案件时,人们脑海里就能浮现出与之匹配的刑法意识。这是刑法普及的终极目标,这是刑法成为习惯的必然路径,这是刑事法治所追求的理想状态。

在此过程中,与大众刑法观相适应的对刑法传统、刑法理念、刑法精神、刑法正义等理想层面的内心体验凝结成刑法情结,对刑事立法、刑事司法、刑事法治环境和刑事典型案件等现实层面的感受则往往通过刑法情绪释放出来。由此,刑法情结和刑法情绪成为衡量刑法普及和实践程度的两个重要心理暗示。

根据《现代汉语词典》解释:情结是深藏心底的感情;情绪是人从事某种活动时产生的兴奋心理状态。心理学研究显示,表面上看,情绪是一些身体的变化和情感的表现;事实上,情绪包含的东西远远不止如此,不仅包含了行为、行动和社会相互作用的倾向性或习性,还提供给我们一种理解世界的不同方式——情绪能帮助我们感受事物。

心理学界公认的观点,情绪是由以下四种成分组成的:(1)情绪涉及身体的变化,这些变化多数是情绪的表达形式。(2)情绪是行动的准备阶段,因而亦可称之为行动潜能。(3)情绪涉及有意识的体验。(4)情绪包含了认知的成分,涉及对外界事物的评价。对于"情结"(complex),瑞士著名心理学家荣格认为,在无意识之中,一定存在着与种种情感、思维以及记忆相互关联的种种簇丛(也称其为"情综")。它们宛如是总体人格结构之中独立存在的、较小的人格结构。它们是自主的结构,具有自身的内驱力,在控制我们的思想和行为方面,它们可以产生极为强大的影响。荣格列举了著名的一例情综是恋母情结（mother complex）。

相比而言，在心理学层面，情绪停留在浅表，容易外化；情结更为深沉，通过人的心理对人的行为发生更为持久的影响力。但情绪的外露必定受内在某种情结的支配，换句话说，情结是情绪流露的深层动力。

结合心理学的研究成果，经过刑法学和社会学改造，刑法情绪是指人们在认知刑事司法事件等刑法现实过程中，经过内心体验和有意识的筛选后对这一现实的主观评价和蓄积表达的潜能并由此表现出的心理和生理反映。刑法情结则是指人们在长期的刑法生活中，经受传统和现代刑法理念的熏染，在内心深处所淤积的无意识的、却时刻不在控制人们刑法思维和刑法表达的自洽的刑法集束情感。

刑法情绪往往在面对具体刑事司法事件时急促爆发，但是无法排除受制于刑法情结。民众刑法情绪爆发的力量一定源自于长久以来凝结在民众心底的刑法情结。就具体的刑事现象来看，民意参与甚或绑架典型刑事司法案件固然是刑法情绪燃烧的表现，而追根溯源，一定能够找到潜藏着的刑法情结的症结。而且，民众刑法情怀的培养或者刑法被民众信仰，则更多地受刑法情结的内在牵引。因而，我更为重视民众刑法情结的探析，更愿意以刑法情结来衡量和测试刑法在民众中的普及程度以及民众对刑法的认同程度。

需要说明的是，作为一种心理暗示，刑法情结与刑法情绪显然具有人类心理上的共性特征，但是更需要从社会学和法学的角度去考察它们，因为犯罪本来就是一种社会现象，最终需要谋求社会学、刑法学的知识和技能去应对。

体育领域的犯罪

吾爱体育,但吾更珍爱生命。

波士顿马拉松赛场上的硝烟还未散尽,受伤且无辜的人们身上的血迹尚未擦干,已经跨越国籍与种族的人们的心灵仍沉浸在深深的震撼中。可惜,这种震撼不是体育本身带来的,而是拜体育机体所滋生的体育暴力犯罪所赐。

沿着体育运动史,稍微往前回顾一下,不需要太远,就能看到一起起鲜血淋漓的体育暴力事件。

2004年皇马和拜仁之战的次日发生在西班牙马德里的地铁爆炸案,造成了200人死亡,近1500人受伤的恐怖惨剧。2012年2月1日晚,在埃及塞得港进行的一场足球比赛结束后,两队球迷发生了大规模的冲突,造成了74人死亡,248人受伤的惨剧。2012年欧洲杯行将落幕,波兰内务部长亚赛克-西乔奇基在半决赛到来之际对外宣称,德意大战赛前遭受严重的恐怖主义威胁。2015年11月13日,法国巴黎北郊法兰西体育场外的爆炸声再次震惊了世人。2016年5月13日,伊拉克的皇马球迷聚会遭恐怖袭击,至少导致16人死亡20人受伤。2017年5月22日夜间,正在举行演唱会的曼彻斯特体育场发生爆炸,至少造成20人死亡,约50人受伤,英国已经宣布将本次爆炸事件视作"恐怖袭击"进行调查。

其实,作为一种古老的犯罪品种,体育暴力犯罪在古罗马竞技场上就显得如此触目惊心。而随着现代体育产业化的快速发展,体育犯罪则呈现出复杂、多变和细化的特征,其主体、侵害对象以及类型皆出现一定程度的变异。

以体育暴力犯罪为例,它不仅仅表现为单纯的身体暴力,而且逐渐滋生出体育流氓犯罪和体育恐怖犯罪。尤其是体育恐怖犯罪,其突出的社会危害性不光体现在其对生命杀伤力的扩大化上,还体现在对人们精神的钳制上。

为何近些年来恐怖主义盯上体育运动?概括而言,现代体育的发展基本上沿循着两个维度,即体育的国家化和国际化。前者使得体育竞技运动沾染上政治与民族色彩并往往演绎成为一种国力的较量,而后者则促成了体育运动的产业化。而此让体育暴力犯罪者尤其是体育恐怖犯罪者更容易找到制造波及世界和广泛政治影响的犯罪场域。尤其是奥运会、足球世界杯这种具有广泛参与性和影响力的体育盛会更容易成为袭击目标。从 2000 年悉尼奥运会开始,最近几届奥运会几乎都发生过恐怖袭击事件。

当然,针对体育暴力犯罪尤其是恐怖主义袭击,体育赛事主办方乃至各国政府都在积极谋求应对策略。不过总体而言,这种应对策略还是更多地限于情报收集、队伍调配、组织架构、国际合作等安保层面,而能够持续、规范发挥效力的应对机制还应当上升到法律层面。

而且,体育犯罪不止于恐怖犯罪,在当代体育产业化链条的每一个罅隙中,都能捕捉到形态各异有损体育机体的病灶。体育诈骗、体育贿赂、体育色情、黑哨、非法赌球等与体育相关的越轨行为和犯罪行为越来越突出。这也使得体育犯罪及法律尤其是刑法如何应对成为显性命题。

根据上述,在发生学意义上,体育犯罪概念已有提出之必要。而借助类型化手段,体育犯罪可以分为体育贪渎犯罪、体育赌博犯罪、体育色情犯罪和体育暴力犯罪几种。其中,体育贪渎犯罪近几年最为常见。在我国以杨一民、谢亚龙、南勇、陆俊、祁宏、邵文忠等足协官员、裁判、球员和俱乐部高管等涉贪获刑最为瞩目。色情行业也在运动场找到一块栖息地,一场体育盛会往往也是色情服务者的盛宴。而体育暴力犯罪则可以进一步分解为体育恐怖、体育伤害、体育流氓等犯罪。

大多数的体育犯罪尤其是体育暴力犯罪属于有悖伦理的自然犯,具有反社会性、反伦理性,因而更容易给人们带来身体上的伤害和心灵上的震撼。针对体育犯罪尤其是体育暴力犯罪,各国政府也制定了针对性的法律。如我国通过制定《中华人民共和国体育法》、《大型群众性活动安全管理条例》等文本加大对体育等大型活动的法律应对。

但在我看来,仅此还不够,为了持久、规范、有效地应对体育犯罪,尚需要谋求刑法上的应对。当然我国《刑法修正案(三)》也增设了恐怖犯罪的相关规定。而且关于体育伤害、体育色情、体育赌博、体育贪渎等犯罪行为也大都能够得到刑法条文的照应。不过,相关体育犯罪行为散落在刑法体系的不同罪域之中,对于集中管控体育越轨行为和体育犯罪行为而言,多少显得有些凌乱、无序。

对此,至少首先应当从学理上构设专门的体育刑法,以期对现实中的体育犯罪提供技术上的有力支撑。具体而言,构设体育刑法的学理价值和实践意义在于引起人们对体育领域越轨行为的关注,指导人们如何对体育犯罪行为和入罪临界点的体育不法行为作出技术甄别和处理。对刑法规范中的体育犯罪予以梳理并归类以利于人们更为细致、深入地研究刑法。相对专注的研究路径便于人们警惕徘徊在罪与非罪之临界点的体育越轨行为,并作出快速反应。

至于构设体育刑法的路径选择,笔者以为,结合国内外几种刑法立法模式和目前中国刑法典的颁行方式来看,以下思路较为妥当,即采用先单行刑法、再刑法典,从分散到集中,刑法典为主、单行刑法为辅的立法模式。关于体育犯罪在刑法典中的位置安排,对其他附属刑法相关规定的处置,体育刑法形成后的补充立法等问题也值得进一步斟酌。

此外,对体育刑法的构设还将面对如何协调刑法与行政法之间的冲突问题。由此也折射出体育刑法的边缘性特征,而此决定了体育刑法需要相邻学科的学理支持和经验支撑。

总之,我们虽不愿意用法律的理性压制体育的激情,但是面对有损体育机体的严重越轨行为,我们不得不启动至少是夯实最后一道防线,以便更好地守护体育这一方纯净的圣土。

别让娱乐圈成为犯罪的温床

　　文艺娱乐界作为生产精神食粮的一块净土，担负着弘扬社会主义主旋律的重要任务。在快节奏的现代社会，娱乐精神亦不可或缺，成为人们缓解压力、释放情怀的一道调味剂。不过在这块精神净土上，却也悄悄滋生并散播着一些病灶，而且附载于某些明星效应上迅速传播开来，不断冲击人们的心理承受底线，侵蚀着人们的朴素情怀，给民众尤其是青年一代造成恶劣的影响。这些病灶逐步衍生变异，最终成为侵害文艺秩序和社会秩序的犯罪乱象。为此，人们要给予娱乐犯罪足够的重视和准确定位，对其进行类型划分和特征扫描，寻找其生成的根源及原因，以消除、弥合其制造的社会危害。

　　近年来，娱乐界不断曝光娱乐明星、经纪人、娱乐产业经营者、文娱管理工作者涉嫌违法乱纪，而且从一般的违法行为上升为犯罪行为，呈现越演越烈之势，以致引发了人们对娱乐犯罪的关注。概括而言，娱乐犯罪是指发生在娱乐领域，涉及娱乐活动、娱乐环境、娱乐交流、娱乐产业、娱乐建设、娱乐管理等相关领域，具有严重社会危害性，依法应当受到刑罚处罚的行为。

　　常见、多发的娱乐犯罪类型主要有以下几种：

　　一是娱乐贪渎犯罪，是指发生在娱乐界中的贪污、渎职等犯罪行为。其主体主要是指在文娱领域从事公务的人员，还包括在某些领域具有重要影响力从而能够操控奖项评定、演职员招聘、行业走势的人员。这些人主体为国家机关工作人员，在国有企事业单位中从事公务的人员，或在娱乐产业部门担任管理工作的人员等。例如实践中，某国有事业单位主任、晚会导演A被法院认定为受贿罪。

　　在刑法理论上，与受贿罪构成对向性犯罪的是行贿罪。行贿罪主体不属于特殊主体，一般人都可以构成，如与上述 A 同案处理的某文娱界"明星"即被认定为行贿罪。同其他贪腐犯罪一样，娱乐贪腐犯罪严重侵蚀着娱乐行业的廉洁性和公平性，污染娱乐环境，扰乱娱乐秩序，成为娱乐行业的最大蛀虫。

正如一位导演所言，"全世界所有的奖项没有一个是规矩的，全部都有猫腻，全部都是人际关系"，虽然言过其实，但也一针见血。贪腐行为不仅存在于文娱奖项的评比中，也存在于其他诸如演员选拔、节目征集、艺术院校招考等各个方面。

二是娱乐有伤风化犯罪，是指在娱乐活动中采用卑劣、下流手段，寡廉鲜耻、无理取闹，带有严重社会危害性的有伤风化行为。其主体是娱乐圈的艺人、导演、经纪人等。容易引起社会反响的主要为一些带有"明星光环"的艺人，既包括当红艺人，也包括一些过气明星。

在中国刑法理论中，有伤风化犯罪主要包括已被废除的流氓罪中分解出来的寻衅滋事罪和聚众斗殴罪，还包括分散在现行刑法各章节的猥亵罪，聚众淫乱罪，组织、容留、介绍卖淫罪，传播淫秽物品罪等。

在娱乐界，有不少明星触犯聚众斗殴罪和寻衅滋事罪，其中较为著名的歌手某君就因触犯聚众斗殴罪而被判处有期徒刑。多年前曾经红极一时的一位歌手则因猥亵儿童而获罪入狱。有人说，娱乐圈鱼龙混杂，不时有明星绯闻及糜乱生活公之于众，有人还会因此触犯聚众淫乱之罪名。此外，娱乐界明星卖淫、嫖娼事件也屡见不鲜，例如某位演员因嫖娼受到行政处罚；有些组织卖淫犯罪还牵涉到一些官员腐败案件。随着网络的普及，在网络上传播淫秽物品或者以此牟利的犯罪类型逐渐增多，其中一些事件也牵涉到娱乐界，诸如某当红网络主播被司法机关判定构成传播淫秽物品牟利罪。

三是娱乐涉黄赌毒犯罪。"黄赌毒"伤风败俗，破财伤身，危害严重，历来都是我国司法机关打击的重点对象。娱乐人士参与其中更具示范效应，对青年一代影响巨大，因此危害更严重。从不断曝光的黄赌毒事件来看，娱乐圈几乎成为重灾区，不少明星涉足这一禁地。操纵赌博可以带来暴利，有些娱乐圈人士利用人脉聚众赌博甚至开设赌场，并因此获罪。

就涉毒而言，如果单纯地吸食毒品，并不构成刑法意义上的犯罪，至多只会受到行政处罚。实例不少,既有歌手、演员,也有导演、编剧,但若容留他人吸毒则可能构成犯罪,如某位演员和某某歌手即触犯容留他人吸毒罪之罪名。还有不少来自港台地区的艺人在大陆涉毒,实例就更不胜枚举。

涉及"黄赌毒"行为不仅自身可能构成犯罪,还容易作为一种上游犯罪,引发其他犯罪连锁反应。例如赌博与吸食毒品,它可令痴迷于此的人很快千金散尽,转而寻求不法途径填补亏空,从而引发贪腐、诈骗、绑架、伤害乃至杀人等其他犯罪行为。

其他娱乐犯罪主要有诈骗类犯罪,实践中如某主持人、某音乐人皆涉嫌合同诈骗罪、诈骗罪等。伴随着高额收入,娱乐圈逃税漏税事件也呈现多发、常发之态,例如某知名演员即因为偷税而获罪。还有娱乐人士涉及醉驾、危险驾驶等罪名,如某位音乐人曾经因醉酒驾驶获刑而轰动一时。

此外,娱乐圈还存在一些不常见的犯罪类型,如有娱乐圈人士利用地位和身份从事危害国家主权、领土完整和安全,分裂国家、颠覆国家政权,推翻国家制度,从事间谍活动等犯罪行为。

娱乐犯罪虽然是指发生在娱乐领域内的犯罪,但其涉案场域可以极度延伸,滋生环节众多,波及文化、经济、政治等多重领域,危害性大,影响深远,因此,需要给予其足够的重视,并探析其生成原因,寻求其应对之策。

娱乐犯罪既有一般犯罪生成的共同原因,也有其自身的特殊原因。概括而言,促成娱乐犯罪形成的原因主要来自两个方面,即社会环境和犯罪者自身情况。其社会原因主要集中在经济、政治、文化、自然和法律等层面,而个人原因主要有道德、精神、心理、性格、素养、成长经历等方面。

犯罪从来都不只是个人的问题,它更是个社会问题,加之,惩罚也不是应对犯罪的最终目的,而在于阻止罪犯重新侵犯社会,并同时规诫他人不要重蹈覆辙。因此,要从社会环境和犯罪者个体两个方面入手应对娱乐犯罪,不能仅仅依赖于惩罚犯罪者个人这一条路径,而应凝聚社会正能量,肃清社会不良环境,并动用社会力量,多管齐下,运用包括法律在内的多种手段,构建包括预防、控制、惩罚在内的多元化的应对体系。对于娱乐犯罪,社会预防能否取得实效取决于多部门之间的联合行动。

这就意味着,防控娱乐犯罪不仅仅是警务工作和司法工作,而是整个社会工作,家庭、其他行政机关、社会团体、民间自发组织都应当参与进来,并逐渐形成良性互动的合作关系,以便及早发现犯罪苗头,将此类犯罪发生率将至最低。事实上,不断有民间组织乃至个人发现并揭发吸食毒品、卖淫等娱乐犯罪活动,这在一定程度上对该类犯罪活动者起到震慑和监督之效果。

社会预防触及社会的各个层面、可以动用的方式也各式各样,包括劝诫、教育、疏导、警示、惩罚等多种方式。人们常说,娱乐圈的水很深。在犯罪学意义上,这句话旨在告诫娱乐圈自在的环境极容易和外在的不良环境一拍即合,催生出特殊的娱乐犯罪场景,使得某一类或者某些类娱乐犯罪容易"做大做强",并极具传染性。要从源头上隔离这一病毒,并切断其传染途径,针对娱乐犯罪因子的社会预防与情境预防就变得极为重要。言即,在针对娱乐犯罪的预防上,不仅注重社会一般预防,也要注重个体特殊预防。

针对娱乐犯罪的特殊性,情境预防不失为一种行之有效的预防方式。娱乐犯罪的情境预防是指针对不同的娱乐犯罪形态或者不同的潜在犯罪者设定不同的特殊场景。于此,可以借鉴针对职务犯罪开展的警示教育策略,让娱乐圈人士现实感受娱乐犯罪的危害性及身处其中的犯罪者的困境。对某些需要特殊预防的娱乐犯罪要制定针对其易发、多发之外围环境的监控与清理,通过增加实施某些犯罪的难度和风险,使犯罪者感到犯罪收益的降低,从而减少犯罪。所以从这个角度而言,情境预防其实属于预防个别化行动,也是一种特殊预防。

当然,预防要与控制相结合,才能发挥其最大功效。与预防相比较,控制的外延相对紧缩,更具有时间紧张性和空间压迫性。换言之,针对娱乐犯罪的控制措施会给行为人带来紧急的压迫感,使其陷入想犯罪而不敢犯罪的境地。不过,控制和预防本是一个整体,在某些时候,二者是重合的。例如控制过程中的前馈控制在很大程度上与预防重合。

但是,仅靠防控还是不够的,因为正义要以看得见的方式实现,而刑罚就是打在娱乐犯罪者身上最响亮的鞭子。预防、控制、处置三位一体，层层递进，组建成应对娱乐犯罪的有机整体。笔者认为，娱乐犯罪的处置需要从两个层面进行建设。

第一个层面是法律体系建设，主要是组成或者梳理相关娱乐犯罪的刑法规定及其罪域设置，并同时处理好刑法规范与行政规范、纪律性文件之间的关系。

第二个层面是司法处置。严格意义上，娱乐犯罪的司法处置是指对娱乐犯罪进行刑法规制，但要注意处理好内外部两种关系，一是刑罚与纪律罚、行政罚之间的关系，二是刑罚化和非刑罚化之间的关系。

总之，人们在发展娱乐产业、宣扬娱乐精神时，应当在注重汲取娱乐正能量的同时，警惕娱乐病灶滋生，阻止娱乐病毒传播，别让娱乐圈成为犯罪生长的温床。

刑法中的"说明"与刑事诉讼中的"证明"

举证责任由控诉一方承担成为刑事诉讼的一项通行规则,我国现行刑事诉讼法第49条也进一步明确了检察机关和自诉人的举证责任。不过按照有规则就有例外的规律,学者们似乎为刑事诉讼中存在举证责任倒置现象找到了理论依据。刑诉法学界一般认为,刑法第395条之巨额财产来源不明罪和持有型犯罪如刑法第282条之非法持有国家绝密、机密文件、资料、物品罪,其犯罪嫌疑人、被告人负有说明财产来源合法和物品属合法持有或者用途正当之说明的义务,而此两类罪中关于犯罪嫌疑人、被告人承担证明义务的设置即属于典型的证明责任倒置。不过,在我看来,要把刑事实体法中的"说明"视为刑事诉讼法中的"证明"至少存在以下几个方面的问题。

第一,刑事诉讼中的举证责任倒置违背不自证其罪规则。证明责任所要解决的问题是,刑事诉讼中出现的案件待证事实应当由谁提供证据加以证明,以及在刑事诉讼结束时,待证事实仍然处于真伪不明的情况下,谁要为此承担诉讼风险或者不利后果。作为启动刑事诉讼程序的一方,控诉者自然负有举证义务,并应当为此制造的不利后果埋单。在刑事诉讼过程中,犯罪嫌疑人、被告人可能会遭受额外甚至是不必要的风险,所以,主要出于保障人权的需要,我国刑事诉讼法第50条明确规定不得强迫任何人证实自己有罪。虽然需要和沉默权相结合,才能构建完整的不自证其罪规则,不过,在我国刑事诉讼法中,人们已然能够清晰看到这一规则的影子。其实,不自证其罪规则涵摄两个层面的内容,即犯罪嫌疑人、被告人不仅不需要自己证明自己有罪,也无需负担证明自己无罪的责任。举证责任倒置规则将证明自己无罪的责任转移给犯罪嫌疑人、被告人的做法显然是对不自证其罪规则的违背。

所以，如果在我国刑事诉讼程序中真的存在这一规则，它也会造成与其他规则的冲突。

第二，将刑法两种类型罪名关于"说明"之规定理解为举证责任倒置并不准确。如果将刑法第 395 条等罪状中的"说明"规定理解为犯罪嫌疑人、被告人需要承担证明自己无罪的责任，显然会沾染一种有罪推定的思维从而有违刑事诉讼法第 12 条关于无罪推定的题中之意，还可能会因为有悖于刑事诉讼法之不自证其罪规则而人为的制造实体法和程序法之间的冲突。为此，换一种思维方式或许就能够规避这种不必要的矛盾。比如，在理解巨额财产来源不明罪时，人们应当考虑立法者为何使用"说明"一词而非直接使用"证明"一词。据《现代汉语词典》，"说明"意为解释明白，"证明"则为用可靠的材料表明或断定事物的真实性。可见，在对事物的表明程度上，"说明"力量明显弱于"证明"。这也从另一层面印证，证明责任之"证明"意指诉讼中的证明，而刑法条文中出现的"说明"，则是在罪刑规范上使用，具有一般规范意义，即指刑法规范不仅作为刑事诉讼开展的依据，很多时候还具有一般的指引和价值导向意义。

也就是说，刑法第 395 条等条文所涉及的"说明"并没有限定说明的对象和范围，"说明"还可以理解为行为人向司法机关以外的其他机关或个人做出解释，因而，即便行为人进入刑事诉讼程序，刑法条文中的"说明"可以是当事人需要为某些状态不清的事物提供合理解释，在此范围内可以用证据对这一解释加以印证，当然也可以不加以印证。比如在当事人家中搜查到一袋现金，其完全可以用此现金乃自己晨练时在路边树丛中捡拾加以说明。至于，要为此提供证据则并非当事人的证明义务，特别当行为人需要说明的对象为上级领导或者纪律检查机关时，其所做的说明只算是职业或者纪律上的要求。而且，此处的"说明"还具有权利意味，类似于犯罪嫌疑人、被告人的辩解。由此可见，刑法条文中的"说明"并非证明责任的必然要求，即便有证明的含义在内，相较于刑事诉讼中证明责任的要求也要弱的多。

第三，刑事诉讼法学界所言的典型现象并不符合举证责任倒置基本原理。根据相关司法解释，举证责任倒置作为民事诉讼责任分配一般原则的例外规则，只适用于几种特定类型的侵权诉讼。诸如在因环境污染引起的损害赔偿诉讼、高度危险作业致人损害的侵权诉讼等诉讼中,被告如果否认原告提出的侵权事实,负有举证责任。其实对于双方当事人对等的民事诉讼而言,不仅仅在几种特定类型中存在被告一方负有举证责任,在任何类型的民事诉讼中,都可能存在被告人反诉从而负有举证义务的情形。因此,举证责任倒置是建立在民事诉讼双方当事人对等的基本原理之上的。与之相较,刑事诉讼中控辩双方的平等更多指向二者参与、表达等权利上的平等。刑事诉讼中的控辩双方平等无法等同于民事诉讼中的双方当事人对等。特别是在公诉案件中,代表国家公权力的检察机关和被告人包括其辩护人在收集证据等方面不可能处于对等地位。至于在刑事附带民诉讼和自诉案件中双方当事人之间的对等则是另外一回事,与刑事诉讼法学领域中谈及的举证责任倒置没有关联。

综上,我认为,巨额财产来源不明罪等罪在刑事诉讼中并不是举证责任分配一般原则的例外,刑法立法并未表明在上述几种特定罪名中预设了举证责任倒置规则,因而,司法者在这几种特定罪名的适用中仍需遵循刑事诉讼的基本理念和一般规则。

刑法意义上合租房之"户"性认定

人口的迁徙和流动造就了合租房屋成为一种社会现象，并由此引发了不少相关司法事件。其中有些案件还因为司法者对某些概念解释的不同而成为疑难案件。诸如在一起侵入他人合租房进行劫掠财物的案件中，检察院起诉时，指控被告人"入户抢劫"，法院则在判决中认定，抢劫实施地乃他人的集体宿舍，故不构成"入户抢劫"。辩护人为增加辩护力度，还引入"立法者规定'入户抢劫'而不是'入室抢劫'，显然是取'户'的本来意义"。由此，更增加了"户"性认定的难度。

那么，"户"与"室"究竟有无不同，又该如何区分呢？撇开刑法意义，"户"在甲骨文字中，像门（門）字的一半。本为单扇的门，引申为出入口的通称。"户，半门曰户。"追溯历史根源，与刑法意义上使用的"户"意思最接近的当有"屋室"和"住户、人家"之意。其中前者如："不出户知天下。"后者如："一家称一户，其邑人三百户"。至于，室，实也。在历史的演进中，室也有房屋、房间、居所、住宅之意。如："户庭无尘杂，虚室有余闲"，"上古穴居而野处，后世圣人易之以宫室，古者宫室贵贱同称"。由此，正如社会意义上的"户"与"室"有所不同亦有所相同一样，刑法学上的"户"与"室"也存在着诸般交叉甚至重叠。因而，"入户抢劫"与"入室抢劫"立法原意上的"户"、"室"之辩，似乎立不住脚。可以想象，如果当初立法者用了"入室抢劫"的字眼，在今天看来，也有原意之说为其佐证。

其实，关于"户"的含义，我国刑法典并没有明确规定，只是司法界和理论界存在不同的看法。有学者认为："'户'是家庭住所。"也有学者主张："'户'不仅是指公民私人住宅，还包括国家机关、企业事业单位、人民团体、社会团体的办公场所和供公众生产、生活的封闭性场所。"理论界众说纷纭、莫衷一是。司法界虽有最高人民法院的司法解释作为标准，但是在实际运用中理解不一，亦无法统一口径。可见，如何定性"入户抢劫"的症结并不在于刑法意义上"户"、"室"的字眼之辩，而要聚焦到"户"的性质认定上。

  结合最高院的司法解释，"户"的一般含义应指公民日常居住的私人家庭生活场所，包括公民的住宅及其院落，以船为家的渔民的渔船、牧民居住的帐篷等等，但不应包括机关、团体、企业事业单位的办公场所及供不特定人生活、休息、娱乐的封闭性场所，如旅客在旅店、饭店居住的客房、公共娱乐场所等。法律意义上，"户"作为公民最基本的人身权利和财产权利的庇护场所，是公民安身立命的地方，也是公民赖以生存、抵御灾害的最后屏障；入户抢劫不仅侵犯了公民的财产权和人身权，还同时侵犯了公民的隐私权。故此，鉴于"户"与"室"的生活中的样态繁多及其理解不一，不如直接将"户"定性为生活起居所用，恰如学者所言，"集体宿舍、旅店宾馆、临时搭建工棚等，如果不能评价为家庭住所的，不应认定为'户'"。

  以此，集体宿舍等并非绝然不能成为刑法意义上的"户"，倘若临时搭建的工棚（工友吃饭、休息之用）、集体宿舍（几个青年教工打伙造饭、学习起居之用）、门面房（白天做生意、晚上休息起居之用）、办公场所（白天办公、晚上休息起居之用）、租住宾馆（学者、作家长期租用为学习、写作之用）等，只要在实际上为生活所用的，就可以理解为刑法意义上的"户"。其实，"户"的生活属性已经包含了私人生活的隐秘性与相对独立性的特征。"户"的两个显著特征恰恰也是入户抢劫犯罪行为的两个罪质的客观体现，即非法侵入他人住宅（侵犯了户的私人隐秘性）、造成他人极大的人身与财产伤害（因为"户"的独立性往往使得受害人处于孤立无援的境况）。总而言之，生活起居性是"户"的刑法意义上相对准确的定性。

  对合租房进行刑法意义上的"户"性认定，也需要由此入手。首先的问题是，何谓合租房？一般认为，合租房屋指的是不具有家庭成员关系的二人以上共同租住房屋。现实中，合租房的房客多为这样一些群体：外来民工、高中生、高校周边的考研者、城漂一族等。

  不过，"家庭成员关系"的字眼提示，若将合租房排除在刑法意义上的"户"之外,可能会制造现实生活的悖论,因为多名家庭成员共同租房居住的,解释为"户",其他多人共同租住房屋的,却排除在"户"外。由此带来的疑问是,这种划分依据何在?

其实,从上述所列的合租房群体来看,其租住房屋的目的如普通居家过日子的家庭一样,同样为了生活起居。此外,合租房也具有相对独立性,其属多人居住,但对房屋中共有乃至私人的财产皆持有保护愿望,任何非法的侵入都是对他们私人空间隐秘性的破坏。所以,合租房与一般生活上的"户"意义相同,与刑法意义上的"户"亦无二致。进入合租房抢劫和进入家居抢劫会产生相当的社会危害性,甚至比起对一般住户的侵害,其破坏力和影响力更甚。因此,在刑法意义上,宜将合租房认定为"户"。

《刑法》用词不规范问题

法律本身就是规范,并以之指引和评价人们的行为。语言作为法律的载体,同时也是人类的行为之一,所以也需要规范。立法语言作为法律语言的源头,不仅不能误用,还要尽可能地规范使用。通过对现行刑法文本中的语料分析,发现不少条目用词不规范。主要表现在以下几个方面:

其一,用词不准确。

立法语言必须做到明确、周延。在法律术语的使用上要避免产生分歧。《刑法》在一些词语的使用上就忽视了这一点,从而有损法典的科学性与严肃性。

比如对"犯罪分子"的使用。《刑法》六十多次使用"犯罪分子"一词。"犯罪分子"一词更多时候是作为普通词语而非法律术语使用。所以,在对"犯罪分子"的理解上,普通人或许更容易一些,但对于法律职业人而言,如何理解它,还真是一件难事。因为对涉嫌犯罪而受到刑事追诉的人称为"犯罪嫌疑人"和"被告人",即便被法院宣判有罪之后也只能称为"罪犯",没有所谓的"犯罪分子"。

现行刑法中,大多数条目中"犯罪分子"实指"罪犯"。例如《刑法》第五十七条:"对于被判处死刑、无期徒刑的犯罪分子,应当剥夺政治权利终身。"

但也有不少条目中的"犯罪分子"并非指"罪犯"。如《刑法》第六十一条:"对于犯罪分子决定刑罚的时候,应当根据犯罪的事实、犯罪的性质、情节和对于社会的危害程度,依照本法的有关规定判处。"

这里的犯罪分子应指"被告人",因为未经人民法院审判,任何人不得确定有罪,所以在刑罚还未决定时,任何人都不是罪犯。

还有一些条目应指"犯罪嫌疑人"或者因为还未受到刑事追诉"什么都不是"。如《刑法》第二十三条："已经着手实行犯罪,由于犯罪分子意志以外的原因而未得逞的……。"

由此,对于"犯罪分子"一词的使用,应该结合具体语境,在不同的刑法条目中使用时要尽可能准确界定。其实,当无法准确界定到底是不是"犯罪嫌疑人"时,不妨选择使用"犯罪的人"。如《刑法》第三百一十条："明知是犯罪的人而为其提供隐藏处所、财物,帮助其逃匿或者作假证明包庇的……。"

另外一些用词也不准确,并由此导致解释上的混乱和司法上的困境。比如"行凶"、"凶器"、"卖淫"等。

以《刑法》第三百五十八条："组织他人卖淫或者强迫他人卖淫的,……"中"卖淫"一词为例加以分析。《现代汉语词典》将"卖淫"解释为"妇女出卖肉体"。按此解释,组织女性向女性、男性向男性实施口交、肛交等类似行为以满足性欲的行为就不属于"卖淫"。但司法实践中,却又不乏对组织同性恋卖淫者以"组织他人卖淫"之罪名定罪的情形。前段时间,人们还就组织按摩女给客人"打飞机"、"波推"是否涉嫌构成"组织他人卖淫"罪而展开热讨。

此外,与《刑法》第三百五十八条相较,《刑法》第三百六十五条："组织进行淫秽表演的……"对"组织"一词的使用,也制造了解释上的纷争。有学者认为,应当比照《刑法》第三百五十八条,解释本条时加上"他人"二字。但也有学者认为,不加上"他人"二字,是明确表明组织者本人是否直接进行淫秽表演不影响本罪的成立。

总之,理解上的困境、解释上的纷争和司法实践中的不同做法,的确是立法用语使用表意不精确所导致。

其二,用词不统一。

统一是一国法律体系的基本特征也是基本要求。在同一部法律之中,首当其冲的就是用词的统一。《刑法》中用词的"混搭"和前后不一将直接导致刑事司法解释和实践中的纷争。

以《刑法》对"明知"一词的使用为例。一种情形是在"故意犯"的范畴中使用《刑法》第三百九九条第一款："司法工作人员徇私枉法、徇情枉法,对明知是无罪的人而使他受追诉、对明知是有罪的人而故意包庇不使他受追诉……"),一种情形是在"过失犯"的范畴中使用(《刑法》第一百三十八条:"明知校舍或者教育教学设施有危险,而不采取措施或者不及时报告,致使发生重大伤亡事故的……")。这种将"明知"混搭地规定在故意犯与过失犯这两种意义截然不同的类型之中,背离了对同一类型事物在评价观点上的同义性,进而有违于类型的意义核心和本质取向。

再如,《刑法》对"投毒"和"投放危险物质"的使用。《中华人民共和国刑法修正案(三)》已经将"投毒"改为"投放毒害性、放射性、传染病病原体等物质",即"投毒罪"改为"投放危险物质罪"。所以,对这一罪名的词语使用,也应当在整个刑法文本中统一使用。可惜的是,现行《刑法》中仍然存在二者分别使用的情形。如:

《刑法》第十七条:"……已满十四周岁不满十六周岁的人,犯故意杀人、故意伤害致人重伤或者死亡、强奸、抢劫、贩卖毒品、放火、爆炸、投毒罪的,应当负刑事责任。"

《刑法》第八十一条:"……对累犯以及因故意杀人、强奸、抢劫、绑架、放火、爆炸、投放危险物质或者有组织的暴力性犯罪被判处十年以上有期徒刑、无期徒刑的犯罪分子,不得假释。"

此外,关于"军人"和"现役军人"的使用,也存在类似情形。其中《刑法》共有九条使用"军人"一词,而其第二百五十九条又使用"现役军人"一词。那么,"军人"和"现役军人"一词是否表意一致呢?能否将"现役军人"直接替换成"军人"呢? 就此,学界众说纷纭,莫衷一是。

这种不统一使用术语,又不做任何解释的做法的确令人费解。事实上,对于一些分别使用、容易引起纷争的词语,专门设置条款进行解释,也未尝不可。比如《刑法》对"国家工作人员"、"司法工作人员"、"以上"、"以下"、"以内"等词的立法解释。

为了进一步规范刑事立法语言,建议将《刑法》第十七条的"投毒"改为"投放危险物质";将《刑法》第二百五十九条的"现役军人"改为"军人"。

其三,用词不庄重。

和执法语言、司法语言相比,立法语言更要体现庄重性,为此,要尽量避免口语化。但是笔者在刑法文本中常常发现一些口语化现象。比如,在表示时间时,经常使用"的时候",共有十二处,分布在七个条目中。如《刑法》第十八条:"精神病人在不能辨认或者不能控制自己行为的时候造成危害结果,……"为了既体现立法语言的简约又体现其庄重,不如将"的时候"改为"时"。

在表示失职时,经常使用"不负责任",共有十二处,分布在十二个条目中。如《刑法》第四百一十九条:"国家机关工作人员严重不负责任,造成珍贵文物损毁或者流失,后果严重的,处三年以下有期徒刑或者拘役。"基于上述同样的理由,建议将"不负责任"改为"失职"。

《刑法》第二十三条:"已经着手实行犯罪,由于犯罪分子意志以外的原因而未得逞的……"其中"着手"和"得逞"两词都在理解上和司法实践中引起很大争议,原因就在于这两个词皆带有口语的流质性。既然"着手"不好界定,而且引起如此多的纷争,还不如将"着手实行"改为"开始实行"。对于后者,建议结合《现代汉语词典》的解释和法条本身的语境,将"未得逞"改为"未达目的",以消除各种曲解。

另外《刑法》中还有"打砸抢、为非作恶、称霸一方"等具有口语化倾向的词语。

《刑法》用词错误问题

现行《中华人民共和国刑法》几经删改，其体系安排、罪名设置均渐趋完善，但是其立法用语仍然存有语用失范情形，表现在用词错误上，主要有实词和虚词的误用，词语生造，词和短语同体，用词感情色彩不当，上下文词语搭配不当等现象。

一是生造词现象。《刑法》第五十九条："没收财产是没收犯罪分子个人所有财产的一部或者全部。没收全部财产的，应当对犯罪分子个人及其扶养的家属保留必需的生活费用。"

立法者使用"一部"旨在表达"部分"的含义，但是"一部"是一个名量结构，用于修饰"手机、法律、电视剧"等，可见二者含义差距很大。笔者搜索整部刑法典，仅此一处出现"一部"这个词，而且属于明显的生造词，因此建议将其改为"部分"。

另外《刑法》第一百三十三条："……在道路上驾驶机动车追逐竞驶……""竞驶"一词亦属于生造词，推测其应该是"竞相驾驶"或者"竞争行驶"的简略。之所以只能推测，盖因其含义不确定。这也意味着立法中的生造词不容易为人所理解，当然也不容易为大众所认同，所以应当尽量避免使用。

二是词和短语同体造成歧义。在语法范畴内，"所有"既可以作为一个词，表示"全部"之意，也可以作为一个短语，表示"所拥有"（"所"字有时可以省去）。

以此而言，《刑法》第五十九条："没收财产是没收犯罪分子个人所有财产的一部或者全部。……"这里就会因为词和短语同体而造成一定的歧义。这里的"所有"既可以解释为"全部"，也可以理解为"所拥有"。如果理解为"全部"，虽然会与下面的"全部"相重复，但似乎也未尝不可。结合上下文来看，法条意在谓词性成分上使用"所用"。由此，还不如直接改为"拥有"以消除理解上的歧义。

三是词序不当。《刑法》第五十三条："罚金在判决指定的期限内一次或者分期缴纳。期满不缴纳的，强制缴纳。对于不能全部缴纳罚金的……。"

"全部"作状语修饰谓语时，被支配对象一般放在前面作主语。如果被支配对象作宾语，"全部"应该作定语修饰被支配对象。本条目加着重号句子可改为"对于不能缴纳全部罚金的……"或者"对于罚金不能全部缴纳的……"。

四是主谓搭配不当。《刑法》第一百三十九条："违反消防管理法规，……在安全事故发生后，负有报告职责的人员不报或者谎报事故情况，贻误事故抢救，……"

"事故"与"抢救"搭配不当。"事故"是一个概括性词语，抢救对象应是具体事物，例如"人员、财产"等。此处改为"贻误人员、财物抢救"较为准确。

五是数词的误用。《刑法》第七十三条："拘役的缓刑考验期限为原判刑期以上一年以下，但是不能少于二个月。"

"二"和"两"用法不同。单独用在度量衡量词前时，二者可以通用；但是单独用在其他量词前时，只能用"两"，不能用"二"，如"两个"不能说"二个"。所以这里的"二个月"使用错误，应该为"两个月"。

六是介词的误用。现行刑法文本中，"对"和"对于"的使用较为频繁。"对于、对"标记或介引动作的对象或与动作有关的人或事物。这两个介词在许多场合可以通用。《刑法》中关于这两个介词的使用大致属于这种情形。例如：

《刑法》第二十六条第三款："对组织、领导犯罪集团的首要分子，按照集团所犯的全部罪行处罚。"

《刑法》第二十六条第四款："对于第三款规定以外的主犯，应当按照其所参与的或者组织、指挥的全部犯罪处罚。"

类似的情形很多，恕不一一列举。但有一个条目关于"对"字的使用明显属于误用。乃《刑法》第四条："对任何人犯罪，在适用法律上一律平等。不允许任何人有超越法律的特权。"

本条目关于"对"字的用法容易引起歧义。一种理解是"任何人犯罪"这种情况,另一种是"某人对任何人犯罪"。刑法条文如此用"对"字,容易被理解为后种情形,即"某人对任何人犯罪"。这样一来似乎应该将本条目改为"对于任何人犯罪,……。"问题是,在语法上进一步分析,会发现,误用"对"字,即便改为"对于"后,都会致使此句缺乏主语,所以本条目应直接删除"对"字,改为"任何人犯罪,在适用法律上一律平等……"。

七是连词的误用。"和"、"或者"尽管都是表连接作用的连词,但二者语义不同,"由'和'组合的几个成分是以一个整体共同同别的成分发生关系的,由'或者'组合的几个成分在结构上是一个整体,在意义上却只选择其中之一同别的成分发生关系"。

刑法文本中大量使用连词"和"、"或者",基本没有语法上的错误,但也存在某些条目使用"和"、"或者"不当,甚至混淆的情形。例如:

《刑法》第二百五十一条:"国家机关工作人员非法剥夺公民的宗教信仰自由和侵犯少数民族风俗习惯,情节严重的,处二年以下有期徒刑或者拘役。"

本条目中的"和"就意指不清,容易造成歧义,即,到底是"非法剥夺公民宗教信仰自由"与"侵犯少数民族风俗习惯"只要满足其一,还是二者都要满足才能构成此罪。事实上,从此罪的罪设旨趣来看,只要满足其中之一即可,因而,这里的"和"应该用"或者"替代。

对于"或者"的使用,也不是没有疑问。例如:

《刑法》第一百零三条:"组织、策划、实施分裂国家、破坏国家统一的,……对其他参加的,处三年以下有期徒刑、拘役、管制或者剥夺政治权利。"

语法意义上,这里的"或者"表明最后一种刑罚和前三种刑罚是一种"和"的关系,即"剥夺政治权利"可以分别附加在前三种之上。这样理解是否准确呢?是否还有另外一些理解,比如"或者"后的"剥夺政治权利"乃此附加刑的单独使用,和前列几种刑罚属并列关系。但果真如此,何不直接表述为"处三年以下有期徒刑、拘役、管制或者单处剥夺政治权利"呢?

要在刑法教学中培养良性刑法情绪

刑法学课堂无疑是普及刑法的一个滩头阵地,法科学生因为需要逐步接受刑法知识体系尤其是近距离地接触典型刑事司法事件而对刑事法治有更为深刻地理解,这将助益于在刑法学教育中跟踪观察并剥离法科学生的刑法情绪直至最终完成对法科学生良性刑法情绪的培养。

恶性与良性之争:刑法情绪的可塑性暗示

刑法情绪是指人们在认知刑事司法事件等刑法现实过程中,经过内心体验和有意识的筛选后对这一现实的主观评价和蓄积表达的潜能并由此表现出的心理和生理反应。

我们应当注意并警惕民众刑法情绪中的恶性倾向。这也在现实生活中得到印证。考察近些年来典型刑事司法案件中的民众参与和民意表达,会发现,绝大多数的典型刑事司法案件中所释放出来的刑法情绪大都具有偏执倾向,带有明显的非理性和"恶性"特征。当然这里的"恶",并非指人性中恶念的自然流露和针对特定个体单纯的恶意表达,而是指"杀人偿命、以血还血"等传统刑法报应主义在民众情绪中的复活,显示了民众对刑法万能主义、刑法工具主义、重刑主义一定程度的迷信与依赖。

恶性刑法情绪的蔓延固然受传统刑法观念和现代仇恨犯罪理念双重侵淫,亦是刑罚效果不彰所引起的恐慌与麻木、法律系统运行不力所致的失望情绪蔓延之表征。但总体而言,恶性倾向当是刑法情绪之中顽劣之性的自然流露。

刑法情绪既有丑陋的一面和向恶的可能性,亦有良性的天然流露。而刑法情绪中这种恶性和良性之争或言刑法情绪的波动性恰好说明它本身的可塑性。所以说，民众刑法情绪中隐含着的良性因素完全可以被一点点挖掘出来并且以妥帖的方式加以宣扬和固守，亦唯此才能完成对民众刑法情绪之颓势的扭转，才能将刑事法治的理念深深植根于民众心灵，才能完成刑法普及的最终使命。

刑法学课堂恰好是培养良性刑法情绪的桥头堡

刑法学课堂是体察师生刑法情绪良与恶的重要场域。对于刚踏入法学之门不久的法科学生而言，这是引导并养成其良性刑法情绪的滩头阵地。可能有人会认为刑法学总论因为知识体系的完整性或者知识更加系统有利于整体阐发刑法的人权保障理念和刑事法治精神，而刑法分论的此种理念则分散在各种罪名之中，较为琐碎，令人难以捕捉。

我认为，刑法总论固然可以从容完成对刑法理念的整体宣扬，刑法分则分散在各个罪名中的法治精神又何尝不像是一颗颗晶莹剔透的珍珠等待人们去采摘呢？而且，在讲解刑法分论中的各个罪名时更便于结合身边刚刚发生的或者成为经典的刑事司法案件，将附着于其上的民众刑法情绪剥离出来呈献给学生，更利于疏导并塑造学生的良性刑法情绪。

法科学生正处于不断汲取知识、感悟法治精神而法律知识体系建构尚未最终完成的阶段。换句话说，绝大多数的在读法科生正在完成从普通人士到法律专业人士的蜕变时刻。这也使得本科生刑法学课堂的使命性更加重要、任务更加明确。因为，作为民众一部分，法科在读学生当具有一般民众共有的刑法情绪特征，而法科的专业塑造又决定他们的刑法情绪会逐步区别于普通民众。因而对法科学生良性刑法情绪的养成应当建立在对其专业性和普通性的准确透视和分析之上。刑法教学的课堂无疑是观察和跟踪他们刑法情绪变化并且逐步塑造其良性刑法情绪的重要阵地。

精神与策略：结合典型刑事司法案件的说明

如何培养法科学生的良性刑法情绪则不仅是一门科学同时是一门艺术。

正如刑法情绪可以分为恶性和良性，凝结着刑法情绪的典型刑事司法案件亦就此划分为两个阵营。其中一部分成为考察刑法恶性情绪的范本,如药家鑫案等;另一部分则是考察刑法良性情绪的实例,如许霆案等。

我将以许霆案为考察中心简单说明如何培养学生良性刑法情绪。毫无疑问,人们在许霆案中察觉到了民意的理性倾向。正如有人所言,这一重审判决结果,媒体的舆论监督起到了很大作用。在这样的舆论监督中,只要有心,都会看出民意的理性、睿智和舒张,的确令人倍感回味悠长。

不宁唯是,因为要证明学生良性刑法情绪培养之可能只需要一个实例就足够了,但是要促使他们逐步驱散刑法情绪中潜藏着的阴霾,唤醒并且自觉积累刑法情绪中的光明,则要复杂曲折得多。这就意味着必须给学生一个信仰刑事法律和信任刑事司法运作能力的充足理由。当且仅当这个理由深入骨髓、刻入肌肤,并且与惯常的道德体系相契合时,他们才能因此将之加固并推崇为自己的精神寄托,而后先内化为行为潜能,再外化为行动指南。

那么,如何才能实现?我以为,首先应当叩启学生心中的刑法之门,让刑法知识体系以鲜活的姿态出现在学生面前。因为在我看来,并非如有人想象的那样,因为相比于其他法律更为严厉,刑法适用更具震撼力,所以妇孺皆知;相反,刑法正日复一日地被囚禁在地下室里,成为隐形法律。我曾就"洛阳性奴事件"追问学生对此事件的看法,绝大多数学生只能谈及对事件主角之定罪和量刑问题,没有学生觉察到民众对刑法的迟钝感。这也说明了刑法感官在他们自己身上的缺失。故此,将囚禁在暗室里的刑法解救出来实乃第一要务。在遇到类似许霆案这样的刑事司法事件时,教师不仅仅让学生明确定罪与量刑的刑事政策意义,更要使他们明白其中隐含的刑事法治精神,如此才能让刑法真正融入课堂,成为一种课堂生活,也从而才能完成刑法的真实普及,不光刑法条文,还有刑法精神。

此外,在刑法学课堂里向学生倡导理性、文明的刑罚观和犯罪论,传播刑事法治精神和刑法的民生、宽容和权利之理念。这当然本身就是刑法普及的一部分。犯罪者处遇史就是一部从野蛮惩罚到文明教化嬗变的历史,也是一部把犯罪者作为"非人"、"异类"和"人类一分子"之认识演变的历史,同时也是人们犯罪观、刑罚观和刑法功能论演变的历史。在朴素到法律甚少亦没有法治观念的年代,"复仇作为刑罚的一项正当性根据在人们的经验(观念)中根深蒂固",这可以理解为一种纯粹的报应主义刑罚观。当纯粹或者狂热的报应主义刑罚观在当下社会死灰复燃、占据主流地位时,一旦涉入民意的力量,纯粹的复仇和报应就将变得不再纯粹。此时的刑罚观由仇恨的力量占据。我们无法渴求人人都能从容面对罪恶和仇恨,我们渴望的只是理性的火种尽快燃烧起来。

我们要引导学生树立对犯罪行为特别是犯罪者的积极态度,这样也可以加深他们对许霆过山车式判决的理解特别是二审对许霆减轻量刑的认可,也可以理解在于欢案等案件中司法工作者为刑罚文明所作出的努力。

当然,作为刑法课堂上的受众者,学生们在面对因受案外异质性因素侵扰而异化的典型司法案件时难免会出现情绪上的波动,或者说在一开始他们就无法剔除潜藏着的不良刑法情绪的干扰。客观而言,学生这种不良刑法情绪与案件当事人受自然法批判的卑劣行径有关,也与司法运作系统的运行不畅有关。因而需要在课堂上阐释刑事司法改革的要义,帮助学生厘清除阻滞刑法实施机制上的障碍,以便让学生真切感受到最大限度地彰显刑事司法正义的希望。结合司法个案的讲解并且有意识地设置必要的刑法适用社会效力的个案检测机制能够让学生身临其境,以便通过对学生凝结在司法个案上刑法情绪的考察体认他们对司法信任感和刑法认同感,从而有利于法科学生刑法信仰和刑法习惯的最终养成。

刑法学课堂上需要传递正能量

可以想象,倘若刑法学课堂上始终流淌着一股较浓的刑法权力文化思潮,教师们着力渲染刑罚的工具主义色彩,宣扬犯罪者是"异类"甚至"敌人"的犯罪观,那么浸染其间的必定是刑罚的恶性情绪,并由此在不经意间打造了刑法的负面形象,最终不利于学生正确刑罚观及刑法信仰的养成。

不同于其他法学课堂的是,基于刑罚和刑法的严厉性和高度社会显示性,刑法学课堂是确证刑法科学精神和正义性,传递刑法正能量的重要场所。如果刑法学教师擅于开启刑法之门、更多地展示刑法真善美的一面,那么刑法的人权保障理念必将深入学生的骨髓,而此将影响其刑法情绪和刑法情结的良性发展,并最终养成学生的刑法信仰,将助益于中国刑事法治化的最终达成。

在刑法学课堂上传递刑法的正能量至少要解答以下几个方面的问题,即刑法和刑法学有没有科学精神;刑法情绪和情感有无良性、恶性之分以及如何培养刑法的良性情绪;刑法是否正义以及正义如何体现。

第一,刑法是一门科学。刑法学的科学性实际上隐含着这样一个问题,即"人们能够信赖刑法的内容吗"?这实际上就是指刑事法律问题是否具有确定性答案,能否凭借人们的经验和思考加以认知。因此,在刑法课堂上要让学生确信刑法和刑法学是一门科学,在科学时代,这是向人们传递正能量的首要环节。

一种体系能够成为一门科学,应当是在相对范畴内对现实事物客观规律的揭示与概括,因而首先它是一种范畴。其次,它应当拥有确切的对象和异于他物的质的规定性,同时体系内部不同构成要素之间应当具有紧密的逻辑关联。此外,任何科学都应当遵循一定的方法,离开方法的科学就不能称之为科学。而此种方法，不能仅仅停留在精神的层面，而是往往落实为一种技术，即涵括自然以及人文等领域的一切有利手段。

现代刑法是调整犯罪与刑罚的法律规范体系。它以刑事法律规范为主体，以法律原则为辅助。犯罪、刑事责任与刑罚是刑法结构的三个支柱。这三大范畴之间，前后衔接，逻辑一致。每一范畴内部又自成体系，并拥有独特的因素。以刑罚体系为例，基于刑事政策的立场，刑罚体系往往或依据惩罚力度轻重，或依据治安状况缓急，或依据秩序层次疏密，按照一定的顺序排列，形成错落有致、相互呼应的特定罪域。在具体刑罚方法的设置上也尽可能地汲取自然科学和社会科学的技术手段，构建轻重有别、刑罚化和非刑罚化相融的立体层次。在本质性规定上，刑法规范盖因其制裁手段的严厉性、规制内容的固定性、保护内容的广泛性、处罚范围的狭隘性、规范精神的谦抑性以及补充性而显著区别于其他法律规范，成为一门独特的科学。

当然，从刑法学术史考察来看，并非所有的刑法都是科学的，相对于现代法治精神而言，历史上的一些刑法文本不仅不是科学的，甚至是反科学的。

由此，在刑法学课堂上，教师应当首先明示，理性的刑法是一门科学，它应当如其他科学技术一样，成为时代进步的助推器，而不应成为历史的羁绊。

第二，刑法及刑法课堂应当充满情感。在一定意义上，刑法的确是恶杀之法，刑罚则作为报应与惩罚的手段。但刑法绝不是冷冰冰的晦涩条文，而是现实生活的浓缩和生动反映。刑法理念同时也是道德、生活、政治、文化理念。在刑法课堂上，教师要以刑法的人性基础为着眼点，分别挑选刑法文本中关涉法情感的条文，撷取刑事司法典型案例，剖析刑法的情感，揭示刑法温情的一面，并借以培植学生正确的刑法情感，以利于刑法良性情感的养成。

而为达成此目的，首先要让学生认识到刑法是善良的。这种善良不仅生动体现在刑法的具体条文中，也最终体现在刑法乃至刑事法治的最终目标里。

刑法之善即刑法之德性，不仅决定着刑法自身的品质和功能，也影响甚至左右着世人的法情感和法制观。

教师要擅于解析刑法文本中所凝聚的人文情怀,梳理刑事司法过程形成的司法制度上所依存的情理,以及刑事司法案例参与主体的情感变化和凝结于此案例中的情愫。在此基础上,提炼正向的刑法情感,并将此传达或者灌输给学生,以塑造刑法真善美的形象,从而达到宣扬刑法正能量的教学目的。具体可采取情景模拟、角色扮演、师生之间的情感互动、学生对案件实例的参与,让学生切身感知犯罪者在国家追诉过程中的弱势化境遇、理解刑法对犯罪者呵护的合理性、体察到刑法的人文情怀,将刑法知识教育与刑法信仰教育结合起来。

第三,在刑法学课堂上努力打造刑法正义形象。尽管正义有着一张"普罗透斯"似的脸,变幻无常,让人难以琢磨,但是,正义是刑法的灵魂,也是刑事法治的核心价值评判标准。因为,作为量定人间最为苦痛的制裁——刑罚的"制造者",任何溢美之词似乎都难以修饰量刑之"恶"。因此,寻找刑法的正义性是刑法学课堂上永恒的目标。也可以说,在刑法学课堂上塑造刑法的正义形象是传递刑法正能量的前提和根基。

那么,对这样一个绝非生来正当的"恶人",唯有深入历史与现实,轻轻弹去虚掩其身上的历史灰尘,揭开其温情脉脉的面纱,擦拭出其足以光耀千古的道德基石,并借此消解其"以恶制恶"所淤积下来的"硬伤",让其以挺拔清正的身姿重新站上生活舞台,接受人们对其公正与否的检阅。

也就是说,至少也寻找刑罚存在的历史根据和现实基础,尤其是现实中刑法文本的正当性与合理性以及刑事司法公信力的状况。

在刑法和刑罚的历史追问上,教师要点拨学生,使其明白,即便在悲惨的古代刑罚中,都能够寻找到千丝万缕抹不去的人性气息,"上请""恤刑""死刑复奏"等制度在丝丝积攒着刑法的底蕴、层层剖解着刑法的内涵。其实,刑法看似冰冷的外衣下又何尝不隐藏着一颗"温情脉脉的心",刑法学者唯有揭示并展现这颗心才可以完成自我救赎和刑法本身的救赎。

向学生解析刑法正当性根基的第一步要从刑法(刑罚)目的与理念入手。正如贝卡利亚所言,"刑罚的目的仅仅在于:阻止有罪的人再重新侵害公民,并规诫其他人不要重蹈覆辙"。所以惩罚不是刑法的目的,因而,刑法的存在就是为了呵护人类自身,包括犯罪者本人。当然,呵护人类必然要通过维护社会的基本秩序来实现。这一点,可以通过新防卫论学派的观点来确证,他们在坚持防卫社会为核心的前提下,对刑法理念做了一定的柔性处理,即在强调保护社会秩序的同时,兼顾到对人性的关怀,通过改变或者修正刑罚的作用力和作用方向,达到挖掘刑罚最大程度保护社会潜能的目标。

除了析出刑法规范本身的正义性之外,教师还要及时跟踪、提取刑事司法过程中依附在具体案件上的正义性。当然,不可否认,我国目前还存在司法人员整体素质有待提升的局面,部分刑事案件所呈现出的裁量不公的确在一定程度上使司法公信力受损,然而,作为刑法学教师,必须清醒地认识到,中国刑事法治化仍在行程中,所以,面对容易情绪激动、辨识能力不强的年轻法科学子,还要极力地消弭刑事司法不公给刑法正义形象所带来的损害,并着力寻求凝结时代精神和法治化理念的典型刑事司法案例,并以此通过其间所蕴含的刑法正义向学生传递刑法的正能量。

第四辑　生活中的一些小感悟
（外一篇）

一种心态，两种精神

　　学习与生活最好能够养成一种心态和两种精神。其中，一种心态是归零心态；两种精神是体育精神和娱乐精神。

　　习近平主席在会见第31届奥林匹克运动会中国体育代表团时说，体育界有句话："走下领奖台，一切从零开始。"这句话讲的就是敦促人们培养一种归零心态。

　　它不仅适用于体育界，还适用于各行各界，适用于每个人。当然，归零心态不仅仅是强调取得成绩之后，不能躺在功劳簿上坐吃山空，而是要放下成绩，再次起锚。

　　同时，归零心态还体现在另外一个层面，就是对于失败者或者经受重大挫折者而言，归零是强调要放下包袱，从头再来，而不是一味沉迷于失败的阴影中，一蹶不振。

　　在漫长的学习和工作之路上，没有人会一帆风顺，也没有人能够一劳永逸。在某个时段，我们可能会取得成功，强于别人，而在另外一个时段，我们也可能会遭遇困境，落后别人，无论处在何等境遇，我们都要学会让心灵复归平静，给心灵找一片净土，给身体找一个栖息的港湾，规整我们的情绪，让心绪归零，整装待发。

　　对于自己而言，归零了，心安稳了，才有机会整装待发，而在身心之外，归零意味着还要重新融入社会，并与他人处在同一起跑线上，没有良莠之分，没有贵贱之别。面对纷繁复杂的社会生活，如何能够安之若素，保持长久的心理平衡，你还需要两种精神力量辅佐。其一是体育精神，其二是娱乐精神。

　　在一个层面，体育精神意味着拼搏、进取、不服输。尤其之于竞技体育，运动员身体的天赋只是前提，后天的努力与汗水才是提升竞技能力之道，而决战中的相遇，则需要借助于一股子拼劲和狠劲。正所谓，狭路相逢勇者胜。所以体育精神又是亮剑精神，就是战狼精神。再极端一些，体育精神是舍我其谁的精神。事实上，在竞技场上，被人们铭记的体育英雄向来都是冠军。大家都能记住闪电博尔特，是因为他创造了人类短跑的极限速度，更是因为他缔造了前无古人的斩获9枚奥运金牌的创举。更快、更高、更强，是体育精神的核心和魅力所在。

体育精神当然还体现在一种逆境中的崛起。人们会为之震撼，长久回味，长久膜拜。诸如网球巨星纳达尔在经历两年多的伤病困扰和成绩低迷之后，重新崛起，并于2017年获得震铄古今的第十个法网冠军。另一位网坛巨星费德勒则比纳达尔做得还要出色，在沉静几年之后，以36岁高龄一年内连获澳网和温网两项桂冠，成为公开赛以来史上获得大满贯冠军最多的网球选手。

再如NBA2016年总决赛中，骑士队在1：3落后的绝境中，战胜几乎不可战胜的勇士队，完成了NBA历史上第一次惊天逆转。再如巴萨足球队在2017年欧冠淘汰赛上，在首回合0：4落后巴黎足球队的情况下，第二回合以6：1的比分完成史诗级的逆转。竞技体育活动中能够完成惊天逆转，运气加实力缺一不可，但最不可或缺的却是不服输的精神。中国体育界倡导的女排精神，一次次激励人们前行。所以对于普通人而言，体育精神能给我们的身心注入动力，能给我们设定大大小小的目标，并为我们达到目标灌注能量。

而在另外一个层面，作为平凡普通的我们，坚持好的生活习惯，学会放下手机，暂时放下书本，学会摆脱床铺的地心引力，到户外去，爬山、跑步、游泳、挥洒汗水，让身体带动思想，让筋骨带动精神。若想持之以恒，也需要坚韧的品质。

不过，在繁华的社会，在迷人的人生旅途，并非要做一个苦行僧，因而你要学会寻找属于自己的乐趣，全身心的放松，去品味和享受生活。

我们既要学会分享自己的成绩与快乐，也有学会消解前行路上遇到的苦楚，补充因此耗损的精气。所以，培养一种娱乐精神对每个生活在社会中的人都很重要。

虽然，我们每个人注定是不同的那一个，命运、性格、生活的轨迹都因人而异，但我们都能够找到属于自己的娱乐方式。可以是追剧，可以是唱歌,可以是写诗,可以是品茶,可以是一个人待在家里自娱自乐,也可以是和朋友一起小酌,可以谈一场恋爱,看一场电影,读一本好书,仰慕一个人。都可以。

其实娱乐的本质就是暂时放下工作和学习,放下对身体的磨砺,让自己处在一种放松、自如的状态。想办法在熙熙攘攘的社会中为自己寻找一份享乐的私密空间。

在这片私密的领域里,你可以放松乃至放纵,只要不有损于他人,灵魂与肉体都会安好。其实,娱乐也是身体的服务区和精神的加油站,都是为了更加有力和安全的前行。

给每个人辟出一份自留地

人们崇尚心底无私天地宽的境界。这个主要是从精神层面讲的，在物质世界里，至少要给自己留一箪食，一瓢饮。无私透顶，不符合常情；让人家裸捐，不符合常理，也不符合法理。法律是最讲究公平的。法律在维护群体利益的同时，也会尽可能关照每一个个体，不会轻易干涉私事。属于你的任凭你自己处置好了，别人最多只能眼红，却无权干涉。或者说，法律是要给予每个人一定的活动空间，并给予你私密空间一定的庇护，以保证你的私人领地不被他人侵犯与干扰。这个为法律之光普照的私密空间就是每个人的自留地。

从心理角度看，每个人心底总有不愿意公开、不愿意与人分享的东西；从身体角度说，每个人也有一定的身体禁忌，不愿轻易让人触碰。正因为有了这份隐私，人才显得神秘和高贵，从而才会拥有尊严。法律也是最讲人性的。哪怕是刑法，也会驻足人性，在充分判断行为人是否具有期待可能性之后才决定是否对其进行刑罚处置。同时，刑法也会给嫌疑人、被告人乃至罪犯留下一份属于他自己的空间。当刑事审判遇到隐私的时候，还会主动支起帷幕，以防止他人偷窥和评头论足。

有属于自己的自留地真好！记得少年时代，老家西面的田地里有三分自留地。母亲总是把自留地打理得井井有条，按照季节更替和自己的喜好，种上辣椒、茄子、西红柿等蔬菜，有时打上棉垄，中间点上花生，有时玉米地里还套种南瓜，冬季则栽上白菜，种上胡萝卜等。不上学的时候，我会自觉到自留地里去帮忙，干活也特别起劲，挑水浇粪，精心伺弄各种菜蔬，总觉得这是自己家的。因为用心，所以收成也好，基本补贴了家里衣食住行之用。最重要的，是这里干好了就是你自己的，没人觊觎。农民们把土地视为命根子，特别对自留地伺候得最为周到。

家里的人畜粪便都泼在自留地里。据说有人撒尿不小心尿错了地方，赶紧团个泥丸扔在自家地里。肥水不流外人田，最初指的大概就是这个意思。

对个人而言，能够在繁杂的社会里，在劳碌之后，能够拥有自己的安乐小窝，该有多好！把自己关在这个清净的小空间里，什么都可以去想，什么也可以都不想，让心灵放松下来并且有所依靠。这个属于自己的小地方，有时，它可以疗伤，有时，它又是梦想起航的地方。而此时，法律的最大功能就是要保障群体中的每一个人能够拥有这一方空间，并且静静地守候在门前，以防止其他人侵扰这里的安宁。

称呼真的如此重要吗？

父母给孩子命名，总是煞费苦心，甚至闹到求神问佛的地步。还有的因为要给孩子取一个有文化有内涵的名字而不得，居然和户籍登记部门打上了官司，在全国范围内引得轰轰烈烈，沸沸扬扬。

想起当年读博期间，曾和室友一起埋怨自己名字太普通，以致入不了编辑大人的法眼，影响了学术之路。我们一致认为，某些君之所以文章发得快、发得多，端赖于其名字起得高端大气上档次。特别是四字以上的名字，如欧阳某某、诸葛云云等，首先就能夺取编辑的眼球，所谓人未到笑先闻。

后来，我和室友竟然谋划如何给自己更名换姓。尤其如我辈姓名两字且猥琐的，哪怕中间加上"小"、"大"或"老"字，如室友"某涛"，改为"某巨涛"（多年后，发现，某涛名字未改，但在学界早已风声鹤唳，大有成一方大家之势）；师弟"某健"也来凑热闹，自谦改为"某小健"（又与贱同音，结合时兴小品中人物，觉得颇为滑稽）；本尊张训就托大（只因年龄最大之故）称张老训（咦，这一改，蛮符合老婆大人对我"老且丑"的一贯评价），虽有失风雅，至少也能因别致而取胜。

其他领域，想来也有如此怨天尤人之辈。殊不知，历数各行各业成功人士，就会发现，马云、姚明、李娜、范伟等名字稀松平常者多了去了。这称呼和成功之间到底有多少关联呢？

但如何称呼似乎又真是一门学问。比如群众之于官员，称呼副职，很少有人直呼某副主任，副校长，副院长，副县长，副市长等。坊间流传一则趣事，某机关正主任姓付，副主任姓郑，弄得下属不知如何措辞。关于官场的称呼，有人专门写过相关论述，有兴趣的不妨拿来一读。不仅称呼，就连席位、座次安排也要讲究。倘若盘算不周，定有人为此暗自神伤，说不准还会出现拂袖而去的场景。我就亲见到一些因为合影时站错位置而闹不愉快的场景。

　　学者们无论著书立说时列附作者说明，还是挂上单位网站或者出席某些场合供人参酌，需要制作简介时，也很难做到真正自谦。譬如，某君本发表三五九等诸多文章，但简介中只列权威期刊，末等杂志已然隐去。(本人又何尝不是如斯呢?!)就是配图也多找学术会议、书房内、期刊柜边、图书馆前等斯文场景，倘若有出国游学经历，一定弄个所在地最有名学府之地标建筑作为背景的风雅之作，很少有把怡情山水的写意之照配上去的。

　　机关单位亦为称呼之事费尽周章。以高校为例。称学院的谋求更名为大学，已叫大学的想换个更响亮的名字。一些中专学校升格而成的工业职业技术学院没法再更名，就偷工减料结合所处城市名称，简称为某工院，比如地处徐州就自称徐工院。对内则称呼其院长为校长。二级单位也纷纷效仿，改系为学院，以前的系主任纷纷"升格为"院长。一些学校之二级学院党总支书记也不时偷梁换柱地使用党委书记称号。

　　其实，就高等学校而言，称呼岂能成为立校之本。正如梅贻琦所言，所谓大学者，非谓有大楼之谓也，有大师之谓也。美国麻省理工学院虽未贵为"大学"，但难阻各地贤达汇集于此，世界优等学子亦趋之若鹜。各二级单位亦未必非要升格为学院才叫气派，北京大学哲学系称呼一以贯之，也未见其魅力减损。

　　恰如法国大文豪雨果所说，假如没有内在的美，任何外貌的美都是不完备的。

当人们不再看好你

"当人们不再看好你"有时甚至比"当人们一直看衰你"更让人难堪、难受、难熬,因为你一直都表现卓越,所以人们一直看好你,并憧憬你能有更优异的表现,只是,基于各种原因,你最近似乎正在走下坡路,风光不再,于是,人们开始以犹疑的眼光看你,开始怀疑甚至质疑,你还行吗?如果情况继续恶化,你的处境会更糟,有可能面临墙倒众人推的险境。

有"闪电"之称的短跑界巨人牙买加人博尔特曾经面临这种处境。参加 2015 年在北京鸟巢举办的田径世界锦标赛时,博尔特状态堪忧,一年内百米最好的成绩不过是 9 秒 87,200 米最好成绩也就 20 秒 13,与美国老将加特林相比,不可同日而语,后者一年内百米 4 次跑进 9 秒 80 大关,最好成绩更是达到惊人的 9 秒 74,200 米也跑到 19 秒 57,这都是世界年度最好成绩。要命的是,北京世锦赛百米预赛、半决赛,加特林在"收着跑"的情况下还分别跑出 9 秒 83 和 9 秒 77 的优异成绩,而博尔特只是两个 9 秒 96,特别是半决赛甚至被中国飞人苏炳添压制,凭借最后阶段的努力冲刺,才勉强过关。在预赛跑出 9 秒 96,或许人们仍然沉浸在博尔特保留实力的猜测中,但是从半决赛来看,这次博尔特真的是"放开跑"了。于是,在谁才是百米之王的终极较量中,人们几乎一边倒地看好加特林,那个曾经的来自星星的博尔特在 2008 北京奥运会之后,七年来首次成为如此被看衰的人。

2015 年 8 月 23 日晚上 9 点 10 分,百米飞人大战一触即发。这个世界上跑的最快的九个人都站在了同一起跑线上,谁会是那个最快的人?博尔特一如既往地站在起跑器前,与复赛和半决赛的冷静相比,他又开始对着镜头"耍宝",但是在人们看来,这一举动似乎成了掩饰其内心极度紧张的布幔。而跑道的另一侧,加特林眼神坚毅,透露出必胜的信念。对他而言,在博尔特统治短跑世界七年来,这或许是打破垄断最好的一次机会。

博尔特还行吗?人们拭目以待。当发令枪响,所有的人像出膛的子弹一样飞了出去。博尔特没有起跑优势,加特林冲在前面,但是转瞬之间,博尔特凭借后程强大的冲刺能力,在最后时刻秒杀了所有的人,加特林甚至在过线时脚步踉跄了一下,可以想象他的心情有多糟。或许,他太想赢下这次巅峰对决。我们在为这名悲情老将惋惜的同时,不得不将目光再次聚焦在博尔特身上。

博尔特身披国旗,绕场向观众致谢,他或许真的不再是几年前的那个如日中天、傲视群雄的闪电博尔特,不过今晚他的确又成了那个最快的人!尽管成绩只是 9 秒 79,与其创造的世界纪录 9 秒 58 还有差距,但是这些都已经变得不重要,重要的是,他赢了所有人,包括他自己。

可以肯定的是,博尔特早晚有一天会被打败(或者他选择急流勇退),因为没有人可以战胜时间,但是这次他战胜了自己。这次艰难的胜利带给我们的启示就是,谢谢那些看轻你的人,但是自己永远不要看轻自己,相信自己,你一定行。

几天后,博尔特在 200 米决赛中,又以 19 秒 55 的优异表现,赢得最终胜利,收获个人的第十块世锦赛金牌,成为历史第一人。这一次,他赢得相对轻松,冲刺时又回到其巅峰时期的"收放自如",很显然,他又重新赢回自信,而他的竞争对手加特林似乎还没有从百米失利的阴影中走出来,比赛还未开始或许就输掉了锐气。这就是从危难之中走出来带给人的震撼力量!

之后,在 2016 年 8 月的巴西里约奥运会,博尔特续写着神话,完成了奥运三个项目三连冠的惊天之举,这是一项震古烁今的伟业。但是,请看看博尔特赛后亮出的伤痕累累的脚掌,没有人能随随便便成功,哪怕是来自星星的你。当然,2017 年 8 月,博尔特在伦敦碗悲情地结束了职业生涯。当他在 4×100 接力赛中痛苦倒地的那一刻,或许博尔特从神界到凡间,但他仍然值得我们铭记。何况,不完美的竞技生涯才是真实的体育生涯,有缺憾的人生才是真实的人生。祝福他单纯和快乐地享受生活,回忆他曾经带给人们的激情与喜悦。

较之于博尔特，儒雅的网球巨星费德勒更加令人崇敬。在陷入长达五年的大满贯冠军荒，尤其是在 2016 年温网半决赛被年轻的拉奥尼奇打得满地找牙的时候，人们很难相信这个被昵称为"奶牛"的家伙会东山再起。但是，属于费德勒绝地反击的 2017 年到来了，从年初澳网决赛击败同样重返第二春的另外一个以坚毅著称的网球巨星纳达尔，到年中温网不失一盘第八次夺冠，也捧起了自己的第十九个大满贯奖杯，再到上海大师赛击败同样返老还童的纳达尔，收获个人年度第六个冠军，接近三十六岁的高龄创造了多项前无古人的记录，成为有史以来最伟大的男子网球运动员。这就是费德勒，从不被看好，到创造自己都难以相信的奇迹。相信属于费德勒的时代还远未结束，他还会创造更多的体坛奇迹。我们拭目以待！

谁才是时代的奴隶？

经常有人把时代挂在嘴边。什么石器时代、青铜时代、信息时代、网络时代、重金属时代，如此等等，不一而足。

仿佛不谈时代就不博学，不谈时代就跟不上时代。而且一谈起时代来，就有一种莫名的优越感。在同辈人面前，我是权威；跟过去人相比，我是文明人。

特别一提及历史上的风云人物的缺憾或者不足时，总是一相情愿地、满怀忧思地评价："都是时代的拘囿呀。"俨然若睿智的长者在宽容、安慰犯错的孩子，一副空泛的超现实主义的虚假面孔。时代不是不能提，关键以如何的心态去面对。

事实上，逝去的时代中又诞生了何其多的哲人、科学家、政治家。即便你和他们身处同一个时代，站在他们面前，你也会感受到他们的卓尔不凡以至于自惭形秽。就如你站在乔丹面前，他还是篮球之神一样的存在。

就人类整体而言，历史当中也有值得人类永远铭记的时代。在人类历史的长河里，过去的时代并没有逝去，因为他们为子孙们构筑的坚实的堤坝还在，他们以人类特有的大无畏精神探索世界、改造世界积淀还在。

所以，当我们望着他们的身影，没有理由也没有资格摇头晃脑地哀叹他们的不足，因为没有他们的馈赠，不可能有人类文明的延续。

自以为站在时代的高度，对时代品头论足，无异于顾影自怜，空自嗟叹。

女儿的选票

女儿上四年级的一天，放学时跟我说，班级要选好儿童了，这次她想投自己一票。我看了她一眼说，老爸支持你。但几天后，女儿告诉我，还是差了两票没选上。我安慰她，你在老爸眼中一直都是好儿童。

对于这些孩子，"好儿童"的称号或许是他们心中的梦想，是至上荣誉，所以每次选举，女儿都会跟我说说情况，她给谁投了票，谁给她投了票，谁谁谁入选了等等。总结下来，在前三个年级，她几乎都是把选票投给了同桌和玩得较好的朋友，而成绩和品性似乎倒在其次。其他同学选票的流向也大致如此，因此，如女儿等住在校外，平时很少和班上其他同学在课外接触的学生，就很难得到足够选票。不过在四年级的选举中，情形发生了些许微妙变化，据女儿的描述，给自己投票的人多了起来，而且还有拉选票现象出现。有个男生公然给自己喜欢的女生拉票，许诺的条件是每人一颗棒棒糖。我听后不禁笑出声来，不过，沉下心来一想，又不免唏嘘。

其实老师让小学生自己选举好儿童，说得好听是尊重民意，但其实何尝不是无奈之举。因为他们可能顾及的是孩子们背后更为复杂的大人世界。尤其像我女儿所在的班级，百分之八十的孩子都是同一个单位的，家长们都相互熟悉，老师也知根知底，荣誉给谁不给谁都是个问题。所以干脆交给孩子采取多数决的方式决定，以此堵住大人们的嘴巴。不过，孩子固然单纯，但毕竟受情感拘囿，无法认识选票的意义，也不会权衡选票的周延性，几乎每一张选票里都带有人情取向，所以每年都有品学兼优但不善交往的学生无法入选好儿童。

由这件事情，我突然又想起麦迪逊那句经典名言："即使所有的雅典公民都是苏格拉底,每次雅典会议的成员依然会是一群暴徒。"当然这句话用在这里似乎并不合适,这毕竟是一群孩子,不过我的困惑是,为何在孩子的世界里总抹不去大人们的影子。

成就无法代表人格魅力

在某一领域,并非成就越高,就越有人格魅力。虽然某人周遭可能从者如云,但或许那只是一时景象,而且说不定跟随者是在垂涎其手中权势和资源,只是为多分一杯羹而已。

据说秦桧乃宋朝的状元,学识渊博,更写的一手好字,是宋体字的创始人,可其人品怎样,相信各位到岳王庙逛一逛,看看跪在那里遭人们唾弃的秦桧夫妇铁像,就都一目了然了。

明朝的严嵩,不仅文章写得好,也是书法大家,山海关上"天下第一关"那几个字即出自其手。但问题是,为何落款处舍去其名?相信大家都清楚,字是好字,不收在此对不起这字,人是奸人,不除此人对不起观众。

当然,如今社会中时常发生的铲除某人题字的做法可能基于各个方面的考量,但无论如何,这些艺术造诣或者文艺做派绝不能用来做幌子,遮蔽其内心的肮脏和丑陋行径。所以,文如其人、字如其人的说法也许要打一些折扣。

在纯粹的体育娱乐、竞技层面,高俅蹴鞠技艺可谓精妙绝伦,也算是个超级体育明星,放在今天,就如同足球界之梅西、篮球界之勒布朗、网球界之费德勒,自然拥趸无数。可是其肮脏的心灵和卑劣的行径实在令人不敢恭维,就连其周遭的趋炎附势之辈也和其同属一丘之貉,狼狈为奸,作恶乡里。

所以,球踢得好并不代表人品就一定好,戏演得好,人也不一定是好人。不少戏中的谦谦君子,在现实中可能是个暴戾、反复无常之徒;不少戏中的好男人,生活中可能吸毒、嫖妓五毒俱全。

这些人若只是一般"土豪",只为自己逍遥自在,危害尚可控制。怕就怕,倘一些掌有资源、握有权势的"大咖"人品有了问题,那将成为莫大祸害。事实上,我们时不时会看到在各个领域一些功成名就的"大佬"居功自傲、排挤异己、打压后学、制造潜规则、利用潜规则的丑闻曝光。

由此,"演而优则仕"、"技而优则仕"、"学而优则仕"的模式就如同高俅的发迹模式一样同样值得担忧和警惕。

刊物的态度

不管是为了兴趣，还是为了职称晋级等需要，学术文章投稿就得和学术刊物打交道。不过在当下，因"狼多肉少"加之部分刊物被人为操控，导致学术刊物成为一种稀缺资源。当然经常被约稿的"大家"或者因为发稿较多而混成"脸熟者"自然少去了这方面的困惑，"非知名人士"之投稿往往成为令人头疼的事情。此处仅以本人投稿所经历的刊物的态度略述一二。

学术稿件的投递者大抵明白，当下早已不再是只要投出去就会得到回应的天真年代。因此，投稿者不仅需要提高稿件的质量，即便在形式上也要做足功课，要琢磨刊物的风格和喜好，连编辑大人的工作也代为效劳，投递时已然按照该刊物的格式进行排版，咋一看，像是已经发表出来。我见过一位学友曾经为纸质版的装订和信封的布局而煞费苦心，如钉针钉在三分之一处还是四分之一处，信封上字体大小、颜色如何选取等等。有一天，他居然得出一个结论，是因为自己投稿信封上字写得好，才得以中稿。从此，此君开始埋头苦练自己的书法。

不过，很快，电子在线投稿时代降临，据我所知，除了绝少几家坚持纸质版投递外，绝大多数的刊物都开设了网络投稿系统，再不济也公布了电子邮箱。此举的确给投递节省了经费，也为一稿多投提供了路径。殊不知，也同时为作者带来了隐患。正如某编辑所言，电子投稿系统可以明确查知该篇文章的去向，也就是说你的文章究竟投了几家，编辑可以很轻易追踪到。一次，本人的一篇多投的文章先期被一家刊物通知录用，不想，没过几日，另一家刊物也通知录用。我自知理亏，主动和编辑联系，意图以文章不成熟需要再次加工为由蒙混过关，不想编辑大人十分较真，一针见血地指出，不要在此撒谎，我可以很轻松地查到你这篇文章现在在哪,而且可以敦促这家刊物撤除你的稿件。听到此言,吓得我汗毛孔都立起来了。想想我等小民能有一篇文章被录用实属不易,只能赶紧赔礼道歉,还怕不能了事,从此茶饭不思,一直纠结到文章出刊。但也就此上了这家杂志的黑名单,混了一个悲情的"脸熟者"。

其实,一稿多投固然有错,让编辑劳心费力,有的还需支付外审费用,不过,一稿多投乃"非知名人士"投稿人共性,基于"非知名人士"投稿出去几乎等于石沉大海的规律性,投稿人只能四处撒网以求被目标捕获。据悉,一位投稿者曾经大发狠劲,一篇文章打印八十多份,分投各家杂志,倒是为邮政部门作出不凡贡献。但不管怎样,对我而言,此后投递稿件时总归要小心翼翼起来,不敢再四处撒网,而是中规中矩等够期限,再寻下家。结局自然大都是一篇文章往往要经年有余才能见刊,有的则因为过了时效而永远"待字闺中"。这种做法又被一位稍微熟悉的编辑点醒,但凡投递一个月有余的稿件,就不要痴痴傻等了。

果不其然,在这漫长的等待中,你得到的回复多是冰冷的。兹撷取一部分刊物对稿件的回应,实录于此,与同是天涯投稿人共勉。

几年前,见到同事在某杂志刊发大作,正好手头有一篇相似风格的文章,尝试投递,不想都过了三年,该文早已在其他杂志刊出,它还孤零零地悬挂在这家期刊投稿系统中,一直处于"初审"状态。又一日,和该同事诉苦,他才说起其刊发的文章是别人推荐上去的。唉,真是自讨没趣!

这还算是有些进展的,有的杂志空设网络投稿平台,但却明修栈道暗度陈仓,因而无论何时打开,你的稿件总是处于"新到稿件"状态,没人搭理你,弄得你很无趣。但是有人搭理,文章却永远处在某一状态静止不前,也让人恼火。给一家杂志投稿,很快就出现"初审通过,送外审"字样,心中不免窃喜,也为编辑大人工作效率之高点赞。但是,每每点开链接,这一画面却如被风干一般,定格在同一状态,好似画好了一个饼,让饥饿者眼巴巴地看着。后来,再次给其尝试投递另文,系统又反应神速,结局却如出一辙。这才明白过来,原来是马三立先生的相声段子——逗你玩!最恼火的是,有的刊物在初审、外审、退修等环节进展比较神速,以至于你按照其要求提交完修改稿就陷入坐等录用通知的春秋美梦之中,何曾想,这一等就是望眼欲穿,海枯石烂,多则经年,少则几个月,只等到你实在坐不住,打电话过去询问编辑时,编辑一边含混其词说问问主编之际,你立马就会听到邮箱倏忽一响,点开之后,回复的是你最不愿意看到的两个字——退稿。如此神速,让你连懊恼的时间都没有。

有一部分刊物承诺每稿必复,但我等人士收到的答复多为统一设定的固定格式,千篇一律,省时省事。从这些答复的文字表述中,人们对刊物的态度可窥知一二。有的刊物回复寥寥几字,"不用",或者更学术化一些,"不予刊用"、"不予录用",干净利索,但也透露出一丝丝逼人之寒气。有的刊物态度还算委婉,"贵文不符合我刊风格,请另投他刊"或者"近期本栏目来稿过于集中,请另投它刊",但也如同你心仪已久的女子对你的表白婉转吐出"还君明珠双泪垂,恨不相逢未嫁时",让你快乐并痛着。有的刊物不和你搞这些暧昧,直接以"达不到我刊水平,另投他刊"示人,态度高冷,弄得你很自觉,以后不敢再打其主意、动其心思,倒也长痛不如短痛。有的刊物则直接在电子回复系统中昭告"非博士或副高以上免投",不禁让一部分人悲从中来,脸皮薄一点的,几欲自寻了断。

稿件投得多了,难免和编辑大人们电话或者信件交流。每每都胆战心惊,如同在刀锋上行走,生怕说错一句话。因一言获罪太不合算。这些交流,有些是因为你要撤稿的,如上文示例,结局往往被浇上一头冷冷的冰雨。但也有编辑大人通情达理,知道作者的不易,表示谅解。对于通知录用稿件的,编辑大人的态度温婉得多,并有时在言末致词,欢迎再赐大作。想想自己的文字竟被称为"大作",顿时有种如沐春风的感觉,若在幻境,不免增添了投稿的信念。于我而言,不管怎样,选择学术,就注定要在投稿之路上不屈不挠地走下去。

科比现象

关心篮球运动的人都知道，2015—2016赛季，科比·布莱恩特是作为NBA江湖中最后一个大佬的姿态出现。这一年是征战NBA长达二十年的科比行将退役之年。中国还有一句古话，人之将死其言也善。或许有这么一层缘由，难得一见的场景是，习惯于居高自傲的科比有时居然放下身段与身边的人乃至多年的对手相拥话别，自然，此情此景也引发拥趸们无限的爱怜与不舍，就连对手也表现出宽容与大度。甚至，科比每到一处，球迷们都将其当作科比的最后一战，于是客场也成了主场，科比在任何一家篮球馆都享受着主场待遇。

而在湖人队内，科比更是集万千宠爱于一身，虽其已垂垂老矣，但却仍然能够我行我素。无论其如何疯狂打铁，无论其怎么独立特行，但都能换来球迷的原谅，甚至得到球队老板、教练和队友的谅解。球队可以因此战绩糟糕，可以有失当年湖人王朝的颜面，队友可以没有出手空间，队内新人可以失去锻炼和提升空间，球队可以因此无法构建新体系。但是，所有人都明白，科比是唯一的，一旦失去将不复得。因此，只要科比在，任何人都休想遏制其投篮，因为只有他无拘无束的出手，就能够让他快乐，而只要科比快乐了，大家就快乐了。

这就是所谓的科比现象，也是体育领域中的英雄情结，唯我独尊，也受他人尊崇。或许有人诟病科比的孤傲、固执以及对队友的颐指气使，但反过来想想，在NBA，乃至整个体育界，谁不是从一无是处起步，纵使你天赋异禀、才华横溢，也需要从给队内大哥拎包提鞋开始。当年的科比也曾经历过。这既是一种江湖规矩，对于个体而言，这又是一条获得经验传承的必由之路。不经历风雨如何见彩虹！科比的训斥乃至谩骂对于年轻的队友而言，又何尝不是一笔财富呢？再则，如科比者在某一领域打拼数十载,几乎凭一己之力建立起一个王朝,即将荣退之际,还要苛责他什么呢?对于此等功勋老臣,就让他快乐享受所剩无几的时光吧。

让体育回归纯粹

有人认为,体育起源于战争与军事。但我更愿意相信,体育起源于人类劳动,是人类在奔跑、跳跃、投掷、攀爬、游泳的劳动实践中学会了嬉戏与竞技。体育战争起源说凸显了体育的政治色调,而体育劳动起源说则显示了体育的纯粹性。让体育回到原点首先是一种理念和信仰的宣扬,不管体育项目是优雅的还是激烈的,它都应该成为人们纯粹的精神愉悦。不可否认,在某些特定时代,体育或许可以为政治作出必要的贡献乃至牺牲,也可以成为经济发展的助推器,但是它不应当消弭或者舍弃体育原本的特质。为此,体育不能深陷政治泥淖,更要远离经济漩涡,修炼一种风清气正的无华品质。

如此,至少需要做到以下三点:

第一,让体育跳出政治泥淖。一个不争的事实是,即便在和平年代,体育领地亦经常可以看到政治的身影。一如顾拜旦所言:"所有的问题都已经跟政治有着密切的联系。"小到赛场上的种族、国别歧视,大到一国运用政治手腕试图玩转体育。在许多体育犯罪中也能寻找到政治的蛛丝马迹,比如在一些重大国际赛事中频繁出现的政治标语、冷战时期两个阵营拒绝参加对方举办的奥运会等等。一旦当体育沾染政治色调乃至成为政治的傀儡,那么,体育文化、体育精神以及体育魅力必然大打折扣。国际足联一直以来广招非议,不仅仅因其内部存在腐败行为,还因为这种腐败行为往往与政治有着千丝万缕的勾连。为此,排斥政治因素几乎成为善良体育人的共同情结。

至于如何划清体育与政治的界限或者将体育从政治的窠臼中剥离出来,我认为,除了要喊出政治的归政治、体育的归体育的时代话语之外,具体而言,不仅要设法割除各种重要运动项目协会与政治官员之间的纠葛,还要在体育赛事、体育协会、体育社团、体育部门等各个环节切割政治势力。

第二,让体育远离经济漩涡。经济社会中,体育不可能完全褪去经济的烙印。事实上,经济也的确为体育的繁荣做出贡献。甚至,某些竞技运动就是"烧钱"运动,没有大量的资金投入就不可能产生 F1 这项运动。

对于运动员而言,没有丰厚的奖金刺激和巨额的训练经费支撑,或许无法打造诸如乔丹、梅西和李娜这些体育明星。但是,金钱显然无法造就一切。以经济对某项竞技体育成绩的促进和最终效果来看,经济的投入和成绩并非一定成正比。中国男子足球较早地走上职业化道路,一些国内大牌球员的收入亦堪比富豪,但其竞技水平和国际竞争力不过尔尔。反观中国女子足球,据说有的国家队队员不过拿着几千元的月薪,但其照样能闯进 2015 年世界杯 8 强,并且在 8 进 4 的比赛中能和美国队掰掰手腕,为国人传递了正能量。

在商品经济年代,人们极容易受商业异化的冲击和拜金主义的蛊惑,稍有不慎,体育领域就会沾染金属色,体育明星也会沾上铜臭味。一旦与金钱挂钩,体育必然变味。甚至,若以经济利益为重心,不仅有损体育正义,还可能搬起石头砸自己的脚。例如,在 NBA 主客场 7 场 4 胜制的季后赛中,某队在 3∶1 领先的大好形势下,如果考虑回到主场赢得球票收入而客场先"放水"输一场球,不料最终 3∶4 输了整个系列赛,岂不成为笑柄!

第三,培养健康的体育文化观。体育并非简单的运动或者竞技,它从古至今积淀了深厚的文化根基。即便是带有暴力性质的体育运动也显露出人类追求一种狞厉之美的文化历程。例如,以武术为主要形式的中国传统体育深受儒家文化侵染。中国武术向来主张"尚德不尚力",众多的拳谱家法开章明义皆是阐明武德,强调"武以观德"。而且,武术还在特定时代彰显出其爱国主义情操和民族责任大义。

现代奥利匹克精神又何尝不强调公平竞争、和平友谊的体育文化主旨?体育的魅力不仅仅靠体育运动员健硕的肌肉,也不能依赖于少数体育明星所营造的英雄主义情结,更不能靠功利催生的体育成绩博得人心。倘若如此,体育文化将不可避免地呈现功利化、娱乐化乃至低俗化趋势。

不容否认的是，事实上，古代中国的投壶、古罗马的角斗所残留的世俗之风在今天许多体育运动项目中仍然残存，而体育商业化所衍生的假、毒之风也侵蚀着体育健康肌体。为此，需要摒弃功利主义思想，杜绝体育文化的媚俗心态，努力营造一种健康向上的体育文化氛围，积聚体育正气，特别培养中国体育文化自信，让中国体育拥有健康的机体、正义的力量、阳光的形象、奋斗的身姿、民族的情怀，如此才能正本清源，让体育回到本真意义上。

我为何钟爱体育？

我幼时体弱多病，是个病秧子，几乎因此殒命。稍大一点，和小伙伴摔跤打架从未占过上风。读书期间，因为自卑和胆小，除了必须的体育考试，几乎没有实践过任何一项体育运动和技能。成年后，虽非医院常客，但也谈不上身强体壮，即便体重日增，却多为肥膘和赘肉，所以外强中干。虽然终日坚持跑步锻炼，也多为龟速慢行，稍一用力就会气喘如牛。

以此来看，我本该与体育绝缘。但是，鬼使神差，我竟然爱上了体育，虽不至于成为体育狂热分子，却也热衷于观看体育比赛。从田径、到球类，甚至斯诺克、高尔夫，只要是体育竞赛，我都在关注。对于许多体育项目中的明星和运动员我几乎都耳熟能详，知悉诸种体育比赛的规则。虽然，我到现场感受竞赛的机会少，但是从若干年前的电波，到今天的电视，几乎我的前半生都在体育节目中度过。哪天不浏览体育新闻，我就会寝食难安。

开始，这种对体育的喜爱还只是停留在自娱自乐和与别人的闲谈之中，到后来居然和自己的专业挂钩，将这种喜好与热情引入到学术研究中来了。于是，近几年我在体育类核心杂志上发表了系列论文，并且围绕体育领域犯罪问题完成了博士后研究工作。即使是科班出身的体育学者能取得这样的研究成绩，也值得庆祝了。这些又成了我钟爱体育的有力佐证。

我究竟为何如此钟爱体育啊？我想正因为我身体孱弱，所以幻化出竞技的精神。又或许，体育的精神已经植入我的骨子里，并生发出一种体育英雄主义情怀。人或许就是这么奇妙，当体育大门在你身体上关闭的时候，可又在你的精神上开一扇窗口。

我喜欢 F1，它能带给人速度与激情；我喜欢拳击与格斗，它带给人以力量与震撼；我喜欢马拉松，它教会人坚毅与顽强；我喜欢棋类比赛，它让你领略博弈的睿智与风采；我喜欢体操与舞蹈，它能展现人类的身体之美。

　　我喜欢体育，还因为体育教会我在逆境中不抛弃、不放弃。发生在体育比赛中的一次次惊天逆转，一次次被看衰却绝地反击，一次次的哀兵必胜，都向世人展现体育无穷的魅力。

　　尽管商业化和市场化令体育不可避免地沾染了些许铜臭味，体育领域也滋生出形态各异的越轨行为，但瑕不掩瑜，在我眼里，体育永远是纯净与美好的。这一生，有体育为伴，真好。

论让座

观新闻视频看到一则让座又抢回的事件。据称,让座者因为没有得到一句"谢谢",遂义愤填膺,大声呵斥对方,被让座者乃一孕妇,灰溜溜从座位上站起,依柱而立,木讷不言,一脸的无辜与羞愧,像是做错事情的邻家小孩,任其批驳。视频乃经后期加工制作,配上画外解说,图文并茂,似有调侃之意,不仅让人唏嘘。

说声谢谢真的很难吗?或者反过来,付出就一定要索取回报吗?况且,一般公交车、地铁等座位乃公共用品,除去老弱病残专座,其他座位本着先占先得原则,但既然经让座者与受让人双方合意,座位已然易主,哪有再强行夺回之理?让座本属君子之范,强行夺回所假借痞匪手段不仅毁了之前的榜样形象,还坏了自家风度。

早在几千年前,孔老夫子就教诲人们要温良恭俭让。谦谦之风一直是吾中华礼仪之邦的精神写照。君不见,孔融四岁即能让梨。只可惜,再牢不可破的传统根基也经不起小人的反复撺掇,时至今日,礼让似乎不仅要吃眼前亏,还可能被人讥笑。报道称,一初中学生给某老人家让座,就被认为是轻视其年老而遭到辱骂。

这当然属另一码事,在"让"与"不让"还在半推半就之间,"争"与"抢"早已先下手为强,占领制高点。一时间,仿佛分利必争已经成为一种时尚。公共财物自不必说,能用就用,不用白不用。自家地皮,更是寸土不让,誓死捍卫,亦由此才上演了一幕又一幕强拆与抗拆之历史大剧。"让他三尺又何妨"的三尺巷故事早已成为历史烟云,管他见与不见秦始皇,先见到真金白银再说。殊不知,就为争一步之地的较劲,可能招致不可控制的、山崩地裂般的踩踏事件,也顺手给自己带来灭顶之灾。

窃以为，私密地方，只要不干伤天害理的勾当，各人尽可放浪形骸。但在公共场所，则需收敛一二，以示吾等乃文明人士。

公共交通工具尤其成为打量现代人文明素养的窗口。或许缘于座位与乘客之间比例的严重失衡，常常呈现在眼前的一幕是，乘客们遥见公交车逶迤而来，即摩拳擦掌，跃跃欲试，车子尚未停稳，人已争先恐后，上得车来，则纷纷施展鹰隼的眼力和兔子的身手抢占先机。老弱病残或故作斯文者只能一路举起手来。若在中途遇见有人起身让座则往往引人侧目。常见的景象是，一些身手敏捷的年轻人占得一席之地后或戴上耳麦假装睡觉或专心致志把玩手机，置身边老弱病残者于不顾。更让人惊诧的是，其中不少肌肉猛男居然还坐在老弱病残专座上。神态如此安然，可谓真正的大心脏矣。实践告知，倘若有不解风情者示意让座，轻者或遭白眼，重者或遭耳光，更甚者生命堪忧。当然，执意不让座也可能遭受凶悍抢座者的耳光伺候。

由"争"至"抢"已然升华到另一种境界。抢座者完全瞧不起那些既有杀敌之心又想顾忌形象的文雅之士的磨、靠、钻手法，而选择采用赤裸裸的挤、抗、叠等手段。尽管没有多少技术含量，却往往能一招毙敌或者出奇制胜。需要说明的是，叠字诀类似武术中的叠罗汉，就是争抢座位不成者直接一屁股坐在先抢到座位者大腿上。此举一出，往往制造意想不到的神妙之境。倘若前者为一女士，后者为一大爷，对当事人而言，究竟是一种负担，还是一种享受，就为未可知了。

在高校校园里坐电梯也往往遇到类似情形，特别是在人员相对集中的教学区，不少人高马大的学生上二楼都要死等电梯，那份韧劲令观者动容。如果遇到上下课时分，稍微年长一些的老师是断不敢有乘坐电梯之念的。主要是害怕学生的一波流，不是被裹挟着往里走，而总是被巧妙地挤出门外，有时还会卡在门边，进退维艰，不认识你的学生自不会怜香惜玉，授过课的学生也未必替你遮风避雨，吾等老胳膊老腿哪能招架得住？其实这归咎于，一方面，我等人民教师哪能放得下身段？另一方面，你还真的抢不过这些毛头小子，且不说，拳怕少壮的古训验证，就现实情况来看，我等童年时代吞糠咽菜，这小身板哪比得上从出生就喝牛奶的一辈？

受冲击的不止身体，心理打击更大。遥想当年吾等对老师唯唯诺诺,再看眼前被学生扫地出门,颜面何在？还是不要去自寻其辱为好吧。顺带记起坊间流传的一件轶事,某著名法学教授冬日里上课,为学生掀起厚厚棉布门帘,以便学生鱼贯而入,但直到最后一个学生,也未见有人接过教授手中的门帘,直累得老教授手麻腰酸,目光呆滞。想想老教授英雄情结一点点被寒气蚕食的情境,令人唏嘘不已。

  这里只是就事论事,并非就此断言或者责怪现代大学生不懂得尊敬老师,或许他们有时只是不知道礼让的节奏和细节。自然,成大事者不必拘小节。不过,当礼让不再是一种信念,谦和不再融入血液,人人都试图以利相倾,那社会定然流荡一股乖戾之气。在争名逐利的过程中,人们难免失态,而且还可能因为名利场过于拥堵而致失序。在失序人流的巨大冲击力之下,再聪明的脑袋也只有俯首的分儿。看看眼下,有多少老虎苍蝇曾经为自己赢得无数财富与荣耀,却最终也为自己在最不想去的地方争得一席之地。

师生之殇

教师和学生是校园两大势力,其他群体皆围绕此中心而建立。但是到今天,师生两大群体似乎越来越疏离,即便是主要串联二者的课堂也渐渐演绎成一个歇脚的地方。很多教师不再热衷于教学,转而埋头于科研。教师对教学的懈怠必然导致备课不足,上课也自然浮皮潦草。学生面对这样的课堂当然是怨言丛生,有的不如干脆溜之大吉。不过,话说回来,即便是出彩的课堂,也会出现学生"神游"或者致力于自己事情的情形,老师在讲台上说得天花乱坠、自我陶醉,学生在底下各玩各的、自我沉醉。

谈谈我自己的感受,从教二十载,从中学到大学,自从手机网络普及以来,尤其是大学课堂"低头一族"成为流行群体。你会发现上着上着,学生开始哈欠连天,上着上着学生开始埋头于手机网络。在某种意义上,你的课堂是失败的。是备课不足,还是课讲得不够精彩?当你明白哈欠连天是因为他们睡眠严重不足,做低头族是因为网络太具魅惑。你的反思或者扪心自问都变得毫无意义。历来教学相长,但反过来,也会相互拖后腿。当师生在教与学上不再相互促进,反成其害,也意味着正常的师生关系走向尽头。至于,期末学生发给老师的求及格顺及问候的短信无论多么言之凿凿、情之切切,在我看来,反而因为携带功利性病毒而斩断了师生的最后一丝情分。

不过在正常的师生关系几乎降至冰点的时候,另外一种异化了的师生关系又悄然升温,成为砍剁师生关系的致命武器。你会在某个媒体上不经意间发现,似乎手中握有一定资源的教师正在与学生演绎着一出出人生悲喜剧。导师利用论文指导之机占学生的便宜,从事学生管理工作的教师利用毕业证发放色诱学生,如此等等不一而足。但凡有资源可以利用的教师们总是能在安排奖励、就业、发表论文等各种场合中勾勒出一种异样的师生关系。反过来，又何尝没有居心叵测、巧于心计的学生。在那起某省某高校学工处长与学生微信事件中，涉事学生不也是为了达到目的、处处布下陷阱，最终让那个色欲熏心的家伙栽了进去。

呜呼，师生情殇终将成为大势乎？当我骑车在校园的路上摔倒没有一个学生上前帮着扶车时，当我上完课就立马夹起皮包走路时，当我带过的学生在校园里遇见装作不认识时，当我指导的学生你不找他他绝不找你时，当我的学生毫无谦逊指令我为他修改毕业论文时，我几乎就要给师生情分盖棺定论。

不过，一次毕业晚宴的经历似乎又逆转了自己的成见。最近，应班级辅导员之邀参加一次学生的毕业聚餐，晚宴期间，那些熟悉的、不熟悉的学生纷纷向我们走来，端着酒杯，甚至有的泪眼婆娑，向我们倾诉衷肠，向我们表达感激和离别眷恋之情。说实话，那一刻我被融化了，我上台致辞把最美好的祝愿托付给他们，让他们做一个好人、做一个对社会有用的人，不要给母校抹黑，我们的学校和这里的老师随时敞开怀抱等着你们。此时，受制于此情此景，我陷入沉思，不管学生怎样，他们毕竟是你的学生。我要努力抓住维系师生情分的最后一根稻草。我所能做的就是认真对待每一堂课、每一个人。但愿学生也这么想，而不是应应景，流流泪，唏嘘寒暄之后，从此天涯两隔，老死不相往来！

手机打垮的一代

现代电讯技术降低了网络运行成本,最大受益者自然是运营商,而最大受害者莫过于在校学生。从小学生到大学生,手机之祸水几乎席卷所有的校园。特别是自以为长大成人的大学生,少了父母的监管,多了父母的经济支撑,加之有的高校校园和周边店铺实行网络全覆盖,使得手机上网成为从容的事情。

当下高校校园,"低头族"已经成为新常态。在校园里走过,你会见到各式"低头一族"缓缓飘过。本人有时候赶着上课,经常和"低头族"之间发生追尾和刮擦。到了课堂,则是另一番景象,除了因为熬夜太深急需补觉的"周公党",其他则齐刷刷将各式手机扣在怀中,低眉耸肩、手指轻滑,纵情于网络山水。老师固然在台上激情澎湃,亦只能自娱自乐,台下兀自暗香浮动"约"黄昏。

于是,课堂教学难以为继,课程作业亦尽显网络神韵,有的干脆就是赤裸裸地充当"度娘"的搬运工。期末考试,更是哀鸿遍野,血流成河。为了遏止这种颓势,教师们用尽浑身解数,校方领导也施加压力,要将学生注意力拉回课堂,提高学生课堂的抬头率,等等。

再于是,为提升自己课堂教学魅力,有的老师穿上龙袍来上课,以给学生穿越感和带入感。问题是,热闹能持续多久?有的在规制学生行为上大费周章,诸如设置手机收纳袋,呼吁校方上课期间关闭 wifi 等,"然并卵"!面对"时代洪流",终如螳臂挡车。最终结局,可想而知,不少学子入学时的考研梦,司法考试梦,公务员梦,甚至连学士梦,终成南柯一梦。

我在校园里遇见毕业之后已经成为校友,还不愿离去的"校漂一族",令人心动的不仅是其羞涩一笑,还有其渐行渐远、哀哀戚戚的背影。我驻足良久,不禁慨叹,早知今日何必当初呢!

不过,我仅仅立足于自己所在这一方校园,而失却了对不同层次学校的观察角度,视角不免促狭,观点也难免偏颇,权当发一些无用的感慨。

送鸡蛋的老人

在学校教工宿舍区略显破败的楼群里,一位乡下老人正四处踅摸,时而仰头张望,时而目光游离,一看就知道,他是在为"哪里才是去处"而犯愁。其实,这个"哪里"极容易推断成"孩子的家",凭的是那一篮子码得齐齐的晶莹剔透的土鸡蛋。试想,不是最亲的人,哪个乡下老人会舍得提着积攒多日的满蓝子的土鸡蛋去探亲访友?

但让我心悸的不仅仅是那些泛着银光的鸡蛋,还有老人额上一颗颗晶莹的汗珠。老人或许舍不得"打的"甚至"坐公交"而是选择一路走过来。最近的汽车站到这里也有五华里。老人显然疲倦了,他放下背上鼓鼓囊囊装满玉米或者花生的"蛇皮袋",找一棵粗壮的树木靠上,稍作喘息。不过,他始终没有放下鸡蛋篮子,只是换了下手。他知道这是个易碎品,所以需要特别的呵护,就像当年呵护他的孩子。当然,孩子现在长大了,早已飞走,不再是那个读书时飞去又飞回的候鸟,而成了将窝安在别处的留鸟。

老人继续努力搜寻这只鸟,一栋栋楼房、一扇扇窗户。相比于生活多年的乡下,这里对他而言显然是个陌生坏境,尽管他或许因为挂念子女或者别的事情来过几次,但从其欲进又止的神态推断,他来过的次数可以用一只手数过来。

他的子女呢,此刻或许就隐藏在这扇或者那扇窗子的背后,正在他的安乐窝里嬉闹着,在想方设法逗自己的孩子开心,全然想不到楼外的这位熟悉且陌生的老人。静谧的校园的确是个怡情养性的好所在。于是,你可以找"照顾孩子"、"指导学生"、"评聘职称"等诸多借口不回家看看,甚至连个电话都不打给老人,继续无视这个曾经熟悉并且依恋无比的温暖怀抱,让他慢慢冷却。直到有一天它真的彻底冷掉,变得硬邦邦，你才发出子欲养而亲不待的感慨。甚至以后的日子，只能哼唱着《时间都去哪儿了》，流着唏嘘的泪。

　　迷失在谋生的森严的建筑群中，渐渐陌生的子女。他们不仅远离父母，在鸟语花香的校园里过着安逸的生活，还找各种托词常年不回家探亲，让老人独守空巢。于是，那个你曾经费尽心血的子女渐渐与你有了隔阂，逐渐生疏，成了熟悉的陌生人，遇到事情还不如邻里乡亲随叫随到。但是，无论怎样，子女一直都住在他们的心里。他们时刻惦念他，为他细心积攒鸡蛋、麻油甚至米面。

　　我回到现实，再次打量眼前这位老人。他穿着还算得体，挎着一个电脑包，估计是子女废弃在老家的。谁知道他脚上这双半旧皮鞋是不是子女们留下的呢？

　　我问他，您来时没有给孩子打电话吗？他说怕打扰孩子没打。我猜想，或许他家里压根就没有电话，也没有打电话的习惯，更有可能根本就不知道孩子的联系方式。我问他孩子姓名，答曰，只知道小名（乳名），不知道大名。这样的话，我也就省心不再询问哪个院系的了，因为这对他来说就是天书。我只能在心里祈祷和呼唤，这是谁家的老人，请出来看看吧。这一刻，我想起了母亲的手擀面，想着想着，眼眶湿了。

小菜园大世界

我在我家阁楼阳台空地上经营着一方小小的菜园,供我闲暇时侍弄,倒也平添了不少情趣。

菜园的土是我伺机从工地里、池塘边、山坡上、松树下等各方偷运而来,因此有黄、紫、褐、黑、红等五色(该行为有盗窃之嫌,且以种菜人窃土不为偷也聊以慰藉吧)。借助于围墙和砖块圈界出两三平米的空地,将五色土平摊其中,搅和搅和,菜地就成型了。

土为五色调和,呈柔和之色,较为养眼,且有地力。从此开始春种秋收,仿佛又回到帮母亲打理菜园的少年时期,又可值写作苦闷之际摆弄一下各种菜蔬以消解烦躁情绪,自是别有一番滋味。

对待各色蔬菜如同对待自己的孩子和学生,均悉心打理。说是各色蔬菜,其实细数一下,因为土层较薄,我也只能无奈选择种些菠菜、香菜、分葱等根茎较短的菜系。较大型一些的蔬菜,也种过辣椒和西红柿,但由于坚持不上化肥,所以原始地力殆尽,即便是时不时自制一些有机肥料,可效果不佳,结出的西红柿一年不如一年,最近收获的一颗跟美国电影《未来水世界》中的那盆西红柿结出的袖珍果子大小差不多。但我仍然宝贝疙瘩一样地爱它。并且拍出它的模样晒在网上,供大家赏析(不过结果往往招来讥笑)。

有一年同事培育了南瓜秧,送我一株,我随手栽在菜园一角,不想竟成为祸害,其根须所到之处如强盗般贪婪地吸食地力,枝枝蔓蔓几乎爬满了整个菜园,将菠菜、小青菜等一干弱势群体欺负得抬不头来,而且期待中的花也不开,果更无从结起。对待此等黑恶势力,犯罪组织,岂能容忍,遂毅然决然判处其极刑,执行方式是军用铲砍刹。

我还在菜园一角种了一棵太阳花,一开始它独处一隅,一副弱不禁风的模样，我一直担心它会不会夭折，没想到，过不了多久，它竟然攫取墙壁上的每一个抓手，顽强地向上、向前伸展身体，直到有一天它的藤蔓攀上屋檐，寻找到最好的一缕阳光，并在一丛丛翠绿中，开出一簇簇火红的花瓣。因为感动，我每年都收集太阳花的种籽，细心保存，来年还种在那里，等待着它的生机再现。

菜园里的植物们邻里守望，怡然自得。不过富有生机的土地自然少不了小动物的参与。且不说各色花朵引来了蜜蜂与蝴蝶，因为它们只是春天里的过客。判断一片土地是否健康，最简单的标准是看有没有蚯蚓。在我的菜园里，每当浇完水或者雨后，就会有一簇簇细碎的泥土，不用说那是蚯蚓的劳动成果。蚯蚓是辛劳的，为我的菜园默默耕耘，更成为菜园健康的显示仪，因此我很感激它们。

蚂蚁也将巢穴筑在菜地的某个地方，一排排、一列列忙碌不已。不过，蚂蚁可不是什么安分守己的良民。它们经常干些杀人越货的勾当，不仅偷盗植物的籽粒，还杀害其他动物。我就亲眼看见一群蚂蚁光天化日之下围攻一只青虫，最终合力将其杀害并且残忍地肢解了它的尸体。不过蚂蚁解决的是害虫，虽然方法失当，且涉嫌滥用酷刑和私刑，但也算是见义勇为，为民除害，对菜园有益，属于有重大立功表现，可以抵消其一些罪行。

可恶的是躲在菜园某个阴暗角落里的土蚕，也称地老虎，不知何时偷偷溜进我的园子，经常在月黑风高之夜，举起利齿，专门啃啮植物的根茎，疯狂行凶，手段卑劣，弄得菜园里尸横遍野。在人类的世界里，这叫毁坏他人财物或者破坏生产经营，在它们的世界里，罪行就更重了，这叫故意杀人或者故意伤害。我从洛阳带回来的一株牡丹秧苗也惨遭毒手，一命呜呼了。此害不除必将大患，终于有一天，通过我的细致侦查，在墙角边将其逮捕归案。鉴于其罪大恶极、不杀不足以平民愤，我代表人民判处其死刑，并且没有报经最高院死刑复核，就立即执行了。乐哉乐哉，当个合法的刽子手原来也这么痛快！

一次雨后，我竟然看到了蜗牛家族。两大一小，一共三只。一副悠闲神态，逶迤前行，检视我的菜园。我虽然知道它们此行目的，但其毕竟是新来之客，对其不端行为也就睁一只眼闭一只眼了。好在没人追究我徇私舞弊、枉法裁判。

菜园随季节枯荣，作为菜园的管理者和获利者，我应时而变，多能着眼大局，作出合理有序安排，力求它能春华秋实，但有时也难免偏私，有失公允，并且亦有处置失当之举。有时立足菜园，看着眼前灵动的生命，不禁感慨，小菜园又何尝不是一个大世界呢！

风吹麦浪——那是诗人眼中的情境

又是一年麦收时。年轻人们忙于营造都市生活，无暇亦无心看一眼丰收的场景。中年人则躲在微信背后感叹二十年前的麦收情形。我驱车驶过田野，看到，真正在田间看护着隆隆收割机的往往是上了岁数的老人。

于我而言，收麦子可以算作悲催的一段人生经历。当时，每一个半大孩子，为了一年的口粮，一连多日，你得放下书本，放下正常的饮食休息，唯一需要的活动就是你只需不停挥动胳膊与镰刀。在烈日下挥汗如雨，让麦虫肆无忌惮地啃啮你的皮肤，让你的腰肢失却尊严不断地前倾，让你的皮肤在紫日的曝晒下渐渐变成紫色。瘦弱的、黝黑的农家少年被吞噬在麦子的海洋里。一块田地的麦子割完了，镰刀钝了，用磨刀石磨磨，趁机可以喘口气。当你站在另外一块麦地面前，一眼望不到边际，炙热的大地，没有一丝风，哪来的风吹麦浪啊？于是不停哀叹何时才是个头啊。旁边的大人们给你打气，眼是孬蛋，手是好汉。为了像个好汉，少年只能日复一日地重复一个姿势，只等最后一根麦子倒在脚下。

但割麦子只是夏收的开始。割是第一步，麦子没有收到仓里，就意味着收割的成果等于零。接下来，还要给割倒的麦子打成捆，用架子车一趟趟运回打麦场上。更要赶在梅雨来临之前，套上牲口，拉着石磙，在麦场上一遍一遍转悠，直到把所有的麦粒从麦穗上搓下来，连皮带壳收成一堆，然后静静地等着风来，用木锨扬出真正的粮食。在打麦场上，我经常看到我家的老牛累得流泪不止，好几天不愿意进食。人当然好不到哪去，这个时候我就会特别羡慕更为年幼的不能干活的弟妹。

所以，在我看来，风吹麦浪，那只是赋闲的诗人们眼中的幻境。前段时间有一首歌很火,就叫《风吹麦浪》。许多人都在动情地传唱,唱时只需闭着眼,仿佛自己就置身于大自然的柔情蜜意中,置身于金色的可以滋生浪漫情愫的麦浪里。但是我却不以为然,甚至有所抵触。不可否认,这首歌歌词美,旋律美,描述的场景美,可惜,美的不真实。当你拿起镰刀,面对沉甸甸的收获,金色麦浪中吹向你脸庞的恐怕不仅仅是微风,还会裹挟着一根根带刺的麦芒。可以说,生活体验和站在桥头看风景,绝不相同。

　　这又让我想起古代一些浪漫主义诗人。在他们眼中,田园风光里总是不乏浪漫景象。诗人描述的场景,至今令人向往。看看"田夫荷锄至,相见语依依"。劳动归来,肩上的农具还没卸除,就和路上遇见的熟人娓娓道来。多么温馨浪漫的画面。其实,真正的农夫想的应该是赶紧回到家里,将肩上沉重的农具卸下来,好好喘口气,吃上一口热乎饭。所以,这种景象大抵是诗人自己的抒怀,将自己时而比作田夫,时而比作樵夫,有时又幻化成渔夫。而真正如陶渊明一样的劳动诗人不仅仅写浪漫,也会感叹劳作者的艰辛。"晨兴理荒秽,带月荷锄归,道狭草木长,夕露沾我衣。"这才是真正的劳动体会!

忍忍先生(外一首)

忍忍先生的优点是,凡事皆能忍。

妻子的絮叨、孩子的哭闹、客人的呼噜都曾折磨得他彻夜难安,但他能或坐或卧一声不吭,第二天迷离着眼睛照常上班。

单位召开职工大会,领导讲话千篇一律、冗长无趣,大家都趁机瞌睡,但他硬撑着,因为联想到网上曝光有人开会睡觉被除职,怕一不小心丢了饭碗。

亲友挤兑、同事嘲弄、领导批评,对他如泥牛入海,了无声息。即便他走在街上只顾考虑事情,被人迎面撞个大马趴,定会爬起来弹弹身上的泥灰,若无其事地开路走人。如果有人不小心将痰吐到他的脚上,或者将洗脚水泼在他的头上,他准会立马跟人堆出笑脸,有时反倒弄得人家不知所措。在公交车上被谁踩了脚或者肘击胸腹,别人想找他道声歉,但对不起,准找不到人,他早已捂着伤处,挤到另一侧背过头自行消化去了。

食堂买饭、银行取钱、立等公交、医院体检,往往成为被闭门、关窗拒绝的第一人,成了最沉痛的看客,但是他从无怨言,总能及时理顺情绪,抖擞精神,从头再来。

一次,他请同事在小饭馆里吃饭,忍忍先生的面条碗里躺着一条龇牙咧嘴的青虫,同事问起,他连忙一筷子夹起放进嘴里,说,是菜叶。同事不停追问。他担心有什么乱子,唏嘘着从满嘴的面条缝隙里挤出一点声音,"小不忍则乱大谋"。不过,大谋没乱,他的肉夹馍出了问题,他刚咬了一口,肉夹馍里又吃出一只苍蝇,这次他没敢大动作,侧目睨视同事,后者正用心咀嚼,忍忍先生趁机用指甲轻轻一挑,剔除了苍蝇,动作之优雅仿佛多年练就,忍忍先生长嘘一口气,心安理得地一路吃下去。

忍忍先生"不惑"的人了,至今还是初级职称,和他同龄的甚至比他小得多的都远远地走在他的前面。因为职称低,单位福利房没他的份,由于工资低,加上老婆待业,没钱买房。领导看他确乎可怜,决定将单位车库旁边几间见证单位发展史的小平房腾给他。他自个儿花钱给房子整了整容,总算在一定程度上缓解了家庭危机。

其实,忍忍先生以前也有过脾气,也做过一些爷们的举动。

第一次,是自己十六岁那年考取中专,被乡长儿子顶替,他拿着板砖直奔乡政府,结果差点被拘留。

第二次,他还在农村工作,单位领导对自己的老婆动手动脚,他在办公室堵住对方用两只手死死地卡住他的脖子,若不是有人及时拉开,似乎要出人命。事后,他虽然没有受处分,但就此没有了出头之日。

忍忍先生,只好另辟蹊径,考取研究生,从乡下逃到城市。如今,忍忍先生,已经开辟出一片新天地,并成功提升了忍的新境界。

其实,小气好忍,退一步海阔天空,又何尝不好呢?只是,人啊,不能做无原则的退让,一味地忍气吞声,不见得就能风平浪静。

末日(外一首)

　　我步入黑漆漆的祖屋,躺在吱嘎作响的母亲生养我的老床上,思索着自己在那一天如何有幸降临这世界。
　　是谁如鼠辈般蹑脚走到床前,贴着我的耳朵嘘声道:"明天,是人类的末日,所有的生灵都将毁灭,包括人类。唯有你,有幸得到这个消息。你只需预先噙一口水在嘴里,即可躲过这一劫。而且为了你不致太孤单,你还可将此消息通知一个你们相互间认为最为贴心的人。记住,只能是一个人,否则你也会一同毁灭。"
　　我打了个激灵,理顺思绪后,拿起电话,给我认为我们相互最贴心的一个人打了一个电话。之后,我噙了一口水,躺下,静静等待那一刻……
　　不知何时,我再次睁开眼睛,阳光正从窗外刺入。我觑着眼睛走出去。外面,日头正烈。街道上,人头攒动,生活正浓。

后记

以我的才情和学养,完全没有撰写学术随笔的能力,更别说出版一本学术随笔的集子了。尤其看了别人的随笔,要么高屋建瓴,要么匠心独具,要么文笔优美,要么鞭辟入里,各领风骚,各具风采。

不过,转念一想,正如盖房子,别人盖得房子玲珑多姿或兼具异域风情,我盖的房子不过就是土坯茅草房一个,倒也敦实可爱,且冬暖夏凉。更重要的是,它是我一枝一叶、劳心劳力所成,而且在功能意义上,它能够遮风避雨,还可以宣誓权能:风可入雨可入国王不可入。再大而话之,茅草房足可以写进中国北方建筑史和国家经济发展史里,成为多少中国人心中的归宿。所以敢于写作并且发表学术随笔,并且敢于付梓,只是揣着一腔朴素情怀,希望自己能够用笨拙的笔触,勾勒出一种法律情愫。

我因为性格木讷,不善辞令,没有朋友圈,所以社会资源甚少。正如冬日中瑟瑟的茅草屋,坚韧地抵挡寒流,单凭一腔热血和对法治的向往,不断摸索前行,并且相信总能获得一线光明,以给我一丝温暖。正如我当年冒然选择读博深造,没有人引荐,也没有目标,如无头苍蝇一样瞎碰乱撞。最后还是撞上了。当然,单单以我对刑法学知识的储备,自己都不敢相信能够最终入围,忝列恩师门下。因而,我要感谢恩师。这改变了我人生轨迹。否则,我极可能要在那所职业学校做一辈子助教和专职辅导员,面对一些不想面对的人和事。谢谢恩师!(就此,我已经在我博士论文及以其为蓝本的专著之后记中做了较多篇幅的说明。)

所以,无论如何都要学会感恩,感谢一切给我改变命运机会和力量的人。这些人里,有我的母亲,一个一辈子为粮食奋斗的人,她不仅给了我生命，还给了我粮食，给了我求学的勇气。还记得中考落榜回来，我跪在病榻上的母亲面前，挨了母亲悲切的耳光。那耳光虽然没有把我彻底打醒，却一直印在我的心里。母亲就要七十岁了，就让我把这些与她看不清切的文字献给她。这些人里，有我的父亲，一个煤矿工人，一辈子为煤奋斗、退休之后还试图征服土地的人。在我小的时候，父亲虽然很少打骂我，却一直让我畏惧。父亲性格倔强，一身傲骨，不畏艰难。这些在今天仍然是我修炼的坐标。父亲又不善言谈，却为了我的学业和工作想方设法去求人。我曾经为我的年少轻狂和轻薄付出代价，父母成为最早宽容我并帮助我走出困境的人。还有我的岳父岳母。他们视我如己出。每次回家，都拿出家里最好的东西招待我。关心我的成功与失意。感谢父亲母亲们，祝愿他们可以活得更久一些，并且少一些病痛。这些人里，更有我的妻子，一个陪我苦过乐过风雨飘摇过、最终一起建立避风港湾的人。那些年，我们曾经租住过30元一个月的篱笆房子，我们曾经过着吃三块钱的咸水鸭就算是打牙祭的日子。我们经历了风雨，并从中走出来，终于见到那一弯瑰丽彩虹。还要感谢我的女儿，是她让我们的港湾更加完整、坚固与温馨，让我能够安心读书，思考一点学术问题，并写一些关于法律的文字。现在，我要将这些文字变成铅字了。献给他们！

　　书中收集的这些随笔，有的是带有学术性的，其中绝大多数都已经发表在《法制日报》、《检察日报》、《人民法院报》和《南方都市报》上。为此，需要感谢陈章、刘卉、关仕新、聂潍、侯建斌、窦玉梅等编辑，让我的文字变成铅字，及早面世。发表时有的曾被上述编辑大人们做了标题或者内容上的一些改动。现在利用出版的机会，有的得以恢复原貌，有的因为有了新体会而做了些许修改。有些文章则是学术之外的随想，信手拈来，有点跑题，但又都是记载我求学与工作的点点滴滴，也算是我进行法学研究及教学的一些侧影。

　　关于书名，我也着实纠结了一阵子。我一度以为，作为随笔集，书名似乎可以随性一些，但为了尽可能契合内容，并最好能跟上潮流，或者至少能博取眼球，还是要斟酌一二。为此，自从有了出版随笔集的想法，我就想过不少书名，其中有《诗性法律》，但觉得过于高端；有《寻找法律》，虽接地气，但又觉得像一档电视节目或者一部政法电影的名字；

有《法律的面相》和《法律人的思维》，又觉得有沽名钓誉之嫌；有《以法律之名》，又怕别人骂自己不知天高地厚。而且，最为重要的是，这些名字似乎与书中所收集的一些文章多少有些偏离，思来想去，统统作罢。

其后，为书名一事耿耿于怀。又一日，在灯影绰绰之中，回想起我少年时代求学期间，每每手举自制的油灯，早起或者晚归，与同学呼朋引伴，奔走于乡间小路，一路摇曳的灯光与天上的点点星光连成一片，映照着我们村野之子的求学之路。现在想来，那影影绰绰的灯光也恰恰印证了我在法学领域的求索之路，微小但不失温热，孤寂却给人以希望。这些年来，我在法学的求学和工作中，由于因上文所说的原因，很少能够获得学术资源，亦很少得到他人馈赠或者襄助，却总是以不屈的姿态前行，虽然身处法律圈的边缘，离法律之灯很遥远，却又不至于享受不到它的惠泽，而更值得庆幸是，自己不会因为与它走得太近而出现"灯下黑"。于是，决定将这本书定名为《法律的灯影》，认为它很契合我时下乃至今后的境状。以此为名，可以让我心灵继续安守，并不忘初心，真好！

这是对我自己。对于别人，《法律的灯影》或许能够带来一些启示，即法治的场景需要为每个人点亮一盏熟悉的法律之灯，但是有时它需要模糊，不仅仅是因为法律知识的专业与繁复，也因为它有时需要灌注人性的混沌。但无论如何，法律的点点灯光终可以照亮我们每个人的法治之路。

不过，思来想去，总觉得《法律的灯影》过于局促，无法展开更宏大的法律场景，至少无法显示法律的影像。后来，又有《法律如水》之名盘桓脑际。的确，让法律回归本真意义，在说文解字上，法应当如水之平整，一碗水端平是法律的公心，而法律信仰则要像水银泻地般，浸透到民众的情怀中，并由此培养法治情操。以此命名，也可以让我本人沉静如水，细细品味和思索法律人生。但，就集子里的文章来看，也有些在描述法律的多面性。况且，仅仅就为本书取名之事，也煞费周章。法律本身的多面性和为书取名的曲折恰好说明描述法律属性的不易。好在，没有具体法律规范对著述命名作出姓名权上的要求。我的理解，只要在法律和道德的一般框架下，尽可以天马行空，名字无所谓好坏，只要将这些对法律的探索的轨迹记录下来，同时记述自己学习法律的一段心路历程。从课堂内到课堂外,从法律之内到法律之外,努力勾勒和描画出法律的脸谱。于是,将本书名字最终定格在《法律的脸谱》,是为记。

最后,还要感谢我指导的研究生毛琳和本科生江媛媛两位同学对我文稿的审阅以及提出的一些修正意见。原本想请两位博士师弟为拙著作序的,他们也都答应下来,但看到他们都在为各自的事情忙碌,于心不忍,也就作罢。不过,无论如何,还是要感谢的。另外,上海三联书店殷亚平老师的劳心劳力,使得拙作得以顺利问世,在此一并谢过。

图书在版编目(CIP)数据

法律的脸谱/张训著.—上海:上海三联书店,2018.7
ISBN 978-7-5426-6356-6

Ⅰ.①法… Ⅱ.①张… Ⅲ.①随笔-作品集-中国-当代 Ⅳ.①I267.1

中国版本图书馆CIP数据核字(2018)第134581号

法律的脸谱

著　　者/张　训

责任编辑/殷亚平
装帧设计/一本好书
监　　制/姚　军
责任校对/张大伟

出版发行/上海三联书店
　　　　　(201199)中国上海市都市路4855号2座10楼
邮购电话/021-22895557
印　　刷/上海盛通时代印刷有限公司

版　　次/2018年7月第1版
印　　次/2018年7月第1次印刷
开　　本/640×960　1/16
字　　数/250千字
印　　张/20
书　　号/ISBN 978-7-5426-6356-6/D·391
定　　价/58.00元

敬启读者,如发现本书有印装质量问题,请与印刷厂联系 021-37910000